나영석 피디의

어차피
레이스는
길다

나영석 피디의
어차피
레이스는
길다

어딘가로 달리고 있는 이들에게

문학동네

차례

들어가는 글
또, 오로라를 보며 소원을 빌어야 하는 걸까 * 008

끝났다 아니 안 끝났다 * 012
5년 전 〈1박 2일〉은 이렇게 시작되었다 * 026
재미를 발명 아니 발견하는 순간 * 034
어디로 가는 게 뭐가 중요해? * 044
아무도 예상 못한 6밀리 카메라의 대활약 * 052
아날로그 인간의 스스로 해결하는 첫 여행 * 059
첫 방송 시청률 두 자리로 올라서다 * 067
뉴욕 그리고 아이슬란드 * 075
비극과 희극 사이를 오갔던 첫해 * 087
아무도 안 가는 나라 아이슬란드로 * 096
첫인상은 비와 돌풍과 우박의 쓰리콤보 * 108
강호동이라는 사람이 궁금해졌던 이유 * 118

렌터카로 떠나는 아이슬란드 시골투어 * 126

강호동이 공을 돌리기 시작했다 * 140

피디의 등장 그리고 사라진 명한이 형 * 146

언제든 힘들 때 열어볼 기억 하나 * 149

신화를 써내려가는 황홀한 나날 * 163

세상에서 가장 순수한 위스키 온더록 * 167

김C는 왜 갑자기 떠났을까 * 179

기대는 실망으로 실망은 분노로 번지는 밤 * 191

그래서 나는 누구인가 * 201

어제의 시련은 오늘의 오로라를 위한 전주곡 * 215

나영석이 나피디가 된 사연 * 231

날씨의 신神 인포메이션센터에 강림하다 * 246

엄마, 나… 그냥 고향으로 돌아갈까? * 259

오로라 이번 여행 최고의 복불복 * 267

나는 그저 한 사람 몫의 피디가 되고 싶었다 * 274

그분이 오셨다 이번엔 틀림없이 * 286

내 인생의 오로라 * 292

빛나고 있다 늘 그래왔다는 듯이 * 308

성공이란 놈의 그림자 참 길고도 어둡구나 * 315

오로라는 가슴속에 두 발은 다시 땅 위에 * 326

다음 행선지는 결국 내가 정해야 하는 것 * 332

또, 오로라를 보며
소원을 빌어야 하는 걸까

비행기는 옅은 구름 사이를 지나고 있다. 착륙 10분 전. 나는 지금 제주도에 다음 촬영을 위한 답사를 가는 길이다. 곧 구름이 걷히면 하늘에서 보는 제주도의 땅이 색색의 조각보처럼 오밀조밀 모습을 드러낼 것이다.

구름을 뚫고 나와 지상과 가까워지기 직전의 몇 분 남짓한 시간. 난 비행기 창문에서 눈을 떼지 못한다. 초록과 검정과 흰색과 푸른색이 뒤섞인 제주의 땅. 마늘이나 양배추를 심은 밭은 초록과 조금 더 짙은 초록으로, 중간중간 경작되지 않은 겨울의 땅은 습기를 머금은 짙은 갈색으로, 그 위의 한라산 능선은 눈 덮인 흰색으로 빛난다. 형

형색색 사이를 검정 돌담이 구불거리며 유유히 지나간다. 멀리서 보면 웬만한 건 다 아름답지만 나는 그중에서도 비행기 착륙 직전 하늘에서 바라보는 제주를 특히 좋아한다.

하지만 이 진귀한 구경은 비행기가 바퀴를 내리고 활주로에 가까워지며 금방 끝이 난다. 황홀한 자연의 색 틈바구니로 도시와 활주로의 회색빛이 금세 스며든다. 잠깐의 사치는 그렇게 막을 내리고 현실의 걱정이 빈자리를 채운다. 배차 걱정 스케줄 걱정 촬영 걱정 시청률 걱정부터 점심 메뉴 걱정까지. 걱정거리야 뭐 셀 수 없이 많다. 이쯤 되면 불공평하다는 생각이 든다. 황홀한 비현실의 시간은 늘 짧고 비루한 현실의 시간은 늘 끝이 보이지 않는 법. 하아. 이럴 때 생각난다. 5년 전 그때처럼. 잠시만이라도 도망갈 수는 없을까. 5년 전 이맘때, 나는 이름마저도 비현실적인 아이슬란드의 레이캬비크라는 동네를 정처 없이 걷고 있었다.

이 책은 5년 전 아이슬란드를 여행했던 짧은 여행기를 담고 있다. 눈 덮인 아이슬란드는 아름다웠지만 당시 내 머릿속은 복잡했다. 〈1박 2일〉이라는 큰 프로그램을 끝내고 나서 나는 다음 한 발을 어떻게 내딛을지 우물쭈물하고 있었다.

당시 나의 바람은 두 가지였다. 피디라는 직업인으로서 능력을 인정받고 싶었고 회사 조직에 속한 직장인으로서 동료들에게 좋은 사람이고 싶었다. 문제는 이 두 가지를 양립시키기 힘들다는 점이었다. 프로그램을 열심히 해서 성과를 내면 낼수록 주변의 기대는 높아졌고 높아진 기대를 충족시키기 위해 더 열심히 일하다보면 나를 갉아먹고 동료와 후배의 등골을 빼먹었다. 악순환이었다. 아이슬란드를 여행하는 내내 어떻게 이 악순환의 고리를 끊을지에 대한 고민이 머릿속을 떠나지 않았다. 이 책은 오로라를 보면서 끝나지만 나의 고민은 그후에도 계속되었다. 그리고 그 결과 나는 그 해 직장을 옮겼다. 그리고 이제 5년이 흘렀다.

그렇다면 지금 나는, 5년 전 나의 고민에 해답을 줄 수 있을까. 이직 후, 내가 제일 처음 만든 프로그램은 〈꽃보다 할배〉였다. 할아버지 넷과 짐꾼 한 명의 여행기. 시즌제의 시작이었다. 한 시즌에 집중해서 성과를 높이되, 그 시즌을 끝내고 고생한 동료들에게 정당한 휴식과 재충전의 시간을 주는 것. 시즌제야말로 5년 전 고민에 대해, 내가 내린 가장 현실적인 답이었다. 이후 〈삼시세끼〉 〈신서유기〉 〈윤식당〉 〈알쓸신잡〉 등등의 프로젝트를 모두 시즌제로 진행하고 있다.

여기서 중요한 질문. 그렇다면 지금의 나는, 5년 전에 비해 조금은 행복해졌을까. 대답은, 글쎄 잘 모르겠다. 한 가지 고민이 해결되면 다른 고민이 고개를 든다. 시즌제로 여러 개의 프로그램을 진행하다보니 한 가지 일에 목숨을 걸던 예전이 그리워진다. 지금의 나는 피디가 아니라 여러 개의 프로젝트를 총괄하는 매니저가 된 것만 같다.

'시마 과장'이 '시마 부장'으로 되어가는 기분이랄까. 맞춰 살아야겠지만 얻는 것만큼 잃는 것도 생긴다. 지위가 높아진다는 건, 아무리 좋게 말해도 남의 공을 빼앗아 먹을 일이 많아진다는 뜻이다. 예전엔 책상에 앉아 입으로만 일을 하던 부장님들이 그렇게 미웠는데, 어느덧 내가 부장님들처럼 일을 하고 있다. 이 인지부조화가 심각해지면 또 어떡하나. 다시 아이슬란드로 떠나야 하나. 또 오로라를 보며 소원을 빌어야 하는 걸까.

세상을 5년 정도 더 살아보니 한 가지는 알게 되었다. 고민은 늘 생긴다는 것. 중요한 건 그 고민을 정면으로 바라볼 용기가 있느냐 하는 것이다. 세상 다 그런 거지 뭐, 하고 넘기는 일들이 나이가 들수록 많아진다. 그럴 때마다 아이슬란드를 떠올린다. 눈길을 걸으며, 이름마저 낯선 작은 도시를 헤매며, 나는 진짜 나를 만나고 내 속을 찬찬히 들여다볼 기회를 가질 수 있었다. 5년이 지나 들춰보니 굉장히 창피한 이 책을, 다시 서문을 쓰고 세상에 내어놓는 이유는 5년 전이나 지금이나 지친 직장인들에게 하고 싶은 말은 똑같기 때문이다. 어차피 레이스는 길다. 조금 쉬어간다고 큰일이 생기는 건 아니더라.

2018년 4월

나영석

끝났다
아니 안 끝났다

2월 26일

마지막 방송이 있던 날에는 일찌감치 달력에 동그라미를 해둔 터였다. 이날이다, 해방의 날. 모든 게 다 끝나는 날.

돌이켜보면 5년은 길었다. 무려 5년 동안 이 프로그램을 끌어안고 있었다. 덕분에 나는 꽤나 유명한 피디가 되었고 자식 같은 프로그램은 여기저기서 상을 휩쓸었다. 그렇게 상을 휩쓸고 유명해지는 동안 이제 네 살 된 내 진짜 자식은 집에 잘 들어오지 않는 아빠를 서먹해하고 마누라는 길거리에서 사인 요청을 받는 남편을 창피하다고 모

른 체하며 아이를 안고 저 멀리 앞서 가기 일쑤였다.

이런 젠장. 이런 대우 받으려고 열심히 일한 건 아니잖아. 사람들이 알아보는 건 내 잘못이 아니라구. 아니, 내 잘못인가? 어디부터가 내 책임인지, 잘한 일 잘못한 일의 경계가 점점 모호해진다. 그리고 경계가 모호해지는 순간 잠시 멈추고 숨을 고르며 천천히 뭔가를 판단할 시간 따위 방송을 만드는 사람들에게는 주어지지 않는다. 일단이 시기만 넘기고, 이번 방송만 잘 만들고, 복잡한 건 나중에, 중요한건 다음에, 골치 아픈 건 뒤로, 다음에 다음에 다음에……

그렇게 5년을 흘려보내고 드디어 '다음'이 왔을 때 난 (꿈에도 상상못한 나이인) 서른일곱 살이 되어 있었고, 프로그램은 누군가 무릎을 동강내듯 갑작스레 끝이 나 있었다. 흠, 뭐 어때. 어찌 되었든 끝났다는게 중요한 거지. 이제 쉴 수 있다. 숨을 고르고 이것저것 시간을 들여생각할 수 있다. 회사에서 두어 달 휴가를 주려 한다는 것쯤 눈치로알 수 있다. 아이와 시간을 보내며 자상한 아빠가 되고 밀린 영화를DVD로 탐독하기엔 충분한 시간이다. 어쩌면 만화방에서 밀린 만화를 며칠 동안 보는 호사를 누릴 수도 있고 마누라만 허락하면 어디론가 혼자 여행도 할 수 있을 것 같다. 이것 참, 대박이잖아! 속으로 쾌재를 부르며 달력에 동그라미를 하고 마지막 녹화를 하고 예상치 못한 눈물을 또 질질 짜고 그걸 또 편집을 하고 마지막 방송을 넘기고다행히 별 사고 없이 방송은 잘 나가 드디어 2월 26일! 난 마치 말년

병장이 제대를 하듯 방송국 문을 박차고 나왔다.

마지막 테이프를 넘기자 평소 말이 없던 기술감독 선배가 "그동안 고생했으니 좀 쉬어"라고 웃으며 말을 건넬 때 눈가가 좀 짠해지긴 했지만 그런 사소한 슬픔 따위 제대의 기쁨에 비하면 아무것도 아니다. 그날 밤 같이 일한 후배 피디, 작가 들과 같이 모여서 마지막 방송을 보고 눈물을 찔끔거리며 거나하게 술을 마시고 한동안 헤어지는 슬픔에 또 눈물을 좀 흘린 것 같지만 그것 또한 제대의 기쁨에 비하면 아무것도 아니다. 이런 헤어짐 같은 건 프로그램을 하다보면 늘 겪는 거야. 울고 있는 막내작가에게 난 속으로 그런 말을 건네며 새벽이 다 되어서야 집으로 돌아왔다. 이제 늘어지게 자고 나면 난 자유의 몸인 것이다. 오 하느님, 드디어 오늘이 왔군요. 땡큐, 땡큐.

안 끝났다. 큰일이다

다음날, 가벼운 마음으로 출근을 한다. 이제 난 다음 촬영은 어디로 갈지 무엇을 할지 더이상 고민할 필요가 없는, 맡은 프로그램조차 없는 놀고먹는 피디가 된 것이다. 어느덧 〈1박 2일〉은 새 팀이 꾸려져 아침부터 심각한 얼굴로 회의중이다. 딱한 재형이 형. 얼마나 부담이 클까.

괜스레 미안해지는 것도 잠깐, 점심은 뭘 먹을까 고민한다. 매일 편집실에서 도시락으로 끼니를 때우던 것이 먼 옛날 일처럼 느껴진다. 흠, 자유의 달콤함이란 대단하군. 누구와 먹을지도 생각해본다. 후배 피디들은 계속되는 〈1박 2일〉 촬영과 편집에 매달려 있으니 방해할 수 없다. 그럼 작가들은? 역시 〈1박 2일〉 촬영 준비에 정신이 없다. 〈1박 2일〉을 떠나는 작가들은 이미 다른 방송으로 넘어가버렸다. 오늘은 혼자 먹을까? 뭘 먹을지 천천히 공을 들여 생각해보는 것도 나쁘지 않다. 혼자만의 여유 있는 점심시간이라니 이게 얼마 만인가. 밥 먹고 여의도 공원을 서른 바퀴 정도 산책 삼아 돌아도 뭐라고 할 사람 아무도 없는, 난 할 일 없는 피디니깐.

회사를 나오는 순간 전화벨이 울린다. 기자다. "오늘 저희랑 인터뷰 있으시잖아요?" 인터뷰? 무슨 인터뷰? 방송 다 끝났는데? 아직도 나에게 뭔가 할 말이 남아 있던가? 그러고 보니 인터뷰 약속을 잡았던 것도 같다. 프로그램을 끝내는 마지막 심경 인터뷰. 피디 하다보면 프로그램 수십 개씩은 내 손으로 늘 끝내야 하는데 심경은 무슨. 그래도 친절히 응한다.

어쨌든 기자들은 피디와 같이 일하는 파트너다. 논란이 일어나면 그걸 부풀려주는 것도 기자들이지만 그걸 잠재워주는 것도 기자들이다. '이건 불공평하잖아' 하고 생각하면서도 오래 보다보면 정이 쌓이고 그들의 입장도 이해가 간다. "데스크에서 하라는데 어떡해. 귀찮아도 한번 해줘요." 데스크라, 하긴 나도 국장님 명을 받아 프로그램을 하는 입장이다. 이 세상의 직장이란 다들 비슷한 원리로 움직이고 있는 것이다. 이윤을 극대화하려는 기업의 욕망과 그걸 가감 없이 아랫사람에게 투여하는 윗분들, 그걸 불평하며 묵묵히 수행하는 아랫사람들. 나에게 할 말이 남아 있느냐는 늘 다음 문제다. 그들에겐 늘 물어볼 것이 있는 것이다. "네네, 요 앞 커피숍에서 봬요." 느긋하고 조용한 점심은 날아가버렸지만 어쩌랴. 이것도 일인걸. 마지막 일이다, 마지막.

마지막이라는 예상은 보기 좋게 빗나가버렸다. 그날 이후 스무 건 가까운 인터뷰를 열흘 넘게 소화하며 난 녹초가 되어버렸다. 여기 인터뷰를 하다보면 저기서 전화, 내용은 늘 마지막이니까, 마지막으로 좀, 마지막 심경을 말해줘요 등등. 그러다가 대답이 좀 심드렁해진다 싶으면 늘 그들은 비장의 다음 질문을 꺼내들었다.

"가장 기억에 남는 여행지는? 프로그램을 진행하면서 가장 위기였던 순간은? 가장 기억에 남는 촬영은?"

어이, 이봐요. 다 기억에 남는다고요. 위기 아니었던 순간은 한순간도 없었고, 모든 촬영이 어제 일처럼 기억이 나는데 무슨 소리예요. 그러나 그렇게 대답할 수는 없다. 말했지만 그들도 어쩔 수 없이 이 자리에 나온 것이다. 뭐라도 들려 보내지 않으면 그들도, 그 위의

데스크도 난감할 것이다.

"제주도가 기억에 남고요, 외국인 노동자 촬영이 기억에 남고요."

그리고 그다음 인터뷰. 살짝 바꿔서 얘기해주지 않으면 또 난감한 일이 벌어질 것이다.

"가거도가 기억에 남고요, 시청자 투어가 기억에 남고요."

이런 식으로 20여 개 인터뷰 소화. 이젠 정말 끝이려나 했는데 그러는 동안 여기저기서 전화가 온다.

반갑다, 친구야

먼저 친구들. 촬영 끝났다며? 이제 놀겠네? 술 한잔하자. 30억 받는다며 회사 안 관두냐? 나 1억만 주라 등등. 그렇게 전화하는 녀석들 모두에게 1억씩 주다가는 30억 다 쓰고도 대출을 100억은 받아야 한다고, 이놈 자식아. 그렇다고 그렇게 대꾸할 수는 없다. 프로그램 핑계로 몇 년씩이나 얼굴 한번 비치지 않는 친구를 아직도 기억해주는 고마운 녀석들이다. "내 친구가 〈1박 2일〉 피디야" 하면서 어디가서 한두 번쯤은 어깨를 으쓱했을 내 친구들. "그래 언제 한번 봐야지." 기약 없는 술 약속이 수십 개씩 쌓여갔고, 그중 몇 개는 오늘내일하는 약속의 이름으로 구체적인 시간이 명기되었다.

그래. 이게 진짜 휴식이지. 저녁까지 회의하다가 배가 고파져 아무거라도 먹자며 회사 근처에 나오면 벌써부터 퇴근 후 술을 기울이는 회사원들이 여기저기서 보이곤 했다. 대체 얼마나 좋은 직장에 다녀야 저렇게 퇴근 후 술을 기울일 수 있는 걸까, 속으로 궁금해하며 또 부러워하며, 급히 배를 채우고 서둘러 남은 (보통은 아침까지 이어지는) 일을 하러 회사로 들어가던 기억이 난다.

간만에 친구들을 만나서 소주라도 기울여보자. 설레는 마음으로 나가서 몇 년 만에 보는 반가운 얼굴들을 만난다. 직장 얘기, 결혼생활 얘기, 아이들 얘기. 몇몇은 내가 모르는 사이에 결혼을 했거나 아이 아빠가 되어 있었다. "너 바쁠까봐 연락 못 했지……" 그래. 난 친구들 사이에서 늘 하는 거 없이 바쁜 사람이었다.

"너 촬영이 언제야?"

"이번주 금요일에 갔다가 토요일에 돌아와."

"그럼 토요일 밤에 술 한잔할까?"

"오자마자 다음날 방송 편집 때문에 밤 새워야 돼."

"그럼 월요일은?"

"답사 가."

"화요일은?"

"밤늦게까지 회의해."

"수요일은?"

"편집해."

"목요일은?"

"다 안 돼. 이 자식아, 바쁘다고!"

가끔은 앵무새처럼 똑같은 대답을 하는 게 귀찮아져서 화를 낼 때도 있었고 친구들도 굳이 부탁까지 해가며 날 만날 정도로 마음이 넓지는 않았다. 당연하다. 나라도 짜증이 났을 테니까. "뭐야 이 자식, 기껏 연락했더니만……" 이런 식이었을 게다. 그렇게 어느 순간 연락은 뜸해졌고 나는 회사와 집을 왔다갔다하는, 개인적인 약속은 전혀 없는 사람이 되어 있었다.

'이젠 괜찮아, 얘들아. 나 오늘부터 되게 한가하거든.'

다른 직장인들처럼 나도 친구를 만나 이런저런 세상 사는 얘기를 하며 옛날 철없던 시절 추억을 안주 삼아 웃고 떠들 수 있다.

기쁜 마음으로 술자리에 나간다. 그런데 세상 사는 얘기는 거기에 없었다. 옛날 추억도 잠깐, 〈1박 2일〉 해서 월급 올랐니? 승기는 진짜 여자친구가 없어? 진짜 밥 굶기냐, 니네? 맨날 놀러다니고 맛있는 거 먹으면서 월급 받고, 너는 좋겠다. 이런 젠장. 〈1박 2일〉 얘기 따위 너희들 앞에서 하고 싶지 않아. 이제야 간신히 풀려났는데 너희들까지 왜 이래? 인터뷰를 방금 스무 개나 끝내고 왔다고! 게다가 5년이나 방송했잖아. 궁금하면 기사라도 찾아봐, 이 자식들아! 소리라도 지르고 싶었다. 그러나 이 녀석들이 무슨 죄가 있으랴. 간만에 만난 유명해진 친구가 반갑고 술 먹다가도 불쑥불쑥 사인을 요청하는 식당 종업원이 신기했던 것뿐인데.

이대로는 안 되겠어. 뜨자, 서울!

대충 맞장구를 쳐주고 집에 가는 택시에 오른다. 룸미러로 얼굴을 빤히 쳐다보는 기사님과 눈이 마주친다.

"어디서 많이 뵌 분이다 했더니 텔레비전에 나오는 분이시네."

"아, 네."

"〈1박 2일〉 하는 피디님 맞죠?"

네, 맞아요. 맞기는 맞는데 아저씨 오늘은 제가 좀 피곤해서…… 라고 속으로 생각하는 동안 기사님은 또 자기만의 시청평을 쏟아내기 시작한다.

"강호동이가 빠지고 나서부터 재미가 없어, 안 나오나 강호동씨는? 참 재밌게 봤는데 말이야. 〈1박 2일〉은 끝났나, 그래서?"

"안 끝났어요, 기사님."

"피디님은 안 나오시고?"

"예, 저는 끝났고요."

"피디님은 왜 계속 안 하시고?"

기사님, 그 얘기를 다 하려면 여기서 평양까지 가도 모자라요. 그렇다고 우리가 휴전선을 뚫고 넘어갈 순 없잖아요. '〈1박 2일〉 피디 술에 취해 택시기사와 월북' 이런 기사 나오면 쇼킹은 하겠지만 오늘은 피곤해서 그냥 집에 가서 쉬고 싶어요. 조용히 입을 다물어버리자 기사님도 더 묻지는 않는다. 그러나 마뜩잖은 눈치. 어쩌면 집에 가서 식사를 하시며 내 얘기를 꺼낼지도 모른다. 여보, 오늘 내가 〈1박 2일〉 피디를 태웠어. 어머, 그래요? 텔레비전으로 보니까 그 양반 인상도 선하고 참 마음에 들던데. 실제로 보니까 어때요? 그게 말이야. 알고 보니 버릇없는 놈이더라고. 몇 가지 궁금한 것 좀 물어봤더니 입을 딱 닫아버리더라니까? 자기가 무슨 대단한 사람쯤 되는 줄 아나봐. 그래요? 보기와 다르네, 역시. 이때 옆방에서 나오는 중학생 딸. 그 피디가 우리 아빠 무시했어? 걱정 마요, 아빠. 내가 인터넷에 글 올려서 복수해줄게. 그래? 허허, 우리 딸 착하지. 욕도 몇 마디 섞어주려무나. 그럼요, 아빠. 하하하.

이렇게 가족 간의 따뜻한 대화라도 벌어진다면 어쩌지? 뭐 그렇게까지야 되지 않겠지만 그래도 이분은 하루종일 따분하게 택시를 몰고 꽤나 지쳐 있을 텐데. 지루하게 타고 내리는 손님들 사이에서 나는 비교적 특별한 존재일 것이다. 그러니 반갑게 말을 걸고 마음을 보여준 것일 텐데. 역시나 가만히 있을 수는 없다.

"기사님, 원래 프로그램은 여러 피디가 돌아가면서 하는 거예요. 저는 좀 오래 했으니까 다른 사람으로 바뀐 거고, 〈1박 2일〉 끝난 거 아니니까 재밌게 봐주세요."

"그래요? 그래도 피디님 나올 때가 재밌었어."

"아이고 감사합니다."

고맙게도 덕담으로 마무리해주신다. 빈말이라도 고마운 일이다. 인사를 하고 택시에서 내려 아파트 앞. 한밤중 텅 빈 놀이터 벤치에 멍하니 앉아서 휴대폰의 스케줄 메모장을 들여다본다. 인터뷰는 간신히 끝냈지만 그 외에도 이런저런 식사 약속이나 미팅이 빼곡하다. 다들 이래저래 〈1박 2일〉을 하며 신세진 사람들이라 외면할 수도 없다. 아직 나에게 〈1박 2일〉은 끝나지 않은 것이다. 대체 어떻게 하면 끝나는 거지? 이민이라도 가야 하나? "프로그램이 끝나고 더 바빠진 것 같아" 하고 누군가에게 하소연해봐야 "그럼 더 하지 그랬냐" 하는 답변이 돌아올 게 뻔하다. "배부른 소리 하고 있네"라고 얘기할지도 모른다. 그렇지만 사실인걸.

이대로는 안 되겠다는 생각을 한다. 안 되겠어, 이대로는. 역시 어딘가 외국에라도 잠시 나가야겠다. 여행? 5년간 여행을 해놓고 무슨 여행이야. 글쎄, 그래도 여행이다. 그런데 이 여행은 도망치는 것인가 아니면 무언가를 찾아 떠나는 것인가. 도망을 치는 거라면 무엇으로부터? 무언가를 찾아 떠난다면 대체 뭘 찾아서? 몰라. 그런 걸 어찌 알겠나. 여행은 여행일 뿐이지. 〈1박 2일〉이 늘 그랬던 것처럼. 그런데…… 어디로 가지?

5년 전
<1박 2일>은 이렇게 시작되었다

준비됐어요, 아니 안 됐어요

우리는 꽤나 난감한 상황이었다. "이게 뭐니, 이게. 7프로? 이것도 시청률이냐?" 국장실에서 고개를 푹 숙인 채 이 순간이 빨리 지나가기만 기다린다. 그러곤 속으로 중얼거린다.

이게 다 강호동 때문이야.

지금이나 그때나 톱MC는 유재석, 강호동이었다. 이들이 하는 프로그램은 늘 시청률 상위권을 유지하고 있었고 그래서 흥행 보증수표로 불렸다. 이 말인즉슨 이들을 데리고 있지 않은 피디에게는 일종의 면죄부가 생긴다는 것이다. 그 프로그램 재미없는데? 윗분들의 불평이 시작될 즈음 피디들은 전가傳家의 보도寶刀처럼 강호동, 유재석 핑계를 대곤 했다. 우리에겐 유재석, 강호동이 없잖아요. 그 양반들 데리고 오세요. 그럼 더 잘해볼게요. 이 핑계는 기가 막히게 잘 먹혀서 KBS예능국은 벌써 몇 년째 태평성대를 구가하고 있었다.

이럴 땐 유재석 핑계, 저럴 땐 강호동 핑계, 큰 스트레스 없이 다들 즐겁게 각자 맡은 프로그램을 하고 있던 어느 날, 강호동이 KBS로 돌아왔다는 소문이 퍼졌다. 순간 태평성대는 끝났구나 하는 것을 나는 직감으로 알 수 있었다. 당시 무슨 이유에선지 이명한 피디와 나, 그리고 신효정 피디가 강호동과 진행할 새 프로그램에 배치됐고, 드디어 돌아온 톱MC와 함께 야심차게 시작한 〈준비됐어요〉라는 프로그램은 준비가 덜 되었던 건지 시청률이 바닥을 기는 참담한 성적표를 내고 있었다. 그리고 참담한 성적표에 늘 따르는 변명, '강호동, 유재석 데려오세요'는 더이상 써먹을 수 없는 핑계가 되어 있었다. 이 일을 어찌하면 좋을까. 저 양반은 괜히 KBS로 돌아와서 사람 곤란하게 만들어.

어쨌든 국장님의 명은 실로 간단했다. "다 바꿔, 싹 다." 네, 바꿔야지요. 우리도 이대로는 안 된다는 것쯤 알고 있어요. 근데 바꾸는 게 어디 쉬워야 말이지. 당시 하고 있던 〈준비됐어요〉는 한자를 테마로 만든 프로그램이었다. 강호동을 비롯한 MC 여러 명이 나와서 한자를 외우고 틀리면 벌칙을 받는. 흠, 한자는 안 먹힌다. 이건 증명이 된 거니 더 끌고 갈 수는 없다.

그러면 새 프로그램 회의를 해야 되는데, 새로운 프로그램이라는 게 그렇게 며칠 만에 뚝딱 만들어지지는 않는다. 최소 한두 달은 회의와 숙성 기간을 거쳐야 나오는 건데 문제는 그러는 동안 방송을 안 낼 수도 없다는 것.

〈준비됐어요〉는 내부 공사중인 관계로 최소 한두 달은 쉽니다.
시청자 여러분의 넓은 양해 부탁드리며 준비가 되는 대로
돌아올 테니 그동안 옆 방송사 프로그램을 즐겨주세요.

컬러바와 함께 자막으로 이렇게 내버리고 회의하러 산속으로 들어갈 수도 없는 거니까. 어쨌든 하늘이 두 쪽 나도 일주일에 한 번 방송은 나가야 하는 것이다. 이럴 때 피디들은 일명 '대충 찍기' 신공을 꺼내든다. 아무거나 그야말로 대충 찍으면서 나머지 역량을 회의에 집중한다. 촬영도 대충, 편집도 슬슬, 남는 시간에는 무조건 회의. 다행히 프로그램 제목도 '준비됐어요'다. 아무거나 시도해도 딱 좋은 제목. "뭐 찍지, 형?" 이명한 피디에게 물어본다. "고민할 거 뭐 있냐.

에버랜드에 전화해봐." 아아, 에버랜드. 에버랜드가 있었군. 요정들이 사는 그 나라는 예능피디들에게도 천국이었다. 거기 가서 뭐 하나 무서운 것만 태워도 60분짜리 방송이 뚝딱 만들어지곤 했으니까. 그래서 우리는 난감했던 그 시절을 에버랜드와 함께 보냈다. 하루는 무슨무슨 익스프레스, 하루는 캐리비안 베이 미끄럼틀, 이런 식으로 방송을 때워나가며 남는 시간에는 회의, 회의, 회의의 연속.

이제는 말할 수 있다, '대충 찍기' 신공

당시 우리가 매달리던 테마는 '시골'이라는 주제였다. 연예인들을 데리고 시골에 가서 뭐라도 하면 재미있지 않을까, 몸뻬도 입고 밭도 갈고 하면서 시골 할머니 할아버지와 이런저런 에피소드라도 생기면 재미있지 않을까 하던 발상에서 시작했다. 이에 관해 오고간 대화들은 이러했다.

"제목은 '컨츄리 스타' 어때? 제목도 제목이니만큼 컨츄리 꼬꼬를 섭외해. 도시에서의 인기에 안주하지 마라! 시골에서 인기 있는 당신이 진정한 연예인~ 이런 콘셉트로 말이야. 컨츄리 꼬꼬 섭외되면 닭도 한 마리 데리고 다니고, 애완용으로. 웃길 거 같은데?"

"마을 하나를 정해서 연예인들이 아예 거기서 사는 거야. 일주일에 단 이틀이라도. 거기서 일도 하고 사람들이랑 교감도 나누고. 어르신들이 딱 스무 가구 정도 사는 작은 마을인 거지. 처음에 이분들은 이 총각들이 연예인인지 모르는 거지. 워낙 연세가 많으셔서 예능 프로그램은 잘 안 보시니까. 이름 따위 알 수가 없는 거야. 이 총각들이랑 교감을 쌓아가다보면 이름을 하나둘 외우시겠지? 그래서 한 달에 한 번 정도 마을회관 같은 곳에 모여서 어르신들께 이름을 물어보는 거지. 할머니, 이 총각 이름이 뭐예요? 응? 강호동이던가? 그럼 이 총각은? 신…… 뭐라더라? 그럼 가차 없이 땡."

"틀리면 뭔데?"

"틀리면…… 마을에서 한 달을 더 있어야 하는 거지. 연예인들은 처음엔 시골이 너무 싫은 거야. 그래서 빨리 벗어나고 싶어해. 벗어나려면 할머니, 할아버지 들에게 이름을 알려야 하니까 더 열심히 일도 하고 대화도 하고 교감을 하는 거지.

그렇게 두 달 세 달 시간이 흘러. 이제 스무 가구 중에서 열아홉 가구는 어느덧 이름을 다 외운 거야. 드디어 마지막 시험날. 마지막까지 틀리던 할머니가 드디어 멤버들 이름을 하나둘 얘기하기 시작해. 드디어 마지막 멤버 한 명, 예를 들어 지원이만 남겨둔 상황이야. 그 친구 이름만 대면 이 시골을 벗어날 수가 있는 거지. 마지막 이름을 대려는 순간, 이미 연예인들은 눈물바다인 거지. 저 이름만 불리면…… 한 달만이라도 이분들과 더 있고 싶다. 이런 기분인 거지, 다들. 이때 지원이가 울면서 뛰쳐나와 할머니 입을 틀어막으며 꺼이꺼이 우는 거지. 할머니, 말하지 마세요. 저희 그럼 가야 돼요. 말하지마요. 이때 할머니가 말씀하시는 거지. 왜 그러니 지원아. 헉, 이건 뭐. 시청하는 전 국민이 울음바다인 거지. 아이고야. 어쩐대. 말해버렸네. 그럼 이제 헤어지는 거야, 저 사람들? 나 너무 슬퍼. 으앙~~ 이러면서. 어때?"

뭐, 이런 얘기들이 오고갔던 것 같다. 흠, 손발이 오그라든다. 게다가 시골 가서 뭐 하지? 논 갈고 밭 가는 것도 한두 번이지, 그게 재미가 있을려나? 걱정이 쌓여간다. 찍어보기 전에는 모르는 것이다. 게다가 〈준비됐어요〉의 실패로 자신감도 꽤나 빠진 상황. 회의실은 다시 정적. 그리고 다음 주제로.

당시 시골 말고 두번째로 매달리던 주제는 바로 '복불복'이라는 틀. 거기에 관해선 또 이런 대화가 오고갔던 것 같다.

"우리가 뭘 하든 말이지. 게임이든 뭐든 '복불복'이라는 틀을 가지고 가는 거지. 재밌지 않을까?"
"복불복? 그게 뭐냐? 복걸복 아냐? 복골복이던가?"

"아니야. 정식 이름은 복불복福不福이래. 복이냐 아니냐. 둘 중에 하나 골라라. 어때? 뭔가 도전을 할 때, 예를 들어 에버랜드에서 놀이기구 탈 때도, 잘만 고르면 면제인 거야. 꽝이 나오면 타야 되는 거고. 100프로 운에 맡기는 거지."

"그건 어디서 많이 하던 거잖아. 우리도 많이 하고 있고. 너무 흔하지 않아? 가위바위보도 일종의 복불복인 건데, 가위바위보 한다고 시청률 잘 나오는 프로그램은 이제껏 못 본 거 같은데?"

"에이, 그래도 상황만 적절하게 주어지면 재미있을지도 몰라. 흔한 게 뭐가 중요해. '복불복'이라는 이름을 붙여서 그걸 하나의 틀로 가져가는 순간 새로워 보일 수도 있잖아. 연예인들도 재미있어할 거 같은데? 으악, 나 또 걸렸어. 아싸, 나는 통과야. 어때? 무조건 복불복. 바이킹을 타든, 오리엔탈 익스프레스를 타든 공포체험을 하든."

"가만, 공포체험? 그러고 보니 이제 곧 여름이다. 이번 주에도 뭔가 찍어야 방송을 낼 수 있을 텐데. 어디 폐교라도 하나 섭외해봐. 이번주는 공포체험이라도 찍어야겠네. 그거 할 때 복불복 시켜보든지."

"그럴까? 회의는 뭐. 다음주에 또 하자."

그렇게 마무리. 아이고, 지겨워. 공포체험은 무슨. 이젠 그런 거 아무도 안 보는 세상인데. 그래도 어쩌랴. 이제야 고백하건대 우리는 그 당시 '대충' 찍고 있었던 것을. 그리고 '대충' 찍던 그곳에서, 역설적으로 〈1박 2일〉을 시작할 단초를 발견할 수 있었다. 공포체험을 하던 그 폐교에서.

재미를 발명
아니 발견하는 순간

단골 만화방에서의 모니터링

좋은 프로그램이란 무엇인가? 좋은 프로그램은 '발명'되는 것인가, '발견'되는 것인가. 어느 쪽인지는 몰라도 한 가지는 확실하다. 좋은 프로그램이란 다음의 세 가지를 만족시킬 때에야 비로소 만들어진다는 것. 첫째, 새로울 것. 둘째, 재미가 있을 것. 셋째, 의미가 있을 것.

그런데 문제는 이 세 요소가 똑같은 비중의 중요도를 가진 것은 아니라는 것. 셋 중 가장 중요한 것, 가장 우선시해야 할 요소는 바로 '새로워야 한다'는 명제. 뭔가 새로운 구석이 하나라도 있어야 시청자들은 비로소 관심을 갖는다. '뭐지? 저건 뭔가 처음 보는 그림인걸?' 이렇게 길 가던 사람을 돌아볼 수 있게 만들어야 한다. 그 새로움 속에서 창조된 재미와 의미만이 소구력을 가진다.

예전에 입사 초기 시절. 나는 프로그램 모니터를 단골 만화방에서 하곤 했다. 만화책 넘기는 소리만 사각사각 울려퍼지는 그곳에는 작은 텔레비전 하나가 설치되어 있었는데, 나는 주인 아저씨의 눈치를 흘끔흘끔 보며 (아저씨는 보통 뉴스를 틀어놓고 계셨다) 채널을 조용히 (당시 내가 조연출이던) 〈출발드림팀〉으로 돌려놓고 사람들의 반응을 관찰하곤 했다. 만화책에 코를 파묻고 탐닉하던 사람들이 자기도 모르게 고개를 들어 멍하니 텔레비전을 보는 포인트. 그게 어떤 때인지가 궁금했던 거다.

사람들은 보통 웃음소리가 커질 때 고개를 들어 텔레비전을 지켜본다. 뭔가 재밌는 걸 하나보다, 이런 눈치. 그러곤 다시 고개를 파묻고 들기를 반복. 그런데 신기했던 건 그 주에 처음으로 시도되는 뭔가가 있을 때 사람들이 가장 많이 고개를 들어 본다는 것이다. 시청자들은 전문가다. 저것이 재미가 있는지 없는지 10초 정도면 결정하고 판단을 내린다. 딱 10초. 그 정도만 고개를 들어 쳐다본다. 재미가 있으면 10초 더. 재미가 없으면 다시 만화책으로. 신기했던 건, 그 10초 정도는 대부분의 만화방 점령자들이 모두 텔레비전을 본다는 것.

즉, 새로운 시도가 이루어지는 한 사람들은 10초 정도의 여유는 언제든지 투자할 준비가 되어 있다는 것이다. 바꾸어 말하면, 그것이 새롭지 않으면 시청자들은 만화책에서 영원히 고개를 들지조차 않는다는 것. 힘들게 만든 재미있는 장면들이 그저 슥슥 지나가버린다. 나는 만화책을 보는 척 가슴을 졸이며 주변 만화방 동지들을 관찰한다. 저 정도면 꽤 웃기는데 왜 안 볼까? 그때는 몰랐지만 지금은 안다. '어이, 저런 건 수도 없이 봐왔다고. 웃긴 건 알아. 그치만 뻔한 거잖아?' 그들은 이렇게 대답하고 있는 것이다. '20년 이상 텔레비전을 봐왔다고. 작작 좀 해.' 아 네, 알겠습니요. 우울한 얼굴로 만화방을 나온다.

텔레비전이 처음으로 보급되는 어디 아프리카 오지 작은 부족의 방송국에서 피디를 하면 참 행복하겠다는 생각이 들었다. '가위바위보 꿀밤 맞기'만 해도 다들 깔깔거릴 텐데.

"족장님, 그거 봤어요? 이마를 막 때리고 하는 거?"

"아이고, 그 얘기 그만해. 좀 전까지 한 시간 동안 배를 잡고 웃었단 말이야. 가위바위보라던가? 그거 우리도 해볼까? 첨 보는 거였는데 말이야. 그 피디가 누구라고? 사우스코리아에서 왔다던가? 우리에게 이런 큰 웃음을 주다니 물소라도 한 마리 잡아서 대접하고 싶구먼."

이런 대화가 오고갈지도 모르는데. 참 재수도 없지. 나는 텔레비전 보급률 100프로에 컬러텔레비전의 역사가 30년 이상 된 나라에서 피디를 하고 있는 것이다. 그리고 이 나라 사람들은 솔직히 말해서, 여름의 연례행사 공포체험 따위는 아무도 안 볼 것이 분명하다.

리얼리티? 아직도 믿어, 리얼리티?

그래도 찍어야 하니까 폐교로 간다. 뭐, '대충' 찍는 중이니까. 스스로를 위로하며 폐교 복도 여기저기에 소복 입은 마네킹을 세워놓고 죄 없는 고양이를 몇 마리 풀어놓고 카메라감독들이 숨어서 찍을 장소를 확보해놓고 촬영 준비에 들어간다. 출연자들이 모여든다. 강호동, 지상렬, 은지원, 김종민, 노홍철, 이수근.

"오늘은 공포체험입니다. 여기 운동장에서 삼겹살을 구워서 소스에 찍어먹는 거예요. 그런데 소스가 두 종류가 있습니다. 하나는 그냥 소스, 하나는 엄청 매운 소스. 쉽게 말해서 소스 복불복입니다. 매운 거 걸리면 바로 공포체험 들어가는 거예요."

다들 고개를 끄덕인다. 이런 거 여기저기서 많이들 해본 것이다.

"공포체험 많이들 해보셨죠? 다들 적당히 잘 살려주세요."

이런 건 어차피 어느 정도는 짜고 치는 고스톱인 것이다. 다 큰 성인 남자 중 몇 프로나 귀신의 존재를 믿고 있을까. '어차피 그런 건 없지만 말이야, 있다고들 생각하고……' 이런 말을 속으로 주워삼킨다.

그러곤 촬영 시작. 한 명씩 도전. 어느 소스를 고를까. 그래도 복불복이니까 적당한 긴장감이 흐른다. 다들 고민하다가 소스 선택. 환호성을 지르며 면제되거나 비명을 지르며 끌려가거나 하는 모습을 카메라 뒤에서 모니터로 보며 방송 분량을 체크한다. 이 정도면 60분은 나오겠네. 그런데 모니터 너머로 이상한 그림이 보인다. 바로 지원이.

다들 녹화에 열심히 참여하고 있는데 지원이만 표정이 이상하다. 딱딱하게 굳어 있다. 뭔가 겁에 질린 사람 같기도 하고. 그리고 보니 아까 촬영장에 도착할 때부터 이상하게 말이 없었다. 왜 저러지? 컨디션이 안 좋은가? 식은땀도 좀 흘리는 것 같고. 감기에라도 걸렸나?

"지원이 원샷 좀 잡아줘요." 카메라감독님께 부탁한다. 모니터 가득 지원이 얼굴. 자세히 보니 역시 이상하다. 쫓기는 사람처럼 눈동자가 좌우로 심하게 흔들린다. 근심이 가득한 얼굴. 집에 무슨 일이 있나? 은근히 걱정된다. 이윽고 지원이 차례.

익은 삼겹살을 하나 집어든다. 어느 소스에 찍을까, 고민하는 지원. 그래, 더 고민해라, 더, 더. 걱정은 잠시 접어두고 속으로 이렇게 외친다. 아무거나 금방 골라버리면 재미없으니까 적당히 고민해주면 좋다. 그런데 고민하는 원샷을 보니 이전 멤버들과는 차원이 다르다. 불안한 눈동자는 소스를 이리저리 훑어보고 있고 삼겹살을 집은 것

가락은 고민 속에서 흔들리다 못해 덜덜 떨리는 듯도 보인다. 뭐야, 컨디션 안 좋은 줄 알았더니만 오늘 리액션 최고인걸, 지원이? 속으로 흡족해한다. 고민 속에서 1분 정도가 또 지나간다. 오케이, 그림 좋은걸. 이제 골라, 지원아. 속으로 이렇게 생각. 그런데 지원이는 아직도 고민중.

어느덧 3분 정도 또 흐른다. 지원아, 리액션 좋았어. 다 찍었으니까 빨리 골라 이제. 그리고 또 5~6분. 뭐야, 쟤. 영원히 저기 서서 고르고 있을 셈인 거야? 카메라감독이 나를 흘끔 쳐다본다. '쟤 오늘 이상한데?' 이런 눈빛. 나도 일어서서 지원이 쪽을 본다. 호동이 형도 난감해하고 있다. 그런데 이때, 드디어 결정한 듯 하나 골라서 찍어먹는 지원이. 사약을 삼키듯 두 눈을 질끈 감고 삼겹살을 삼킨다. 자, 뭘까. 잠시 정적이 흐르고 지원이의 얼굴이 붉게 달아오르기 시작한다. 이건 참고 싶어도 못 참는 매운맛. 걸렸구나! 아니라고 버티던 지원이가 결국 물 한 병을 원샷하고 비명을 지르며 폐교 속으로 끌려간다.

촬영장은 한바탕 웃음. 휴, 무슨 일 났나 싶더니만 잘 해결됐네. 그리고 폐교 속에선 지금까지와 차원이 다른 데시벨의 비명 소리가 들려오기 시작한다. 나도 출연자들도 웃기 시작. 호동이 형도 놀란 눈치다. "쟤 오늘따라 왜 저렇게 열심히 한다니?" "그러게요."

어쨌든 그렇게 촬영은 무사히 종료. "수고하셨습니다." 다들 철수 준비를 하며 이런저런 장비를 챙기는 도중, 멍하니 운동장에 서서 하늘을 바라보는 지원이를 발견했다. 그러고 보니 아깐 왜 그랬을까? 아까의 지원이는 좀 이상했다. 진짜 집에 무슨 일이 있는 건 아닐까? 그냥 갈까 하다가 지원이에게 다가가 물어본다.

"왜 그러니 지원아. 아까 너 좀 이상했어. 무슨 일 있어?"

그러자 지원이가 조용히 고개를 돌려 나를 쳐다본다. 핏기 없는 무표정한 얼굴. 잠시 뜸을 들이더니 이렇게 말한다.

"감독님 눈에는 안 보이세요?"

"뭐가?"

그리고 내뱉는 말.

"이 폐교에 귀신이 50마리는 있어요. 난 느껴져요."

침묵.

또 침묵.

"어…… 그래? 피곤해 보인다 너. 얼른 들어가 쉬어."

"네…… 수고하셨습니다."

'진짜' 공포가 주는 '재미'의 발견!

이 얘기를 돌아가는 차 안에서 스태프들에게 했더니 다들 자지러지게 웃는다.

"뭐야 걔. 진짜 귀신을 믿는 거야? 지원이 귀여운 구석이 있어."

"원래 지원이가 귀신 믿는대요. 예전에 그런 얘기 한 적 있어요."

"UFO도 믿잖아, 지원이는."

다들 한마디씩 거든다. 그 순간 머리를 때리는 뭔가가 느껴진다. 지금 나는 뭔가를 잘못 생각하고 있다. 뭔가를 놓치고 있다. 그게 무얼까. 이 공포체험이 '대충' 만든 기획이라고 생각했던 건 첫째, 여름이면 이런저런 방송사에서 늘 해왔던 뻔한 촬영이므로 새로울 것이 전혀 없다는 점이고, 둘째, 공포체험이라는 건 당사자가 그 공포를 유발하는 존재(귀신이든 유령이든 혼령이든)를 실제로 믿어야 리얼리티가 사는 것인데 성인 남성치고 그런 거 믿는 사람이 얼마나 있겠는가 하는 점이다. '그다지 공포스럽지는 않겠지만 예능이니까 적당히 공포스러운 척해줘.' 제작진은 이러한 무언의 기대를 안고 촬영을 시작하고 출연자들은 그 기대에 부응해서 적당히 리액션을 하고 소리를 지른다. 그런데 단 한 사람, 지원이는 예외였다.

귀신을 믿는 지원이에게는 이 모든 상황이 진짜였다. 진짜 귀신을 믿는 사람이 어찌 오프닝이라고 웃고 떠들 수 있을까. 그는 실제로 겁이 나서 오프닝 내내 입을 다물고 주위를 두리번거렸던 것이다. 그가 삼겹살을 들고 소스를 고를 때 그는 천국과 지옥 사이 운명의 갈림길에 서 있었던 것이다. 사람들은 뻔히 안다. 저것이 연기인가 진짜인가. 그날 지원이의 표정은 진짜였다. 그리고 그 표정은 고스란히 카메라에 찍혀서 방송될 것이며 그 상황은 아마도 최고의 몰입도를 가져올 것이다.

아하, 그렇구나. 복불복이 중요한 것이 아니었구나. 문제는 복불복으로 인해 발생하는 결과, 복불복이 선택하게 만드는 상황, 그것이 얼마나 위협적인가(또는 달콤한가)에 따라서 몰입도가 달라진다는 거구나. 확률이 6분의 1에 불과한 러시안룰렛이 그토록 긴장감 넘치는 이유는 말할 것도 없이 그 대가가 한 사람의 목숨이기 때문이다. 너무나 뻔한 사실을 여태껏 왜 생각 않고 있었을까. 몰랐던 것이 아니다. 전혀 새로운 사실을 '발명'한 것이 아니다. 지원이의 표정을 보고 잊고 있었던 진실 한 가지를 그날 우리는 '발견'한 것이다.

그날의 발견 이후 우리가 가야 할 길은 명확해졌다. 복불복으로 인해 출연자들이 실제로 괴로워할 만한 상황, 그 결과가 두려워 몰입하지 않으면 안 될 상황, 그러나 그 결과가 비참하거나 괴로울 지경이라 눈살이 찌푸려지는 상황은 아닌, 시청자들은 재미있게 볼 수 있는 그런 상황이 뭐가 있을까 알아내기만 하면 되는 것이다. 뭐가 있을까……

밥을 굶기자. 한 끼 정도는 굶겨도 건강에 지장은 없다. 그리고 밖에서 재우자. 연예인이 밖에서 한뎃잠을 자는 것. 연예인에게야 괴롭겠지만 시청자들은 웃으며 볼 수 있을 것 같다. 오케이. 밥도 굶고 잠도 밖에서 재우기 위해서는…… 촬영을 하루만 해서는 안 되겠네? 이틀은 해야겠다. 최소 1박 2일은 다녀와야 할 듯. 1박 2일간 어디 여행이라도 간다고 거짓말을 하자. 아니, 그게 왜 거짓말이야? 실제로 여행을 가면 되는 거지. 그럼 제목을 뭘로 하지? 제목도 그냥 '1박 2일'로 해. 사실 제목이 무슨 상관이야. 이번에도 안 되면 또 바꿔야 하는데 대충 짓지 뭐. 그렇게 어딘가로 여행을 떠나는 (사실 제작진은 여행 따위 관심이 없었고 복불복이 하고 싶었던) 프로그램 〈1박 2일〉이 급조되었다.

이제 찍어보자. 촬영 한번 해보면 어떤 느낌일지 감이 오겠지. 첫 촬영 날짜가 잡힌다. 금요일에 출발해서 토요일에 돌아오는 일정. 스케줄도 정해졌고 뭘 찍을지도 정했으니 이제 출발할 일만 남았다. 그런데 잠깐, 그런데 말이야, 우리 첫 촬영을 어디로 가는 거야? 아차, 그러고 보니 그걸 안 정했네. 우리의 첫번째 여행지. 우리 어디로 가지?

어디로 가는 게
뭐가 중요해?

사랑도 방송도 끝이 온다

사무실에 들러 2주 휴가를 낸다. 그러곤 후배의 책상에 앉아서 내 책상을 물끄러미 바라본다. 내 책상은 앉고 싶어도 앉을 수가 없다. 이런저런 소품이나 〈1박 2일〉 팬들의 선물이 한가득 책상을 점령하고 있기 때문이다. 게다가 본래 정리정돈 따위와는 거리가 먼 성격. 멀리서 보면 그것이 원래 책상인지 박스를 얼기설기 쌓아놓은 거대한 쓰레기 더미인지 구분이 잘 안 갈 정도다. 슬쩍 들춰보니 정말 별의별 물건들이 다 있다.

가장 아래는 때 지난 영수증, 자료 영상물 반납 독촉장, 이런저런 모임에 나오라는 초대장, 어느어느 지역에 꼭 와달라는 홍보문건, 청첩장, 심의경고장…… 그 위로는 각종 CD와 책이 점령하고 있고 또 그 위로는 박스가 쌓여 있는, 위로 올라갈수록 덩치가 커지는 위태로운 구조. 박스는 대부분이 해외나 국내 팬들이 보내온 선물이다. 대만이나 홍콩, 일본, 중국, 동남아, 멀리 중동이나 유럽, 미국, 호주의 팬들까지. 멤버들의 선물은 선별해서 따로 전해주지만 제작진 앞으로 온 선물은 언젠가부터 먼지를 뒤집어쓰고 쌓여만 갔다.

뭘 귀찮게 이런 것까지 보내…… 하고 투덜대면서도 선뜻 버리지 못하는 물건들. 선물의 내용은 대부분 과자이고 그 외에는 핫팩에서부터 옷, 모자, 비누, 직접 만든 사진첩이나 수건, 양말까지 실로 다양하다. 영어나 서툰 한국어로 쓴 팬레터도 동봉돼 있다. 저 먼 곳 어느 나라에서 우연히 방송을 보고 팬이 되고 정성스럽게 시간을 들여 선물을 고르고 한국어를 배워 편지를 쓰고 국제우편과 수하물을 보내는 마음. 생각해보면 정말 대단한 정성인 건데 저 마음에 보답할 정도로 나는 열심히 방송을 만들었을까 하는 자괴감이 잠시 들었다가 이내 사라진다.

원래 뻔뻔한 성격인 것이다. 대신에 물끄러미 한참을 바라본다. 멀리 외국에서 날아와 내 책상에 둥지를 틀고 있는 이 물건들은 언뜻 헤어진 여자친구의 편지를 떠올리게 한다. 프로그램도 끝났고 사랑

도 끝났다. 편지만 한가득 남은 채 마음은 천천히 식어간다. 먼저 등을 돌린 쪽은 누가 뭐래도 내 쪽이다. 등을 돌려놓고 사랑했었느니 어쨌느니 하는 건 유치한 짓이다. 선물이고 편지고 모두 마음에 담아 아무도 없는 곳에 가서 버려야겠다. 그리고 다른 사랑할 상대를 찾아 봐야지. 현실은 그런 것이다. 영원히 〈1박 2일〉만 할 수는 없잖아.

이때 책상 모서리에 삐죽 나와 있는 여행잡지가 눈에 들어온다. 월간 『론리플래닛』 작년 판. 표지에는 녹색의 오로라가 검은 하늘에서 휘황하게 빛나고 있고 그 옆에 한겨울의 북유럽 여행 어쩌구 하는 글귀가 눈에 들어온다. 그래, 오로라나 보러 가볼까나. 잡지를 집어들고 사무실을 나선다.

인생의 터닝포인트 같은 건 썰매개나 줘버려

오로라는 라틴어로 '새벽'이라는 뜻입니다. 태양 표면의 폭발로 우주 공간으로부터 날아온 전기를 띤 입자가 지구 자기의 변화에 의해 극지방 부근 고도 100~500킬로미터 상공에서 대기중 산소분자와 충돌하여 나타나는……

이런저런 설명이 쓰여 있지만 패스. 어떤 연유로 나타나는 현상인지는 과학자들이 연구할 일이다. 방송 만들러 가는 것도 아니고 오로라만 보고 오면 그만이지 뭐, 하고 생각한다.

그렇다고는 해도 왜 오로라인가? 라고 누군가 물어보면 딱히 할 말은 없다. 그냥 잡지가 눈에 띄어서? 뭐 그런 것도 있고. 5년 만에 떠나는 휴가인데 그렇게 대충 정해도 되는 거야? 실제로 이렇게 물어보는 사람도 있었다. 대충 정해도 돼. 여행은 어차피 떠나는 게 목적인 것이다. 그리고 심심하지 않을 정도의 작은 목적 하나만 들고 가면 그만. 이번에는 오로라가 작은 목적이다. 이걸 보느냐 못 보느냐로 최소한 떠나 있는 얼마간은 심심하진 않겠지.

그렇다면 큰 목적은? 그건…… 글쎄, 잘 모르겠다. 허망하게 들리겠지만 잘 모른다. 여행이 한 인간의 커다란 변혁의 계기가 된다든가 최소한 뭔가 인생의 한 터닝포인트가 된다거나 하는 건 1~2년씩 길게 떠나는 사람에게나 해당되는 말. 이번 여행은 열흘 정도로 잡고 있다. 고작 열흘간 뭘 느끼고 변혁을 감행하고 성찰의 기회를 가지고 큰 깨달음을 얻겠는가. 괜히 다녀왔어 돈 아깝게, 정도의 느낌만 안 들면 되는 거지.

그럼 뭐하러 가? 하고 와이프가 묻는다. 글쎄, 떠나는 날까지도 나는 대답하지 못한다. 무라카미 하루키는 어느 날 먼 북소리를 듣고 짐을 싸서 그리스와 이탈리아로 '그야말로' 떠나버린다. 생활의 터전인 도쿄 한가운데에서 한순간에 사라진 것이다. 그러나 나는 사라질 수 없다.

서울에는 빚을 다 갚으려면 25년 정도가 남아 있는 아파트가 있고 딸은 이제 갓 네 살이 되었고 최근에 이직을 한 와이프는 한창 새로운 일터에 적응하느라 정신이 없다. 그것 외에도 수만 가지 떠나지 못하는 이유를 더 댈 수 있다. 하루키는 떠나 있는 동안 장편소설을 두 권이나 쓰고 세계적인 작가로 성장한다. 그러나 나는 그저 평범한 월급쟁이 피디인 것이다. 다들 잠든 고요한 새벽 골방에서 잡지를 홀홀 넘기다가 혹시나 해서 귀를 기울여보았지만 역시나 먼 북소리 따위는 털끝만큼도 들리지 않았다. 역시나, 북소리 따위 포기하고 다시 잡지로. 잡지에서는 노르웨이의 오로라 여행에 대해 다루고 있었다. 개썰매나 스노모빌 체험부터 얼음으로 만들어진 호텔 숙박까지.

얼음으로 만들어진 호텔에서 북구의 정취를 만끽하시면서 환상적인 오로라를 감상하세요.

흠, 멋지긴 하지만 돈이 꽤 들 것 같다. 게다가 잡지에서 가라는 대로 가는 여행. 취향에 맞지 않는다. 〈1박 2일〉을 할 때도 우리는 아무도 찾아가지 않는 곳으로 갈 때 묘한 희열을 느꼈다. 정보는 부족할수록 좋다. 고백하건대 나는 멤버들이 주축이 된 자유여행을 할 때가 가장 재미있었다. 대체 어디로 갈지, 뭘 할지, 나조차도 모르면서 두근거리며 따라갈 때에 비로소 일을 하는 것이 아니라 같이 여행을 하는 심정이 되곤 했다. 내가 피디라는 것마저 잊고 그들의 여행에 슬쩍 한 자리를 얻어 탄 심정으로 따라다니곤 했던 것이다. 생각이 거기까지 미치자 세세하게 설명서가 붙어 있는 노르웨이 따위 가지 않겠어, 하는 반발심이 슬쩍 생긴다. 그럼 어딜 갈까.

오로라는 시베리아 북부, 알래스카 중부, 캐나다 중북부, 스칸디나비아반도 지역, 아이슬란드 등에서 관측됩니다.

가만, 아이슬란드라. 2년 전쯤 화산이 폭발해서 온 유럽 비행기를 스톱시켜버린 패기 넘치는 지역 아니던가. 아이슬란드를 검색한다. 영국에서 비행기로 세 시간쯤 걸리는 섬나라. 크기는 영국과 비슷하고 화산과 빙하의 나라로 불린다. fire and ice…… 이거 멋진걸? 그외에는 자료가 극히 없다. 아마도 우리나라에서는 찾는 이가 거의 없는 듯. 그래, 여길 가야겠다. 여기서 오로라를 보자. 오로라 이외에는 뭐가 있는지 가서 알아보지 뭐. 뭐가 있어도 있겠지. 이번 여행은 어차피 버리려고 떠나는 것이다. 뭐가 있든 오로라만 보면 돼.

갑자기 기분이 좋아진다. 오로라를 보면 왠지 새로운 사람으로 거듭날 것만 같은 기분까지 든다. 거기서 오로라를 본 후 마음속에 짊어진 편지와 각종 선물과 5년의 세월을 눈밭에 파묻어버리고 돌아와야겠다. 결정은 그다음이다. 그래. 여행은 여행일 뿐. 결정은 그다음에. 여행을 떠나서는 오로라만 생각하자. 판단은 그다음에 해도 늦지 않다. 사실…… 난 이번 여행을 마치고 뭔가 큰 결정을 할 생각인 것이다. 내 인생을 송두리째 바꾸어버릴, 아주 큰 결심을.

아무도 예상 못한
6밀리 카메라의 대활약

일단 시작, 어떻게든 되겠지

제목도 정해지고 뭘 할지도 정했지만 여전히 첫 촬영을 어디로 갈
지는 5년 전에도 큰 고민이었다. 일단 여섯 남자의 좌충우돌 여행기
라는 콘셉트를 정하긴 했지만 그때도 알려진 유명한 관광지에 갈 생
각은 털끝만큼도 없었다.

"다시 한번 얘기하지만 여행은 그저 핑계일 뿐이야. 우리는 복불
복을 하러 가는 거라고. 밥을 굶기고 잠을 밖에서 재우기 위해서. 그
러니까 오히려 조용한 곳을 고르자. 촬영을 하고 있어도 아무도 신경

조차 쓰지 않을 그런 곳. 대신 경치는 좀 좋아야겠어. 그래야 여행 온 기분이 좀 들지 않겠어?"

다들 흠…… 하는 표정이다. 그러니까 그런 곳이 어디냐고. 네가 좀 생각해보든지, 뭐 이런 표정들. 글쎄, 난들 아나. 여행은 딱히 내 취미도 아닌걸. 일단 답사라도 가보자고 의견이 모아진다.

"그래도 바닷가가 좋지 않을까? 바닷가에 말이야, 횟집이나 펜션 이런 거 하나도 없이 그야말로 고즈넉한 어촌마을인 거야. 소나무숲 같은 게 뒤로 병풍같이 둘러쳐져 있고 말이지. 그런 곳 모래사장에 텐트를 치고 하루를 나는 거지. 어때?"

명을 받고 답사팀이 출발한다. 동해안 북쪽 끝 양양에서 영덕까지 이 잡듯 훑고 사흘 만에 거지꼴이 되어 돌아온 답사팀의 보고는 간결했다.

"그런 곳 없어요."

"응? 그런 곳 없다고?"

"모래사장이 손바닥만큼만 있어도 다 횟집 있고 펜션 있고 그래요."

아. 내가 우리나라 사람들의 경제활동 의지를 너무 얕봤구나. 나라도 집 앞에 모래사장이 있으면 피디 안 하고 횟집 했을 것이다. 그럼 바다는 포기, 육지로 가자.

"그럼 이건 어때? 특정한 여행지가 아니라 그냥 시골마을인 거야.

마을 근처에는 냇가 같은 게 있어서 간단하게 산책도 좀 하고 말이야. 그리고 마을 한가운데 느티나무가 떡하니 서 있는 거지. 수령 한 500년 정도? 그 느티나무 아래에 텐트를 치고 하루를 나는 거지. 마을에 내려가 밥도 좀 얻어먹고 말이야."

그리하여 또다시 답사팀 출발. 다행히 이번에는 몇 군데 비슷한 곳이 있었다. 그중 하나가 충북 영동.

"곧 포도 수확철이래요."

여기서 포도 수확 체험도 하고 근처에는 작은 강도 흐르고…… 오케이, 여기로 하자. 강이고 포도고 뭐고 간에 우리는 복불복 하러 가는 거니까. 나머진 그저 구색만 좀 맞춰주면 되는 거야. 그때만 해도 그렇게 생각했었다. 〈1박 2일〉의 의미가 무엇인지, 여행의 의미가 무엇인지, 짧다면 짧은 이틀이라는 시간이 차곡차곡 쌓여 어떤 스토리가 만들어질지, 그리고 그것이 제작진과 멤버들을 어떻게 바꾸어놓을지 그때 우리는 전혀 알지 못했으니까.

그리고 드디어 첫 촬영날이다. 동서울 톨게이트에 모여 오프닝을 한다.

"이번 콘셉트는 여행이에요. 하루 동안 여행을 가서 먹고 자고 돌아오는 거야. 그 외에는 비밀."

"비밀? 뭘 가르쳐줘야 우리도 준비를 하지."

연예인들의 불평이 들려온다. 그래도 비밀. 뭘 할지 몰라야 재밌지. 대충 둘러대고 돌아선다. 돌아서는 등에 땀이 살짝 흐른다. 사실 어젯밤 내내 이것 가지고 회의를 했다. 연예인들에게는 어디까지 알려주고 설명을 해줘야 하는 것일까? 지금이야 여행지조차 가르쳐주지 않고 무조건 떠나는 것이 〈1박 2일〉의 특색처럼 되어 있지만 당시만 해도 보통의 버라이어티 촬영의 경우, 촬영 전에 대략의 내용을 설명해주는 것이 관례였다. 사전에 미리 조율의 시간을 갖는다. 준비된 코너나 게임에서 연기자들이 부담스러워하는 부분이 있으면 수정을 한다.

그럼 다 얘기해줘? 그럼 재미없지. 알려달라고 떼쓸 텐데? 그냥 못 들은 척해. 그럼 밥도 굶고 잠도 밖에서 잘지 모른다고 현장에서 그때 가서 말하라고? 싫다 그러면 어떡해? 간만에 코너 바꿔서 찍는 건데 촬영장 분위기라도 나빠지면? 촬영 끊고 못 하겠다고 그러면 어쩌지? 흠, 글쎄. 그러면 큰일이긴 하다. 밥 굶고 야외취침하는, 지금이야 당연한 것들이 그 당시에는 꽤나 민감한 문제였던 것이다. 촬영을 왔으면 제때 밥 챙겨주고 제때 방 잡아서 재워주는 것이 어쩌면 당연할 수도 있다.

화를 낸대도 딱히 우리 쪽에서 할 말은 없다. 사실 좋은 촬영이라는 건 때때로 그 세세한 내용보다는 촬영의 전체적인 '흐름'이랄까 '기'라는 요소가 상당히 중요하다. 문장으로 표현하기는 꽤 어려운 부분이지만 뭐랄까, 기분좋게 슥슥 넘어가야 좋은 촬영인 것이다. 촬영을 마치고 제작진이나 연예인이나 '이건 뭔가 뒷맛이 개운한걸? 뭘 찍었는지는 하나도 기억이 안 나는데 말이야. 근데 뭔가 되게 즐거웠어' 이런 식의 반응이 나와야 좋은 촬영인 것이다. 진짜 밥을 안 준다고요? 배고픈데 촬영을 어떻게 해. 카메라 끄고 그냥 좀 먹으면 안 돼? 이런 반응이라도 나오면 난감해질 게 뻔하다. 주네 안 주네 하다가 서로 얼굴 붉힐 일이 생길 것이다. 그런 촬영이 슥슥 넘어가는 기분좋은 촬영이 될 리 만무하다. 이를 어떻게 해결할 것인가.

꼼수와 꼼수 속에 '야생리얼로드' 버라이어티의 탄생!

"연예인 개개인을 늘 따라다니는 6밀리 카메라를 하나씩 붙이는 게 어때?"

"6밀리 카메라를? 그건 왜?"

6밀리 카메라라는 건 일반 방송용의 큰 카메라가 아니라 손으로 쉽게 들고 찍을 수 있는 가정용 홈비디오 비슷한 것이다. 기술이 발전해서 영상 또한 방송용으로 크게 떨어지지 않는데다 기동성이 좋다. 그런데 그걸 왜 붙여? 보통 연예인들이 촬영에 관해 어필을 하는 건 소위 말해 '테이프 교체 타임'에 이루어지는 경우가 많다. 당시만 해도 아직 HD TV 이전 시절이라 요즘 쓰는 대용량의 디스크를 쓰지 않고 테이프로 녹화를 하던 시절. 테이프는 30분 정도가 한계이기 때문에 30분마다 갈아야 했고, 그 순간만큼은 카메라가 돌아가지 않는다. 이 순간을 이용해서 연예인들은 잠시 쉬거나 담배를 피우거나 잡담을 하고 피디에게 할 말이 있으면 어필을 한다. 밥이든 잠자리든 불만이 있으면 이 틈을 타 불평을 쏟아놓을 것이 뻔하다.

"테이프 교체하는 시간을 없애버리는 거지. 어필하는 시간을 아예 주지를 않는 거야."

"어떻게?"

"쉬거나 테이프를 갈 때마다 계속 VJ에게 부탁해서 6밀리 카메라로 멤버들을 따라다니면서 계속 찍으라고 하는 거야. 그러면 카메라가 계속 돌아가니까 말이야. 신경이 쓰인달까. 계속 찍히고 있는 거니까. 그래서 어필이고 뭐고 어, 어, 어, 더듬거리는 동안 테이프 교체는 끝. 다시 녹화 시작. 구렁이 담 넘어가듯이. 어때?"

뭐, 좀 바보 같기는 하지만 그럴듯한 이야기다. 보통의 버라이어티 촬영은 한 코너 찍고, 잠시 휴식 및 다음 코너 준비, 다시 다음 촬영, 뭐 이런 패턴으로 이루어진다. 방송은 틈 없이 쭉 나가지만 실제 촬영현장에서는 자잘한 휴식시간이 있기 마련인데, 오프닝부터 클로징까지 다른 생각 할 틈을 주지 않고 계속 찍자는 얘기다. 그런데 뭐라고 핑계를 대고 6밀리 카메라를 계속 붙이지? 멤버들도 틈틈이 좀 쉬어야 될 텐데. 꽤나 불편해하지 않을까? 카메라가 계속 따라다닌 다는 건 말이야.

"뭐 어때? 한 번인데. 첫 녹화만 잘 떨어지면 다음부터는 굳이 그 렇게 안 해도 다 이해할 거야. 핑계야 대충 대면 돼. 요즘 리얼버라이 어티가 대세라서 외국에서는 다 이런 식으로 촬영한다고 둘러대. 오 프닝 할 때 멤버들이 차에서 내릴 때부터 아예 대놓고 계속 찍는 거 야. 화장실 갈 때도 따라다니고 이동할 때 차에도 카메라를 다 붙여 놔. 계속 녹화중입니다, 라는 걸 인지시켜주는 거지."

"차에도? 차로 어디 가고 하는 부분은 딱히 재미도 없을 텐데. 어 차피 나중에 편집할 때 다 날아가는 부분인데?"

"그래도 그냥 붙여, 장식으로라도. 그래야 '아, 계속 카메라가 따 라다니는구나' 하고 생각하지. 뭔가 어필을 하려다가도 카메라가 신 경 쓰여서 말이 쑥 들어가는 거지."

"그래. 그게 좋겠다. 그럼 이름도 아예 '리얼버라이어티'라고 하지 뭐. '야생'이라는 말도 넣자. 밥도 굶고 밖에서 자는데 꽤나 야생스럽 잖아? 여행이니까 로드무비 같은 느낌도 나게 '로드'라는 말도 넣고."

뭐 그런 얘기가 오고간 회의 끝에 우리 프로그램은 '야생리얼로드 버라이어티 〈1박 2일〉'이라는 꽤 긴 이름을 가지게 되었다. 그리고 그날. 단순히 멤버들의 어필을 좀 막아보자고 카메라를 계속 따라다 니게 한 결정이 얼마나 잘한 일인지 우린 곧 알게 되었다.

아날로그 인간의
스스로 해결하는 첫 여행

아날로그 인간? 아니 아무짝에도 쓸모없는 인간

여행지가 아이슬란드로 정해지고 나니 남은 일은 비행기 티켓을 사고 호텔 예약을 하는 일 정도였다. 그런데 이쯤에서 고백할 것 하나. 인터넷으로 티켓 끊고 호텔 예약하는 것이 세상에서 제일 힘들었다! 나는 한마디로 아날로그적인 인간이다. 좋게 표현해서 아날로그지, 나쁘게 말하면 방송일 말고는 아무짝에도 쓸모없는 인간인 것이다.

잠시 나라는 인간에 대해 말하자면, 일단 최신이고 구형이고를 떠나서 기계 다루는 일에 서툴다. 입사 초기에 남들은 일주일이면 배우

는 편집기 다루는 법을 1년이 넘도록 배우다가 진지하게 이직을 생각해본 경험이 있다. 운전이 서툴다. 와이프는 웬만해선 나에게 운전대를 넘겨주지 않는다. 더불어 심각한 길치다. 엘리베이터만 잠시 탔다가 내려도 한동안 여기가 어디인지 정체성의 혼란을 겪는다. 스마트폰을 쓰고는 있지만 문자와 전화통화 기능만 사용한다. 그 흔한 카카오톡조차 쓰질 않는다. 인터넷은 연예기사 검색의 용도로만 사용하는 정도. 메일은 특별한 일이 있을 경우에만 체크. 그 외의 컴퓨터 기능은 전혀 모른다고 해도 과언이 아니다.

한때 〈1박 2일〉에서 막간 미션 수행 같은 것으로 (보통은 호동이 형을 골탕 먹이기 위해) 휴대폰으로 사진 찍어 인터넷에 빨리 올리기라든가 복사 후 팩스 보내기 따위의 미션을 멤버들에게 시킨 적이 있다. 이제야 고백하건대 그때는 웃고 있는 척했지만 속으로는 혹시라도 나를 시키면 어쩌나 싶어 불안에 떨고 있었다. 땀을 뻘뻘 흘리는 호동이 형에게 진심으로 미안했다. '형, 나도 그래. 형은 혼자가 아니야.' 이렇게 속으로 외치고 있었던 것이다. 다행히 현대사회는 이러한 유형의 인간을 좋게 표현해서 '아날로그적인 인간'이라고 말해준다. 고마운 일이다. 우리 집에서는 '아무짝에도 쓸모없는 인간'이라고 불린다.

이러한 쓸모없는 인간이 방송국에서 그나마 버틸 수 있었던 이유는 다양한 인간들의 '협업'이라는 방송일의 특성 덕분이다. (메인피디 대신) 조연출들이 행정 처리를 하고(문서 작성이나 제작비 기안을 올리는 행위 또한 나에게는 사법고시를 패스하라는 이야기와 비슷하게 들린다), FD 들은 소품 신청이나 업무 연락 등의 잡무를 처리하고, 작가들은 촬영 장소 조율부터 사전 답사, 기차나 항공기 예약까지 귀찮은 업무를 도맡아 해주고 있다. 그러는 사이 메인피디는 고고한 척 생각하고 판단하는 기능만 수행한다. 못하는 게 아니야, 안 하는 거지, 라는 듯한 얼굴로 사실은 못하는 업무를 남에게 슬쩍 미뤄왔던 것이다.

이제는 내가 해야 한다. 개인적인 여행에 관한 예약을 누군가에게 부탁할 수는 없다. 일단 항공권 예약. 아이슬란드까지 왕복하는 비행기 표를 끊는 데 꼬박 사흘이 걸렸다. 어디서 들은 건 있어 인터넷으로 싼 항공권을 알아보려 거의 이틀을 씨름하다가 결국 포기. 아이슬란드까지는 직항편이 없어 유럽 어딘가에서 환승을 해야 하는데 유럽까지 가는 표는 그럭저럭 예약할 수 있었으나 시간에 맞춰 아이슬란드까지 환승하는 표를 구하는 것이 나의 인터넷 구매 시스템 이해도로는 거의 불가능했다. 결국은 항공사에 직접 전화해서 구구절절이 나의 일정을 설명하고 난 다음에야 간신히 티켓 구매 완료.

다음은 호텔과 민박집 예약. 대체 아이슬란드 호텔은 어디서 예약을 하는 것이란 말인가. 일단 이런저런 웹서핑을 통해 가고 싶은 호텔 몇 군데를 발견했다. 고민 끝에 인터넷으로 메일을 써보기도 하고 전화도 해보았으나 높은 언어의 장벽으로 반포기. 반포기란 뜻은 나의 구매 의지를 표현하는 정도의 영어는 가능하나 대체 제대로 예약이 된 것인지 어떤 것인지 확인을 할 정도의 영어는 안 되더라는 것. 며칠을 고민 끝에 천사 같은 어떤 분의 도움으로 외국호텔 예약 사이트 발견. 휴, 이런 게 코앞에 있는 것도 모르고 있었다니. 간신히 민박집과 호텔 섞어서 예약 완료. 예약을 모두 끝내고 나니 그야말로 녹초가 되었다.

99퍼센트를 죽이고 살리는 1퍼센트

여행도 떠나기 전에 이게 무슨 꼴이람. 자신이 너무도 한심하게 느껴진다. 〈1박 2일〉 피디가 자기 여행 가는 거 하나 제대로 예약을 못 해서 어떡해? 라고 누군가 비난을 하거나 비웃더라도 나는 한마디도 반격할 생각이 없다. 네, 맘껏 비웃어주세요. 저란 놈은 이런 놈입니다요. 생각해보면 5년 내내 나는 말뿐이었다. 어딘가로 답사를 가서 "이 동네 좋은데? 여기로 하자" 하고 베이스캠프를 정하면 그 이후는 조연출과 FD, 작가 들의 몫.

베이스캠프까지 70여 명의 스태프를 실어나를 차량을 준비하고 알아서 근처의 방을 예약하고 수많은 스태프들이 쓸 방을 적절히 배정하고 연락을 돌리고 차례로 도착하는 수많은 차량들의 주차를 해결하고(이게 예상외로 큰일이다) 촬영 순서와 동선에 맞춰 소품을 준비한다. 그러다가 해가 지면? 저녁시간에 맞춰 밥차 아주머니께 밥을 부탁하고 밥 지을 식수를 확보하고 밥 먹을 때 줄이 길어지지 않도록 세세하게 신경을 써서 스태프들의 업무시간까지 체크.

그러는 동안에도 말만 많은 피디의 요구사항은 계속 늘어만 간다. 여기 눈밭에서 족구나 좀 했으면 좋겠는데? 그러면 누군가는 또 동네에서 삽을 빌려오거나 급히 포크레인을 수배하거나 해서 1미터는 족히 쌓여 있는 눈을 치우고 두어 시간 만에 네모반듯한 운동장을 만들어놓는다. 나는 말뿐이지만 누군가는 보이지 않는 곳에서 땀을 흘리며 뛰고 있는 것이다.

생각해보면 '그건 좀 힘든데요'라거나 '지금 그건 불가능해요'라고 말할 수도 있었을 텐데. 그런 얘기를 들은 적은 거의 없다. 〈1박 2일〉이 잘되어 갖은 칭찬은 내가 다 들었지만 사실 칭찬을 들을 사람들은 따로 있는 것이다. 누군가는 어차피 돈을 받고 하는 일이라고 말할 수도 있겠다. 물론 돈은 받는다. 문제는 일 처리의 '디테일'이고 '완성도'이다. 99퍼센트 완벽한 촬영이 이루어져도 1퍼센트의 디테일이 삐거덕거리면 촬영은 '서서히' 죽어간다. 겉으로 보기에는 문제가 없어 보여도 결락된 1퍼센트의 디테일은 서서히 팀워크를 좀먹고 분위기를 해치고 종국엔 촬영 내용에까지 영향을 미친다.

족구 하자고 한참 싸우고 불이 붙고 내기를 걸고 한껏 뜨거워져서 뛰쳐나왔는데 운동장이 아직도 눈밭이라면? 10분만 기다려달라고?

물론 10분 정도는 기다릴 수 있다. 일이 10분 정도 늦었다고 아무도 뭐라 하지는 않는다. 그러나 10분을 기다려 시작된 족구와 조금 전 뛰어나오자마자 열이 받쳐 시작한 족구는 분위기가 미묘하게 다를 수밖에 없다. 그 10분의 차이를 예상해서 그 시간에 맞추는 것이 바로 1퍼센트의 디테일인 것이다. 아무도 알아주지 않아도 추위와 어둠을 뚫고 삽을 빌려와 눈을 치우는 누군가의 정성이 10분을 앞당기고 성공적인 촬영을 만든다. 그리고 이 마지막 1퍼센트의 디테일은 결국 '주인의식'이 있느냐 없느냐에서 판가름난다.

손발 다 잘린 피디의 어떻게든 되겠지 여행

영하 20도의 날씨에 난방기능도 없는 밥차에서 언 물을 가지고 밥차 아주머니는 저녁을 준비한다. 여기까지는 그분에게 적절한 보수를 주고 공정하게 부과한 업무가 맞다. 그러나 그 업무를 얼마나 성실하게 수행하는가는 순전히 그분의 판단인 것이다. 칼바람이 몰아치는 야외에서 곱은 손을 호호 불어가며 식사를 하는 스태프들에게 살갑게 웃으며 '고생하십니다. 많이 드세요'라고 한마디 하는 것. 촬영 때문에 식사시간이 끝나가도록 못 오는 스태프들이 있어도 끝까지 기다려주는 것. 맛있는 밥은 좋은 재료와 음식 솜씨로만 만들어지는 것이 아니다. 정성과 애정, 주인의식이 담겨야 그 한 끼의 식사는 완벽해진다. 그런 밥을 먹으며 스태프들은 힘을 얻고 한숨을 돌리고 기분좋게 다음 촬영을 준비한다.

이런 것들이 모여 1퍼센트의 디테일이 되고 성공적인 촬영을 만든다. 결국은 주인의식의 차이다. 밥을 만들어 내어놓는 그 순간만큼은 나영석 피디의 〈1박 2일〉이 아니라 밥차 아주머니의 〈1박 2일〉인 것이다. 눈을 치우는 그 순간만큼은 이름 없는 그 스태프의 〈1박 2일〉인 것이다. 이런 사람들에게 내가 해줄 수 있는 건 틈틈이 고생했다는 공치사를 늘어놓는 것. 결국은 또 말뿐인 것이다. 그리고 그들의 1퍼센트를 모두 모아 100퍼센트의 프로그램을 만든 후, 거기에 내 이름을 붙여 방송을 한다. 이것 참, 봉이 김선달도 아니고. 5년 동안 거저 먹었구나. 티켓 하나 제대로 예약 못하는 사람을 피디로 두고 나의 스태프들은 참으로 고생이 많았겠구나. 내 맘대로 따라주지 않는 인터넷 창을 띄워놓고 나는 진심으로 그들에게 고마워했다.

그건 그렇고 손발 다 잘린 채 입만 살아서 멀고 먼 아이슬란드에 제대로 갈 수나 있을지 덜컥 의문이 든다. 이제 와서 돌이킬 수도 없고. 일단 가보지 뭐, 어떻게든 되겠지. 5년간 내가 배운 건 이거 하나다. 어떻게든 되겠지 정신.

첫 방송
시청률 두 자리로 올라서다

딴청 신공 속 첫 촬영팀의 무사귀환

첫 촬영은 언제나 힘들다. 정해진 로드맵이 없기 때문이다. 어둠 속에서 손으로 더듬거리며 한 걸음씩 앞으로 나아가는 것과도 같다. 잘되어가는 건지 어떤 건지 모르겠을 때마다 연기자들의 표정을 살피고 고개를 돌려 동료 스태프들의 표정을 살핀다. 웃으면서, 괜찮아, 걱정 마, 어떻게든 되겠지 뭐, 하고 서로 대답해준다. 그러면 또 힘을 얻어 한 발짝씩. 일단 준비해온 것을 믿고 밀어붙인다.

오프닝을 시작하기도 전에 차에서 내리는 멤버들을 6밀리 카메라로 찍기 시작한다.

"뭐예요, 이건? 벌써 찍어요?"

의아해하는 멤버들에게 준비해온 멘트들을 날려준다.

"이게 바로 리얼버라이어티라는 거야. 할리우드에서는 다들 이렇게 찍는대. 〈서바이버Survivors〉 알지? 거기도 이런 식이라니깐."

못 믿겠다는 표정이지만 일단 고개는 끄덕인다. 다들 착한 것이다. 오늘 하루종일 카메라가 따라다닐 거야. 쉬거나 화장실에 가거나 뭘 하든 간에. 진짜로? 신경쓰여서 어디 촬영하겠어요? 유럽에선 다들 이렇게 찍는다니깐. 언젠 할리우드 방식이라며? 아 몰라. 그냥 하라는 대로 해. 대충 얼버무린다. 그리고 촬영 시작.

"영동에 갑니다." 외치고 출발. 차에도 카메라가 한가득 설치되어 있다. 저기에 뭐가 찍히든 사실 상관은 없다. 어차피 중요한 건 복불복이야. 밥 굶기고 밖에서 재울 때 뭐라고 잔소리만 못하도록 막아주면 그만인 것이다. 운전은 과묵한 수근씨가 담당. 네 시간이나 걸리는데 계속 운전을 해야 해? 그냥 제작진 차 타고 가면 안 되나? 어허. 이것이 바로 리얼인 거예요. 설득해서 다들 태우고 출발. 네 시간이 지나고 날이 어둑해질 즈음 간신히 목적지에 도착했다.

준비된 저녁 복불복 시작. 첫 저녁 복불복은 마을에서 저녁거리 구해오기. 여기서부터 조심해야 한다. 굶는 사람이 발생하는 순간, 밥 진짜 안 주냐는 어필이 들어올 것이 뻔하니깐. 그러나 다행인지 불행인지 저녁거리를 한가득 구해와 다들 적당히 포식. 한 명씩 돌아가며 서로 먹네 마네 하는 것이 웃기기도 했다. 한숨 돌린다. 이어서 잠자리 복불복. 은지원, 노홍철, 김종민이 야외취침에 당첨됐다. 역시 웃고 떠들며 즐거운 분위기에서 촬영은 종료했으나 위기의 순간이 도래했다.

"자, 이제 잘 시간입니다. 복불복 이기신 분들은 텐트에서 주무시고 나머지 분들은 여기 평상 위의 침낭에서 주무시면 됩니다."

그러곤 침낭을 펼쳐놓고 잠시 긴장 속에 대기한다. 누군가 드디어 입을 연다.

"저기, 진짜 여기에서 자라구요?"

침묵. 못 들은 척 고개 돌리기 신공. 그러다 나도 모르게 눈이 마주쳤다. 젠장!

"응. 여름인데 뭐. 괜찮아."

"그냥 자는 척만 하고 끊었다가 아침에 일어나는 거 찍고 그러면 안 돼요? 나 불편한데."

예상했던 발언. 이거 참, 난감하다. 그냥 자라고 하면 자기야 하겠지. 문제는 기분좋게 수긍해서 자느냐 억지로 등 떠밀려 자느냐 하는 것이 차이. 후자라면 내일 촬영 분위기에 영향을 미칠 수도 있다.

"그래도 뭐. 하루쯤은 괜찮지 않을까? 우리가 보초 서줄게."

그러곤 제작진은 계속 딴청. 여기서 밀리면 안 된다. 그러기를 약 5분? 고개를 들어보니 다들 언제 불평을 했었냐는 듯 대자로 퍼져서 자고 있다. 첫 촬영인지라 다들 피곤했던 것이다. 게다가 다들 남자들이라 야외취침 따위 생각만큼 크게 신경쓰지 않는 듯도 보이고. 우리의 걱정이 지나쳤을까? 이럴 거면 괜히 쉴 때마다 6밀리 카메라 돌린다고 테이프만 낭비했잖아. 어쨌든 잘 끝났다. 내일은 잘 수습해서 정리하면 끝. 느낌이 좋다. 스태프들도 이제야 다들 한숨 돌리는 분위기다. 다음날 부리나케 촬영을 끝내고 테이프 들고 방송국으로 복귀. 피디 몇 명이 분량을 나누어 사나흘에 걸쳐 공들여 편집을 한 후 드디어 내부 시사회 날. 피디들과 작가들이 모여 편집본을 처음부터 끝까지 꼼꼼하게 관람. 그리고 시사가 끝나자 우리는 예상치 못한 이유로 큰 혼란에 빠지고 말았다.

리얼은 6밀리 카메라를 타고

이걸 어쩌지? 그러게…… 다들 서로 얼굴만 쳐다본다. 일단 표면적인 문제는 가편집본이 너무 길다는 것. 당시 우리에게 배정된 실제 방송시간은 65분 정도. 그런데 가편집본은 120분 가까운 분량이 나와버렸다. 이런 일은 사실 흔히 있는 일. 재미없는 부분을 자르고 재미있는 부분만 모아서 65분 분량에 맞춰 방송을 하면 된다. 오히려 선택의 폭이 넓어지는 만큼 나쁜 상황은 아니다. 더 재미있는 부분을 선별해서 압축해 보여줄 수 있으니 시청률에도 도움이 된다. 다만 이번에는 상황이 평소와 좀 달랐다.

"대체 어디를 잘라내야 되는 거야?"

글쎄…… 글쎄올시다. 어디를 잘라내야 되는 걸까. 어디가 재미있는 부분이고 재미없는 부분인지 판단이 서지 않는 거다. 일단 복불복 부분은 문제가 없다. 딱 우리가 예상한 만큼의 웃음이 나왔고 이것만 방송을 내도 반응은 나쁘지 않을 것이다. 문제는 예상치 못한 곳에서 터져나왔다. 별 생각 없이 들고 나간 6밀리 카메라에 찍힌 부분. 멤버들이 쉬고 있든 화장실을 가든 운전을 하든 계속 따라다니던 그 카메라. 거기에 우리가 전혀 예상치 못했던 새로운 영상이 담겨 있었던 것이다.

먼저 오프닝 직전. 제작진이 촬영 준비에 여념이 없던 그 순간, 멤버들은 자기들끼리 모여앉아 쉴새없이 장난을 치고 농담을 하고 지난주의 안부를 물었다. 딱히 재미있는 이야기도 없는데 웃음이 끊이질 않는다. 그리고 이동하는 차 안. 그들은 마치 수학여행을 떠나는 학생들처럼 마냥 들떠 있었다. 표정에는 첫 촬영에 대한 중압감 대신 여행에 대한 설렘이 한가득 묻어나온다. 마치 아이들처럼 창문을 열고 소리를 지르고 노래를 부르고 그러다가 다시 피디의 '뒷담화'를 하기도 하고(지금 촬영중이라는 사실마저 잊고 있는 것이다!) 요즘 관심 있는 여자 연예인 이야기를 늘어놓는다.

그리고 베이스캠프에 도착. 쉬는 시간마다 소품박스를 뒤져 이것저것 꺼내보고 자기들끼리 장난을 친다. 그러다가 누군가 소리를 지른다. 나 오줌 마려워! 다 같이 또 떼를 지어 화장실을 간다. 촬영장은 시골마을이라 따로 화장실이 없다. 기세 좋게 근처 농가에 들어가 단체로 볼일을 보고 넉살좋게 수박도 한 쪽씩 얻어먹고 나온다. 그리고 이런 식으로 녹화된 모든 영상에 나타나는 공통적인 특징 하나.

"다들 표정이 살아 있다."

보통 녹화할 때는, 여기서 웃겨야 하는데, 이쯤에서 멘트를 치고 나와야 하는데…… 등등의 보이지 않는 긴장감이 촬영장에 흐른다. 알게 모르게 표정이 작위적이 되거나 과장되거나 목소리의 톤이 올라가는 것이다. 그런데 하루종일 따라다니며 찍은 이 그림에는 그런 경직된 표정이 없다. 보통은 "자~ 지금부터 촬영 시~작!" 하는 큐 사인이 있고 촬영이 시작된다. 그런데 하루종일 따라다니는 카메라에 따로 큐 사인 따위 있을 리가 없다. 그냥 거기에 존재하고 있는 카메라. 지금 녹화중이다, 또는 쉬는 중이다의 경계마저 허물어지고 처음부터 끝까지 끊이지 않는 네버 엔딩 촬영이 계속되는 순간, 역설적으로 멤버들은 카메라의 존재를 의식하지 않게 된 것이다.

이 범상치 않은 그림들, 어쩌면 좋단 말인가

복불복을 찍을 때 그들의 표정은 전문 예능인의 그것이다. 그러나 6밀리 카메라 속의 그들은 소풍 나온 철없는 남자들로 변해 있었다. 이 영상을 보고 우리는 다들 고민에 빠졌다. 방송적인 재미로만 보면 복불복이 훨씬 웃기다. 그런데 이 그림은 보고 있으면 흐뭇해진다. 깔깔거리는 웃음은 나오지 않지만 보는 내내 엷은 미소를 띠게 만든다. 이걸 어쩌나. 그야말로 얻어걸린 이 발견을 어찌하면 좋을까. 이런 거 애초에 찍을 계획도 아니었는데. 그냥 시험 삼아 카메라를 붙여본 건데. 리얼버라이어티라는 건 그냥 수사적인 포장으로만 생각했는데. 이걸 어쩌면 좋단 말인가.

결론만 얘기하면 첫 방송에서 이러한 자연스러운 그림들은 거의 편집되고 방송에 나가지 못했다. 우리에게는 아직 자신이 없었던 것이다. 네 시간 동안 운전을 한 그 부분이 정확하게 3분 방송에 나갔으니까. 대신에 우리는 그날 리얼버라이어티라는 장르의 가능성을 발견했다. 지금 당장 방송에 낼 자신은 없지만 이 범상치 않은 그림들이 앞으로는 방송의 중심이 될 것이다, 라는 확신이 생겼다.

그러고는 첫 방송. 시청률이 드디어 두 자리 숫자로 올라선다. 이제 좀 여유가 생긴 것이다. 이전과 같은 촬영방식을 고수하여 쉬는 시간마다 촬영을 계속 진행한다. 그리고 회가 거듭될수록 이러한 자연스러운 부분을 방송에 조금씩 더 녹여낸다. 멤버들의 격의 없는 모습들, 장난치는 그림, 여행을 떠나는 설레는 얼굴, 여행지에서 우연히 발생하는 여러 가지 상황들, 그 속에서 좌충우돌하는 모습. 이런 것들이 방송에 나오자 그저 웃자고 만든 버라이어티쇼에 리얼리티라는 윤기가 더해진다. 자연스러운 스토리텔링이 생긴다. 멤버들의 캐릭터가 생겨난다. 코미디쇼에 다큐멘터리적인 요소들이 결합된다. 말뿐인 여섯 남자의 여행기가 아닌 진짜 여행기가 만들어지기 시작한 것이다. 그리고 그해 겨울, 시청률은 드디어 20퍼센트를 돌파한다.

뉴욕 그리고
아이슬란드

뉴욕은 나에게 샤워 라디오

여행용 트렁크 중 가장 큰 것을 꺼낸다. 추운 나라일 것은 자명한 사실. 두꺼운 오리털 파카를 두 개나 구겨넣고 나머지 두툼한 겉옷들과 속옷, 양말을 챙긴다. 여행기간은 열흘. 속옷과 양말만 해도 꽤 부피가 된다. 거기까지 가서 밤마다 화장실에서 양말을 빨고 있을 수는 없는 일. 그러고 보니 혼자 해외여행을 하는 건 이번이 두 번째다. 혼자 떠난 첫번째 해외여행은 결혼 전, 지금의 와이프를 누군가의 소개로 막 만나기 시작한 즈음이었다.

10년 전. 입사 2년차였던가. 난 그때 처음으로 여권이라는 걸 만들었다. 해외여행 따위 사실 큰 관심이 없어 여권조차 만들고 있지 않았는데, 그때 무슨 바람이 불었는지 어디 나도 해외를 좀 나가볼까 하는 심정이 되었던 것이다. 목적지는 뉴욕. 뉴욕에서 일주일을 보낸 감상은, 흠…… 사람 사는 데는 다 똑같군 정도였던 것 같다. 여행의 마지막 날, 선물이라도 좀 살까 싶어 뉴욕 거리를 휘휘 돌아다니다가 눈이 번쩍 뜨이는 기념품 가게를 발견했다.

WWE기념품 숍! 당시만 해도 케이블에서 틈틈이 방송해주는 프로레슬링에 나는 꽤나 열광하는 팬이었던 것이다. 들어가서 당시 좋아하던 언더테이커의 얼굴에 'get the fuck out!(꺼져 이 자식아)'이라고 쓰여 있는 티셔츠를 한 벌 사고 나니 여자친구(지금의 와이프)에게도 뭔가 사줘야 하지 않을까 하는 생각이 들었다. 프로레슬링 티셔츠 따위 여자들이 좋아할 리가 만무하니 뭔가 적당한 것이 없을까 둘러보다가 구석에서 신기한 물건을 발견했다.

높이 30센티미터 정도의 둥그렇고 기다랗게 생긴 전자(?)장비. 꼭 샤워기 꼭지를 닮은 이 물건의 정체는 라디오였다. 생김새가 신기해 종업원에게 물어보니 정식 명칭은 '샤워 라디오'. 이게 말이죠. 생긴 건 이래도 방수라구요. 이렇게 샤워할 때 틀어놓고 샤워기 꼭지 같은 곳에 걸어놓은 후 음악을 들으며 룰루랄라 샤워를 하는 거라구요. 오케이, 이거 신기하네. 게다가 가격도 저렴해서 3만 원 정도. WWE 숍에서 왜 이런 걸 파는지는 모르겠으나 선물은 이것으로 낙점.

서울로 돌아가 뉴욕에서 사온 선물이라며 야심차게 꺼내놓는다. 이게 뭔지 알아? 여자친구는 흠, 하는 표정이다. 뉴욕에서 사온 라디오야, 샤워할 때 말이야, 하고 이 물건의 엄청난 기능성과 뉴욕에서 사온 것이라는 희소성을 강조하여 열변을 토한다. 그러나 의심하는 눈초리다. 뉴욕에서 사온 거 맞아? 이 아래 made in china라고 쓰여 있는걸? 아…… 그건 몰랐는데. 어쨌든 뉴욕에서 만들진 않았어도 뉴욕에서 파는 물건이야. 대충 얼버무리며 선물을 던져주고 마무리한다. 그래도 선물이 마음에 들어서인지 어떤 이유에선지 나는 그녀와 이듬해 결혼을 하고 10여 년을 같이 살고 지금도 욕실 어딘가에는 이 라디오가 굴러다니고 있다.

누군가 뉴욕에 관한 얘기를 꺼내면 난 지금도 이 '샤워 라디오'가 가장 먼저 떠오른다. 뉴욕에서 보고 온 다른 관광지도 많은데 유독 30달러짜리 이 물건이 떠오르는 이유는 왜일까. 인간의 뇌에 추억이라는 회로는 가끔 엉뚱한 곳으로 연결되어 자기 멋대로 고정되고 하나보다. '이봐. 자유의 여신상 따위 흔한 거잖아. 샤워 라디오가 최고라구. 이걸 기억하라고' 하고 뇌가 명령하는 기분이다. 신기하다. 샤워 라디오를 사기 위해 뉴욕까지 날아갔던 건 아닐까 하는 기분마저 든다.

마지막으로 햇반과 라면을 챙겨넣으며 궁금증이 슬며시 고개를 든다. 아이슬란드는 10년 후 어떤 기억으로 남을까. 메모리 용량이 늘 부족해 수시로 (게다가 자기 마음대로) 쓸데없는 기억을 삭제해버리는 나의 뇌는 10년 후 어떤 기억을 남겨놓을까. 지금은 알 수 없다. 다시 10년이 지나면 알 수 있겠지.

ps. 뉴욕에 관한 또다른 기억 한 가지. 10년 전 당시는 테러니 뭐니해서 공항 검색이 한창 삼엄하던 시기였다. 뉴욕을 떠나던 날, JFK 공항에서 출국 검색을 하던 중, 험상궂은 검색요원이 갑자기 명령조로 재킷을 벗으라고 하기에 짜증이 좀 났다. 뭐야, 동양인이라고 무시하나 싶은 생각이 들어 나도 지지 않고 험상궂은 얼굴로 재킷을 벗었다. 그러자 검색요원이 "워~ 워~ 진정해~(take it easy, man~)" 하고 두 손을 드는 제스처를 취한다. 그리고는 싱긋 웃으며 내 티셔츠를 가리킨다. 재킷 속 내 티셔츠에는 언더테이커의 얼굴과 함께 get the fuck out!이라는 네 글자가 선연히 빛나고 있었다.

비행기 트라우마 1 – 포항 편

무거운 짐가방을 부치고 현금을 300유로 정도 바꾸고 비행기에 탑승했다. 일단 영국으로 날아가 세 시간 정도 기다린 후, 아이슬란드행 비행기로 바꿔 타는 일정이다.

다행히 비행기는 한산하다. 옆자리에 아무도 없으니 누워 갈 수도 있을 듯. 이거 느낌 좋은데? 그러나 좋은 예감도 잠시. 안내방송이 흘러나온다. 지금 이 비행기는 정비 관계로 잠시 출발이 지연되고 있습니다. 정비? 갑자기 왜? 그러고 보니 엔진을 켰다가 껐다가 전원을 올렸다가 내렸다가 탈 때부터 분위기가 이상하긴 했다.

슬쩍 겁이 난다. 나는 비행공포증 비슷한 것이 있어 기류 변화만 조금 있어도 손에 땀이 흐르는 체질인데. 기류 변화에 따른 비행기의 바이킹 스타일 오르락내리락 움직임에 쥐약인 것이다. 일단 바이킹 자체도 좋아하지 않는데 말이야. 고도 7천 미터에서의 바이킹이라니 사양하고 싶다. 게다가 나는 대체로 비행기에 관련해서는 운이 좋지 않은 편이다. 촬영 때문에 이런저런 비행기를 탈 일이 꽤 있는데, 그럴 때마다 기상이든 정비든 갖가지 이유로 연착되는 경우가 많았다.

비행기뿐 아니라 공항도 가린다. 특히나 싫어하는 국내 공항은 포항공항. 활주로가 짧아서인지 어떤 이유에선지, 착륙 직전에 엄청난 저공비행을 하는데 말이 저공비행이지 이러다가 땅에 닿는 거 아냐? 싶은 느낌이 들 정도로 낮게 날다가 언덕 하나를 넘더니만 갑자기 쿵! 하고 활주로에 내려앉는 식이다. 착륙 직전 작은 구릉과 5층짜리 건물 몇 개를 지나는데, 건물 옥상의 빨랫줄을 비행기 꼬리날개가 치고 가는 것은 아닐까 걱정이 될 정도니 말 다 했다. 지금이야 조금 단련이 되었지만 처음 포항에 갈 때는 이대로 추락하는 줄 알았으니까.

한번은 날씨가 꽤 안 좋은 날 포항 근처로 답사 갈 일이 있었다. 김포에서 탈 때만 해도 비바람이 엄청 몰아쳐 이거 좀 불안한데? 싶더니만 아니나 다를까 포항 하늘에 다 도착했는데도 하늘은 하얗고 비바람이 비행기 창문을 쉴새없이 때린다. 그런 가운데 비행기는 흔들거리며 예의 그 저공비행 후 착륙을 몇 번 시도했으나 성공하지 못하고 다시 솟아오르곤 했다. 터치다운에 실패할 때마다 비행기는 부응하고 솟아올라 포항 앞바다로 나가 크게 한 바퀴 돈 후 다시 아까의 산 중턱으로 돌아와 언덕에 스칠 듯 내려앉는 착륙을 다시 시도한다. 그러곤 또 불발. 안내방송이 나온다. 기상 관계로 착륙이 쉽지 않으므로 몇 번 더 시도를 해보고 안 되면 김포로 회항하겠다는 내용이다.

아이고 기장님, 답사고 뭐고 상관없으니까 그냥 김포로 돌아가면 안 될까요? 그리고 만일의 사태에 대비해 남은 연료를 바다에 뿌리고 가겠다는 말도 나온 듯하다. 연료를 바다에? 왜? 혹시라도 착륙할 때 불이 나면 안 되기 때문이라고 누가 옆에서 설명을 해준다. 이 정도면 나 같은 사람은 거의 패닉 상태에 봉착한다. 옆에 다른 스태프들 눈치도 있고 하니 체면상 평정심을 유지하는 척했지만 속으로는 하느님 예수님 부처님을 돌아가면서 간절하게 부르고 있었다. 다행히 비행기는 안내방송 후 바로 착륙에 성공. 진심으로 저 하늘 위에서 우릴 지켜보고 계시는 분들께 감사를 드렸던 기억이 있다.

그래도 우리나라 국내선은 비행기가 꽤 커서 그나마 나은 편. 한번은 필리핀의 섬에 출장을 갔다가 이런 일도 있었다.

다해서 스무 명 남짓 타는 조그만 프로펠러 비행기에 타고 이륙을 기다리는데 옆 날개의 엔진 부근에서 뭔가 줄줄 흐르고 있다. 어라, 저게 뭐지? 뭐가 흐르는 거지? 물인지 기름인지는 모르겠지만 무색의 투명한 액체. 프로펠러가 달려 있는 엔진 끄트머리에 작은 호스 같은 것이 삐죽 나와 있었고, 거기서 누가 수도꼭지를 틀어놓은 후 깜박 잊고 떠난 것인 양 무언가 줄줄 흐르는 것이다. 작은 비행기라서 조종석과 승객석 사이에는 칸막이 같은 것도 없다. 나는 줄줄 흐르는 익명의 액체와 기장을 번갈아 본다. 기장은 룰루랄라 휘파람을 불며 이륙을 준비중. 이걸 어떡해야 하지?

기장의 저 편안해 보이는 행태로 미루어보건대 아무 문제 없는 자연스러운 현상인 건가? 비행 정비의 마지막 단계로서 고인 물을 빼낸다든가 뭐 그런? 그래도 뭐라고 어필을 좀 해봐야 하나? 저기 말이야, 여기 물이 흐르는데 별문제 아닌 거지? 하고 싱긋 웃으면서? 마음속으로 고민을 하고 있는데 앞자리에 타고 있던 젊은 배낭족 캐나다 여성 커플이 선수를 친다. 다행히 그들도 정체불명의 액체를 본 것이다. 이거 뭔가 문제 아니에요? 기장은 웃는 얼굴로 엔진을 물끄러미 쳐다본다. 웃는 얼굴이 조금씩 굳어진다. 어딘가로 무전을 해 사람을 부른다. 그리고 달려온 정비사로 추정되는 사람과 뭐라뭐라 심각한 대화. 그러더니만 하는 말. 자, 모두 내리세요. 잠시만 공항에 대기해주세요. '스몰 프라블럼'이 있기는 한데 금방 고치니까 멀리 가지 마시고……

이거 뭐야. 문제는 문제였다는 거 아냐? 갑자기 식은땀이 흐른다. 아까의 캐나다인이 미처 보지 않았다면 어쩔 뻔했어? 난 사실 별거 아니겠지 싶어 그냥 넘어가려던 차였는데. 가슴을 쓸어내리며 공항에서 대기하는데 말이 공항이지 시골 대합실 같은 작은 공항에서 30분이 지날 즈음, 공항 직원이 오더니 어두운 표정으로 입을 연다. 아까 비행기는 말이야. 정비가 좀 길어질 듯해. 다른 비행기로 교체중이니까 잠시만 기다려요. 오오. 교체가 필요할 정도로 큰 문제였다는 뜻인가. 잘못했으면 이역만리 필리핀 하늘에서 방금 생을 마감할 뻔했다. 공항에 대기하던 같은 비행기 동지들 모두 한숨 쉬는 소리. 그러곤 한 시간쯤 흘렀을까. 새 비행기가 준비되었으니 타라는 얘기에 다들 다시 비행기에 오른다.

아까랑 똑같은 기종. 같은 파일럿이다. 아까의 자리에 다시 앉는다. 아까의 엔진 쪽을 다시 바라본다. 호스 같은 것이 삐죽 나와 있다. 흠, 이 기종의 비행기는 다 이렇게 생겼나보군. 다행히 아무것도 새는 건 없다. 그런데 가만, 엔진 쪽 글씨의 벗겨진 정도나 좌석의 이

런저런 모양새가 낯이 익다. 다시 꼼꼼히 살펴보니 분명 아까의 그
비행기다! 교체를 하니 어쩌니 하더니만 똑같은 비행기를 스윽 몰고
나온 것이다. 이거 뭐야, 어쩌지? 하는 사이 비행기는 휭하니 이륙해
버린다. 기장은 여전히 콧노래를 부르고 있고. 이것 참 뻔뻔한 녀석
이다. 눈치를 보아하니 앞자리 캐나다 여자도 같은 비행기라는 사실
을 발견한 듯 불안한 어조로 대화를 주고받는다. 이제 와서 돌리라고
할 수도 없고. 다시 띄울 만하니 몰고 왔겠지 싶어 체념하고 눈을 감
는다.

아직도 생생한 아비규환의 비행

조금 지났을까. 비행기가 흔들거리기 시작. 위아래로 마치 롤러코
스터를 탄 것처럼 춤을 춘다. 기상이 안 좋은 것이다. 워낙 작은 비행
기라서 비구름 사이로 낮게 나는데 저 아래 태평양 바다가 코앞처럼
느껴진다. 비행기도 싫어하지만 난 수영도 못한다. 따라서 비행중 바
다로 추락하는 시나리오는 나에게 있어 거의 최악의 시나리오다. 역
시 수영을 배워뒀어야 하는 건데 하고 진심으로 후회했다. 이때였다.
앞자리 캐나다 여인이 갑자기 울기 시작한다. 외국인이 우는 것을 실
제로 본 일은 그때가 처음이었다. 우는 건 인종이나 지역과는 관계가

084

없다는 걸 그날 처음 알았다. 그야말로 꺼이꺼이 울고 있는 것이다. 나처럼 비행공포증이 있는 것일까. 그런데 잠깐, 자세히 보니 뭔가를 가리키며 울고 있다.

본능적으로 고개를 돌려 아까의 엔진 쪽을 다시 보니 아니나 다를까 그 삐죽 나온 호스에서 또 뭔가 질질 흐르고 있었다! 비행기는 먹구름을 뚫고 지날 때마다 요동치고 정체불명의 호스에선 정체불명의 액체가 흐르고 있고 외국 여인의 눈에선 눈물이 흐르고 있고 기장은 여전히 콧노래를 부르며 창문을 와이퍼(비행기에도 와이퍼가 있다는 사실 또한 그날 알았다)로 쉴새없이 닦으며 조종중인 이 아비규환의 비행에서 난 한 시간쯤 지나 간신히 해방될 수 있었다. 비행기는 날 작은 섬에 내려주고 또다시 옆 섬으로 날아가는 듯. 내리는 날 눈물이 맺힌 채 부러운 눈으로 바라보던 캐나다 여인의 얼굴이 아직도 선하다.

아아. 그때와 비교하면 지금은 얼마나 다행인가. 지금 내가 타고 있는 비행기는 필리핀의 작은 프로펠러 비행기가 아닌 커다란 보잉 747 기종. 게다가 목적지는 런던 히드로 공항. 포항 가는 것도 아닌데 뭐. 별일 없겠지.

결론만 얘기하면 비행기는 별일이 없었다. 정비가 순조롭게 끝나 비행기는 제대로 출발했다. 다만 문제는 정비에 무려 두 시간이 걸린 것! 원래 영국에 도착해서 세 시간 후 아이슬란드행 항공편으로 갈아타기로 되어 있던 스케줄인데. 이렇게 두 시간을 까먹게 되면 남는 시간이 한 시간 정도뿐이다. 내리자마자 뛰어야 되는 것일까? 티케팅 창구가 문을 닫으면 어쩌지? 히드로 공항 가는 것도 초행길인데. 국제 미아가 돼버리는 것일까? 톰 행크스처럼 공항에서 자야 하나? 이런저런 걱정이 드는데 어디 하소연할 데도 없다. 우리 멤버들이 있었다면 이 걱정 관련 토크로 방송 분량 30분은 너끈히 뽑아낼 수 있었을 텐데. 그러나 지금은 나 혼자뿐이다. 〈1박 2일〉 촬영중인 것도 아니고. 아이고야.

비극과 희극 사이를
오갔던 첫해

변수 중의 변수는 사람

인생은 가까이서 보면 비극이지만 멀리서 보면 희극이라는 말이 있다. 〈1박 2일〉 기준으로 바꿔 말하자면, 촬영이 비극적일수록 방송은 희극적인 경우가 많았다.

수많은 난관에 봉착할 때마다 그걸 해결하면서 우린 나름대로의 스토리를 만들어왔고, 그것은 방송을 통해 사람들에게 대리만족을 주었다. 폭풍으로 비행기가 뜨지 않거나 앞바다 기상 상황으로 배가 뜨지 않거나 꽃구경하러 갔는데 강풍이 몰아치거나 수영하러 갔는데 비가 퍼붓거나 한다. 그러면 우린 비행기 타고 제주도를 가는 대신 을왕리를 가고, 배를 타는 대신 스태프들과 이름 맞히기 게임을 하고 꽃이 바람에 후드득 떨어지는 과수원 한가운데서 저녁을 먹고 비를 맞으며 미친 사람처럼 수영을 했다.

돌이켜보건대, 솔직히 즐거웠다. 여행이란 원래 그런 것 아니던가. 계획대로 미끈하게 진행되는 여행도 좋지만 어쩔 수 없는 변수가 생겨 에라 모르겠다 식으로 진행되는 여행이 나는 훨씬 재미있었다. 그래서 지난 5년간 〈1박 2일〉을 진행하며 가장 괴로웠을 때는 알 수 없는 자연의 심술로 촬영에 문제가 생겼을 때가 아니다. 자연의 심술에 맞서 같이 웃으며 촬영을 진행해나갈 동료들이 어느 날 사라질 때, 그때가 가장 힘들었다.

시작은 상렬이 형이었다. 〈1박 2일〉 두번째 촬영인 죽도 촬영이 끝날 때쯤, 상렬이 형이 조심스레 그만하고 싶다는 뜻을 내비친다. 깜짝 놀랐다. 몇 개월을 같이 고생한 끝에 프로그램이 드디어 빛을 보기 시작하려는데 탈퇴라니. 게다가 지상렬이라는 사람은, 당시 내가 가장 신뢰하고 좋아하던 사람이었다. 이 사람은 방송에서의 모습과 실제 모습이 가장 다른 사람 중 하나다. 약간 정신 나간 사람처럼 보이는 방송에서와는 달리, 동료들과 스태프를 살뜰하게 챙기고 방송에서의 이미지보다는 프로그램을 먼저 생각하는 사람이었다.

못된 형 이미지를 뒤집어쓰게 될 줄 알면서도 말 못하는 수근씨를 구박하며 말 한마디라도 더 이끌어내려고 노력한 것도 상렬이 형이고, 동갑인 호동이 형을 배려하여 치고 나가지 않고 옆에서 그저 서브 역할에 충실한 것도 상렬이 형이었다. 자기만 생각해서는 못 할 일들이다. 한마디로 팀워크가 뭔지 아는 사람이었다. '준비됐어요'라는 이름을 달고 나가던 몇 개월과 〈1박 2일〉 초창기 힘들던 시절 동안 나는 이 형에게 많은 빚을 지며 살았다. 힘들 때 상의하고 술을 기울이고, 많은 위로의 말도 들었다. 그런 사람이 그만둔다니. 나는 충격에 휩싸였다.

왜요? 대체 왜? 이 질문을 수없이 했던 것 같다. 이제야 프로그램이 자리를 좀 잡으려는데. 고생은 끝났고 앞으로는 올라갈 일만 남았다는 것을 이 형이 더 잘 알 텐데. 대체 왜? 〈이산〉이라는 MBC 드라마에 출연하게 되어 스케줄 문제 때문에 그만둔다는 것이 그 이유였다. 드라마 촬영날이 우리 녹화날과 겹치는 것이다. "나 때문에 피해를 줄 수는 없잖아. 힘들게 들어간 드라마인데. 거기선 나도 초보 연기자 중 한 사람일 뿐이야. 감히 스케줄을 이래라저래라 할 수도 없고." 형은 미안하다고 했다. 그러나 나에게는 미안하다고 끝날 일은 아니었다. 나에겐 지상렬이라는 사람이 필요했다. 이 형을 잡아야 한다. 그 생각뿐이었다.

그러나 세상에는 노력해도 안 되는 일이 있다. 마음을 돌리기 위해

수없이 MBC 문턱을 드나들며 만나고 이야기를 해보았으나 결과는
실패였던 것이다. 슬펐다. 연기자 한 사람이 없어지는 것이 아니라 친
한 형 한 명이, 동료가 없어지는 기분은 처참했다. 내가 뭔가를 잘못
했나 싶어 자괴감마저 들었다. 그러나 비극은 거기서 끝이 아니었다.

대체 무슨 이런 운이 있을까

그뒤로 얼마 후, 밀양 촬영이 끝나갈 즈음 홍철이가 그만두고 싶다
는 의사를 밝혀왔다. 이번에도 대체 왜? 라며 수없이 물었다. 건강상
의 이유였다. 당시 〈무한도전〉 녹화가 수, 목이었고, 우리는 금, 토
녹화였다. 〈무한도전〉 촬영이 새벽에 끝나면 두어 시간 눈을 붙이고
다시 〈1박 2일〉 여행을 떠나는 식. 사실 리얼버라이어티를 나흘 연속
찍는다는 것은 체력적으로 거의 불가능하다. 그런 강행군을 몇 달이
나 했으니 몸에 무리가 올 법도 했다.

그래도, 미안한 줄 알면서도 매달렸다. 상렬이 형도 이젠 없는데.
홍철이가 없으면 누가 프로그램에 활력을 줄까. 누가 쉴새없이 떠들
며 에너지를 발산할까. 그 피곤한 와중에도 시키면 뭐든지 하는 홍철
이에게 제작진이 더 미안할 때가 수없이 있었다. 어쨌든 떠나보내는
수밖에 없었다. 그래도 괜찮아. 수근씨는 아직 입이 덜 풀렸지만 호

동이 형도 있고, 지원이도 있고, 종민이도 있다. 호동이
형이 중심을 잡아주고, 지원이가 받쳐주고 종민이가 웃
겨주면 된다. 그렇게 자신을 위로했다. 그러고는 얼마
후, 종민이가 면담을 신청한다.

"영장이 날아왔어요. 군대에 가야 할 것 같아요." 음…… 이건 뭐.
매달리고 어쩌고 할 수 있는 차원의 문제가 아니다. 군대에 간다는데
말릴 수 있는 건 아니니깐. 그날, 종민이가 훈련소에 들어가는 날. 논
산까지 따라가서 점심을 먹이며 이런 얘길 했던 것 같다. 몸조심해
서 훈련 잘 받고 나오라고. 2년 후, 네가 제대해서도 〈1박 2일〉이 아
직 방송중이면 그땐 꼭 다시 널 부르겠다고. 그러나 훈련소 정문으로
사라지는 종민이의 뒷모습을 보며 속으로는 이렇게 생각했다. '2년이
라, 그렇게 오래는 못 버틸 것 같다. 미안하다, 종민아. 대체 무슨 이
런 운이 다 있을까.'

스스로를 책망하기도 하고 헛웃음이 나기도 하던 시절이었다. 지
상렬, 노홍철, 김종민. 당시로서는 웃음의 핵이었던 세 사람이 프로
그램을 시작한 지 반년 만에 사라져버린 것이다. 제작진은 매번 비상
회의였다. 이 사람들을 대신해서 누구를 섭외해야 할 것인가. 누군들
이 사람들의 공백을 메울 수 있을까. 우리들의 생각은 No였다. 아마
도 불가능하겠지. 그래도 세 명에서 프로그램을 할 수는 없으니 누구
라도 채워넣어야 한다. 그리하여 몇 번의 지루한 회의를 거쳐 김C와

이승기, MC몽이라는 새로운 인물들이 〈1박 2일〉의 새 식구로 들어오게 된다.

그때만 해도 몰랐다. 이 세 사람을 포함한 여섯 남자가 앞으로 몇 년 동안 〈1박 2일〉의 황금기를 열 줄은. 한 개의 예능프로그램에서 국민프로그램이 되고, 최고 시청률이 50퍼센트에 육박하는 전 세대의 사랑을 받는 프로그램이 될 줄은. 정말 그때는 꿈에도 몰랐던 것이다. 비극의 한가운데에서, 진짜 희극은 그렇게 탄생했다. 사랑하던 이들을 떠나보내고, 급하게 그 자리를 대신 메워준 이들이, 아무도 기대하지 않았던 신화를 써내려갔다. 대체 이 아이러니를 누가, 어떻게 설명할 수 있단 말인가.

신화의 주역들, 새로운 멤버

상렬이 형이 나가고 누굴 들일까 고민을 거듭했다. 상렬이 형은 소위 말하는 A급 예능인이다. 그렇다면 비슷한 급으로 섭외를 하는 것이 보통. A급으로 생각되는 인물들을 주욱 적어서 리스트를 만들고 한 명씩 접촉해본다. 그러나 생각대로 섭외가 쉽지 않다. 개편 시기가 아니라는 게 컸다. 다들 프로그램 한두 개씩은 이미 꿰차고 있는 것이다. 전화하고 만나고 좌절하고 뭐 이런 식의 방황을 며칠간 겪다가 어느 날, 메인피디인 이명한 피디가 특단의 결정을 내린다. '원점으로 돌아가자. 급보다는 가능성을 보고 섭외하자.'

과연. 돌이켜보면 이 형은 진짜 혜안이 있다. 비슷한 느낌의 대체재를 찾아내기보다는 원석을 발굴하자는 것. 이게 말은 쉬워도 막상 이런 결정을 내리기 쉽지 않다. 그만큼 위험부담이 따르기 때문이다. 원석인 줄 알고 주워들었는데 돌멩이일 수 있는 것이다. 그러나 섭외의 본질은 무엇인가. 가능성에 투자하는 것이다. 주식과도 같다. 저평가된 주식에 투자하고 시간과 공을 들여 우량주로 만든다. 즉, 가능성만 있으면 나머지 부족한 점은 프로그램을 통해 채워넣으면 되는 것이다. 그런 과정을 통해 원석이 다이아몬드로 거듭나기만 하면 그 폭발력은 엄청나다.

그러나 사실 이것은 일반론이다. 일반론을 모르는 사람이 어디 있겠는가. 다만 알면서도 실행에 옮기기는 어려운 것. 그것이 일반론의 함정이다. 사람들은 더 쉬운 길, 더 확실한 길을 찾는다. 기존의 평가는 어떠한가, 히트프로그램을 얼마나 만들었는가, 지금 얼마나 인기가 있는가, 이런 것들이 더 중요할 때가 많다. 가능성이라는 항목은 맨 뒤로 밀리는 경우가 허다한 것이다. 그러나 내가 〈1박 2일〉을 5년간 진행하며 배운 가장 큰 교훈은 '일반론을 따르라'는 것이다. 정석대로, 원칙대로 하면 예상외로 길이 열리는 경우가 많았다. 섭외의 기본은 가능성이다. 그럼 그걸 믿고 가보자. 당시 이명한 피디가 내

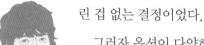

린 겁 없는 결정이었다.

그러자 옵션이 다양해진다. 수많은 연예인들을 물망에 올려놓고 가능성을 따져본다. 그리고 결정을 내린다. 당시 우리가 내린 결정은 김C였다. 다른 이유는 없었다. 이명한 피디의 한마디가 결정적. "일단 얼굴이 야생스럽잖아." 피곤하게 생긴 얼굴. 무슨 생각을 하는지도 모르게 의뭉스레 어두운 스튜디오 어디 구석자리에 앉아 있는 사람. 그것이 당시 김C의 이미지였다. 이명한 피디가 대표로 미팅을 하고 왔다. 궁금해진 후배들이 달려들어 물어본다. 뭐래, 형? 응. 자기는 말을 못한대. 프로그램 끝날 때까지 한마디도 안 할지 모른대. 그래도 괜찮냐고 하던데? 그래서 뭐라고 그랬어? 한마디도 안 해도 좋다고 했어. 그냥 서 있으라고. 나머지는 우리가 알아서 하겠다고 했지. 응, 괜찮네. 그렇게 김C가 새로운 멤버가 되었다.

그리고 얼마 안 가서 홍철이의 탈퇴. 이번엔 좀더 어려웠다. 가능하면 젊고 활력을 불어넣어줄 수 있는 사람. 누가 있을까. 고민 끝에 이승기라는 청년으로 결정. 이승기? 〈내 여자라니까〉? 그거 말고는 별 거 없잖아. 그 친구가 예능을 잘하나? 그러나 〈여걸 식스〉 때 게스트로 몇 번 출연한 승기를 눈여겨봐두었던 이우정 작가의 판단은 달랐다. 일단 뭐든 열심히 해, 굉장히. 그런다고 잘하는 건 아닌데 또 어찌 보면 그런 게 귀여워. 그리고 무엇보다 애가 반듯해. 요즘 애들 같지 않아. 그것이 그녀의 평이었다. 완벽하진 않지만 반듯한 청년의 이미지. 그렇다면 낙점.

다음은 종민의 입대로 생긴 공백. 이쯤에서는 우리의 고민이 더 깊어질 수밖에 없었다. 새로 들어온 김C나 승기는 그야말로 가능성을 기반으로 한 섭외. 그렇다면 이번에도 가능성을 믿고? 그건 좀 위험하다는 게 우리의 판단이었다. 리스크를 감수한 모험을 벌써 두 번이나 했다. 이제는 보험이 하나쯤 필요한 시기. 효과가 어느 정도 검증된 무기가 필요했다. 예능의 기본인 웃음을 만들어내는 능력. 그리고

 이러한 능력을 이미 각종 예능프로그램에서 유감없이 발휘해온, 검증된 예능인. 삼고초려 끝에 몽이를 섭외한다. 그렇게 여섯 명의 라인업이 갖춰진다. 강호동, 김C, 이수근, 은지원, MC몽, 이승기. 이 섭외는 누가 뭐래도 명한이 형의 작품이다. 그의 결단에 따라 가능성과 확신을 오가는 멤버들이 만들어졌다. 그래도 후배는 불안하다. 잘할 수 있을까? 잘될까? 우리 괜찮은 거지, 형? 이명한 피디는 대답한다. 뭐가 걱정이야. 호동씨가 있잖아. 그렇지. 우리에겐 이 양반이 있었다. 천만다행으로, 우리의 메인MC는 강호동이었다.

아무도 안 가는 나라
아이슬란드로

게다가 비수기라니

드디어 두 시간의 정비를 마치고 비행기는 출발한다. 비행시간은 약 여덟 시간. 시간을 때우기 위해 책을 펼쳐든다. 『론리플래닛』아이슬란드 편. 영어 판이다. 영어 판밖에 없었다. 번역해서 책을 내는 데 돈이 얼마나 드는지는 모르겠으나 그럴 필요가 없을 정도로 수요가 미미하다는 점을 방증하는 듯. 이것 참, 아무도 안 가는 나라로 나는 날아가는 중인 것이다. 어쨌든 영어인지라 읽는 데 상당한 집중력이 필요하다. 오랜만에 성문종합영어의 문법구조를 떠올리며 한 자 한

자 읽어나간다. 비행중 읽은 앞부분 몇 페이지를 요약하자면.

일단 물가가 엄청 비싸다. 서른 페이지 정도 읽는 중에 비싸다는 표현이 50번은 나온 듯. 그나마 최근 유럽발 경제 위기에 아이슬란드가 직격탄을 맞은 관계로 물가가 내려간 것이 여행자들에게는 희소식이라고 적혀 있다. 남들의 불행이 누군가에게는 행복인 것이다. 동양에서 온 가난한 여행자에게는 특히 더. 국토의 크기는 영국과 비슷하다고 하니 우리나라와도 비슷한 정도인 듯. 그러나 인구는 달랑 30만. 대부분 수도 레이캬비크Reykjavík에 몰려 산다고. 내 고향 청주가 70만을 넘었다는데. 한 나라의 인구가 30만이라니 적어도 너무 적다.

그러나 덕분에 아이슬란드의 자연은 그야말로 아무도 손대지 않은 채 아름답게 보존되어 있다. 책에는 화산이니 빙하니 하는 것들이 그대로 풀 컬러 사진으로 실려 있다. 과연 경이로운 모습. 여행의 핫 시즌은 7월에서 8월. 녹색의 초원과 푸른 하늘, 새하얀 빙하가 눈이 시리도록 선명한 대비를 만들어내는 시기. 반면 비수기는 겨울. 아무리 둘러봐도 눈밖에 없는 시기이다. 계절을 착각한 정신 나간 여행자나 돈이 없어 그때밖에 아이슬란드를 갈 수 없는 사람들이 찾는 시기. 바로 지금이다.

그 외 몇 가지 정보들. 아이슬란드는 문맹률이 거의 제로이고 북유럽답게 사회복지가 잘되어 있으며 소득수준이 높다. 총리는 커밍아웃한 게이. 온 나라가 신용카드 사용 가능. 인터넷과 모바일 보급률

도 유럽 최고 수준. 게다가 화산 덕분에 온 나라에 온천수가 쏟아져 나옴. 웬만한 발전이나 난방은 지열로 해결. 덕분에 이 추운 나라에 야외 수영장이 엄청 많다고(온천수 끌어올린 따뜻한 수영장!). 이 나라에서 싼 건 수영장뿐이라는 말도 있음.

특징적인 점. 이 나라는 80년대까지 방송국이 하나밖에 없었음. 그런데 국민들에게 뭔가 의미 있는 일을 하라고 매주 목요일은 방송을 쉬었다고 한다. 이것 참 대단하다. 방송을 만드는 사람으로서 한편으론 씁쓸하기도 하고. TV라는 매체가 누군가의 의미 있는 하루를 방해할 수도 있다는 걸 이 나라 국민들은 진작 알고 있었던 것이다. 그렇다면 그 시절 목요일에는 방송국 피디도 쉬었던 걸까? 온 국민이 침묵 속에 책을 읽거나 하며 목요일을 보내는 건가? 책에는 (아마도 농담이겠지만) '그즈음 태어난 아이들은 대부분 목요일에 임신된 것으로 보인다……'라고 쓰여 있다. 오오. 확실히 의미 있는 일을 하고 있군. 오로라는 겨울에 시작해서 이듬해 4월까지가 피크. 지금이 4월이니 간당간당하다. 과연 볼 수 있는 걸까 잠시 걱정. 에이, 못 보면 어때. 책을 덮고 영화를 몇 편 보다가 잠시 눈을 붙였다 깨어보니 비행기는 이미 영국 하늘을 날고 있었다.

거대한 북구 바이킹들 사이 작은 동양 남자 하나

히드로 공항에 도착하자마자 부리나케 뛰어 스톱오버 창구로 달려갔다. 다행히 아이슬란드 항공 티켓 창구는 아직 오픈.

표를 끊고 게이트에 도착해 숨을 몰아쉬며 주위를 둘러보니 과연 영국행 비행기를 타던 인천공항과는 확연히 다른 분위기다. 일단 동양인이 거의 없다! 나를 제외하곤 일본인으로 추정되는 커플이 한 쌍. 그러곤 모두 유럽인이다. 게다가 겉모습으로 미루어보건대 대부분 아이슬란드 사람인 것이 분명하다. 태어나서 아이슬란드 사람을 직접 본 일이 한 번도 없음에도 누가 봐도 아이슬란드 사람들인 것이다! 일단 덩치가 거대하다. 남자는 대부분 180센티미터 이상. 여자들도 나보다는 키가 훌쩍 큰 사람들이 대부분이다. 같은 백인인데도 미국인이나 영국인 들과는 전혀 다르다. 얼굴이 하얗다를 뛰어넘어 새하얗다. 그런데 뺨이나 코에는 볼터치를 해놓은 것처럼 붉게 홍조가 돈다.

그렇게 거대한 북구의 바이킹들 사이에서 동양의 작은 남자인 나는 한눈에 봐도 희귀한 존재인 듯. 그들이 그들의 언어로 시끄럽게 떠드는 와중에도 나를 흘끔거리는 것이 느껴진다. 영국에서 볼일을 마치고 집으로 돌아가는 아이슬란드 사람들 사이에 먼 나라에서 온 여행자 한 명이 슬쩍 끼어든 것이다. 그렇게 바이킹들 사이에 섞여 이름도 처음 들어본 아이슬란드 항공을 타고 세 시간을 날아 역시나 처음 들어보는 케플라비크Keflavík 국제공항에 착륙한 것이 새벽 12시 30분. 인천을 출발해서 거의 20시간 만에, 드디어 나는 아이슬란드에 도착한 것이다. 새로운 땅. 태어나 처음 밟아보는 땅. 겁이 난다. 그러면서 한편으론 가슴이 두근거린다. 여기가 대체 어디일까. 이제부터 여행은 시작이다.

자, 문제는 지금부터다. 나는 사실 이번 여행에서 사전에 준비하거나 조사한 것이 거의 아무것도 없다. 호텔 예약하고 렌터카 며칠 예약한 것이 한국에서 준비한 것의 전부(그것마저도 너무나 힘들었다!). 이곳 케플라비크 국제공항은 우리나라로 치면 인천공항 같은 곳이다. 내가 예약한 첫날의 숙소는 수도인 레이캬비크의 작은 민박집. 대체 이 새벽에 거기까지 어떻게 찾아갈 것인가. 뭔가 지하철 같은 것이 있는 것일까. 아니면 택시? 공항 리무진? 공항에서의 이동편이라도 좀 알아볼걸. 때늦은 후회를 하며 짐을 찾아 나와보니 시간은 이미 새벽 1시를 넘어가고 있었다.

대체 이 새벽에 거길 어떻게 찾아갈꼬

새벽의 공항은 한산하다. 밖에서는 비인지 우박인지 모를 것이 내리고 있다. 게다가 깜깜해서 대체 어떻게 생겨먹은 나라인지 알 길이 없다. 첫인상은 그저 그런걸. 속으로 생각하며 공항 내부를 둘러보니 다행히 공항버스 부스가 있다. 수도인 레이캬비크까지 2천 크로나(아이슬란드의 화폐단위). 우리 돈 만8천 원 정도. 새벽의 부스를 지키던 청년이 표를 내어주며 20분만 기다리라고 한다. 스물몇 살이나 되었을까. 젊은 친구다. 딱히 할 일도 없으므로 멍하니 기다린다.

그런데 계속 나를 흘끔거리는 청년. 말을 걸고 싶어하는 눈치. 이 겨울에 아이슬란드를 방문하는 동양인은 확실히 희귀한 존재인 것이다. 시선이 부담스러워 바람을 쐬러 밖에 나가보니 버스 한 대가 이미 출발하려 하고 있다. 어라. 저거 타는 거 아닌가? 들어와서 물어본다. 청년의 대답. 아아, 쏘리. 저건 다른 회사의 버스야. 그러고 보니 옆에 다른 버스회사의 부스가 있다. 첫번째 복불복은 실패인 것이다. 그리고 청년은 미안한 얼굴로 말을 보탠다. 비가 와서 20분 더 기다려야 될 것 같은데? 뭐, 오케이. 어쩔 수 없는 것이다. 그러곤 어디 가냐고 질문하는 청년. 나는 인터넷에서 인쇄해온 민박집의 주소를 보여준다. 흠. 여기 알아. 늦는 대신에 여기 집 앞까지 데려다줄게. 아아, 땡큐. 이것 참 고마운 노릇이다. 사실 레이캬비크에 도착하면 새벽 2시는 될 텐데 초행길에 민박집을 어떻게 찾아갈지 난감하던 터였다. 바이킹들은 예상외로 친절한 것이다. 이때 걸려오는 전화. 알 수 없는, 암호 비슷한 번호가 찍힌다. 받아보니 외국인. 내가 가기로 되어 있는 민박집 매니저였다. 너 대체 어디니? 안 오냐? 나 안 자고 널 기다리고 있다. 뭐 이런 내용. 비행기가 연착돼서 공항이야. 곧 갈 게 하고 전화를 끊는다. 안 오면 그만일 텐데 새벽에 전화까지 걸어 여행자를 걱정해주는 마음이 고맙게 느껴진다. 밖에는 아직 비가 오고 있다. 그러나 가슴은 조금씩 따뜻해진다.

결국 20분을 더 기다려서 버스를 탄다. 벤츠의 미니버스. 표를 팔던 그 청년도 옆에 올라타더니 같이 간다. 어두워서 어디가 어딘지도 모를 길을 50여 분 달려 레이캬비크 도착. 새벽이라 시내는 고요하다. 간간이 나타나는 주유소 말고는 불 꺼진 도시. 이 사람들이 홍대 거리의 불야성을 보면 깜짝 놀라겠는걸, 생각한다. 다들 뭔가 약을 먹은 건 아니겠지? 하고 의심할 듯. 버스는 작은 골목길을 굽이굽이 떠돌더니 어딘가에 갑자기 멈춰 선다. 여기야, 네가 갈 민박집. 땡큐 하고는 내린다. 공항버스가 이런 골목길까지 들어와주다니 그야말로 땡큐한 일이다.

이케아 냄비에 삼양라면 끓이다 시청률이 궁금해지다니

버스에서 내렸더니 작은 거리 모퉁이. 어두운 거리 구석에 아까 전화한 민박집 매니저가 서서 기다리고 있다. 먼 동양에서 이 추운 겨울에 찾아온 손님이 길 잃을까 걱정한 듯. 조금 감동을 받는다. 싸서 예약한 곳인데 말이야. 1박에 35유로니까 단돈 5만 원짜리 방이다. 3층짜리 수수하게 생긴 건물. 그런데 막상 들어가보니 방이 원베드룸에 부엌까지 달린, 한눈에 보기에도 5만 원짜리 방은 아니다. 살짝 놀란 표정을 지으니 짐을 들고 따라온 매니저가, "엄~~~청 업그레이드해준 거야" 웃으며 얘기한다. 두번째 복불복은 성공인 것이다.

무거운 캐리어를 내려놓고 방을 둘러본다. 전형적인 유럽식 스튜디오 구조. 벽도 블라인드도 이불도 새하얗다. 거실 겸 주방에는 작은 식탁 하나와 검은색 2인용 소파, 거기에 각종 조리기구와 가스레인지, 토스터, 전기 포트, 전열식 오븐까지 구비되어 있다. 불필요한 장식은 하나도 없다. 대신 필요한 것들은 빠짐없이 제자리에 정확하게 놓여 있다. 과연. 이것이 북유럽의 실용주의 스타일인가. 자세히 보니 가구에서 프라이팬까지 몽땅 이케아 물건, 확실히 북유럽에 온 기분이 든다. 하지만 난 코리안 스타일. 먼지 하나 없는 바닥에 짐이고 뭐고 대충 집어던져놓고 라면을 꺼내고 냄비에 물을 끓인다. 피곤하긴 한데 바로 잠들고 싶지는 않다. 뭐라도 먹어야지. 어쨌든 방금 난 베이스캠프에 도착한 것이다.

이케아 냄비에 삼양라면 수프를 털어넣으며 서울은 과연 몇 시인 걸까 생각해본다. 한국 시간은 월요일 아침. 시청률이 나오는 시간이다. 인터넷 와이파이를 켜고 시청률을 검색해본다. 내친김에 연예기

사까지 훌훌 훑어보다가 이게 뭐 하는 짓인가 싶어 핸드폰을 소파에 던져버린다. 이것 참. 여기까지 와서 이럴 필요는 없잖아. 라면을 안주 삼아 팩소주 하나를 홀짝홀짝 마시고 소파에 드러누워 천장을 바라본다. 누군가 아이슬란드인이 저 천장에 페인트칠을 한 거겠지.

가만히 천장을 바라보다가 이것 참 허무하구나 하는 생각을 한다. 분명히 조금 전까지 서울에 있었는데 말이야. 20시간 정도 지나고 나니 지구 반대편 끝에 도착한 것이다. 모든 것이 너무 빠른 시대. 아이슬란드에 가기까지 20일 정도 걸린다면 그동안 그곳을 얼마나 기대하고 얼마나 더 상상할까. 여자를 만나도 일을 해도 이제는 휴대폰으로 와이파이로 인터넷으로. 모든 게 빨라져서 감동은 그만큼 줄어드는 시대에 나는 살고 있다.

간절히 원한다는 것의 의미를 이해했던 것이 언제였더라. 중학교 때 좋아하던 여자애가 궁금해 자전거를 타고 그 아이 집 근처에 가보곤 했을 때. 멀찍이 자전거를 세워두고 그 아이가 혹시나 집 밖으로 나오지는 않을까 기대하며 한 시간이고 두 시간이고 죽치고 숨어 있었을 때. 얼마나 간절했던가 그때의 나는. 자전거 페달을 밟으며 얼마나 가슴이 두근거렸는지. 에고, 20년하고도 몇 년 전 이야기이다. 관두자 이런 생각. 방송으로 먹고사는 주제에 감동은 무슨. 쓸데없는 생각 하다가 잠이 든다.

첫인상은 비와 돌풍과 우박의 쓰리콤보

회색빛 민낯의 레이캬비크

일어나보니 아침 10시. 블라인드를 열고 밖을 내다본다. 날이 밝아 훤하다. 드디어 민낯의 아이슬란드와 마주한다. 민박집 2층에서 내려다본 전경은, 한마디로 수수하다. 차 두 대가 지나갈 정도의 도로가 앞에 있고, 길을 따라 2층에서 3층 정도의 집들이 주욱 늘어서 있다. 수도 한가운데라기보다는 어느 시골마을에 온 느낌. 이거 속은 거 아냐? 민박집 예약할 때 분명 번화가 한가운데라고 들었는데(나중에 안 사실이지만 번화가가 맞았다. 그것도 이 나라에서 가장 유명한, 번화가가

이렇게 생긴 것이다!). 갑자기 배가 엄청 고파져 대충 뒤집어쓰고 뭐라도 사러 나가본다.

민박집 앞은 악기점. 분홍색 우쿨렐레를 팔고 있다. 코너를 돌아나가니 저 앞에 바다가 보인다. 슈퍼는 둘째치고 일단 바다를 보러 갈까. 하늘은 어둡다. 비가 오다 말다 바람이 불다 말다 을씨년스러운 회색 날씨. 과연. '당신은 아이슬란드에서 우산을 쓸 일이 없을 겁니다'라는 관광 팸플릿의 말이 드디어 이해가 간다. 비가 안 와서 우산을 안 쓰는 것이 아니다. 5분에 한 번씩 날씨가 바뀌니 일일이 우산 쓰고 접는 게 더 귀찮은 것이다. 거리의 사람들도 비가 오면 오는 대로 그냥 맞고 다닌다. 후드를 대충 뒤집어쓰고 50여 미터를 걸어나가 바닷가에 도착한다. 하늘이 잔뜩 찌푸려 바다고 하늘이고 온통 회색빛이라 딱히 감흥은 없다. 이탈리아나 그리스 어딘가에 있다는 빛나는 태양과 파란 하늘, 옥빛 바다를 아이슬란드에서 기대할 순 없는 것이다. 그저 저 물속은 춥겠다는 생각만 든다.

그 옛날 바이킹의 후손이 저 바다를 건너와 오케이, 여기가 좋겠네, 하고 살림을 차렸을 때 그들은 도망자거나 가난한 사람들이었을 듯하다. 화산투성이에 나무 하나 없는 불모의 땅 어디가 그들의 마음을 움직인 걸까. 아빠, 여기서 살아야 돼요? 여기로 해. 물고기는 많이 잡히니까 굶어죽지는 않을 거야. 대신 정신 똑바로 차려야 된다, 아들아. 근검절약. 정직한 노동. 그렇게 일군 나라인 듯. 그래서 유럽

여느 나라와 같은 화려함은 전혀 없다. 필요한 것만. 살기 위해 필요한 것만 성실하게 가꾸는 나라. 실내장식도 건물도 군더더기 하나 없이 딱 필요한 것들로만 채워져 있다. 이 나라에서 가장 번화한 거리 한가운데에 서 있건만 대부분의 집은 몇십 년은 돼 보인다. 그렇다고 낡아 보이거나 가난해 보이지는 않는다. 오히려 고집스레 가꾸고 다져온 자존심이 집에서 풍겨나온다. 부럽다. "우리는 100년 후에 국보로 지정될 것들을 지금 만들고 있습니까." 유홍준 교수의 말이다. 이 사람들은 무엇이 국보가 될지 알고 있다. 지금 살고 있는 저 집들과 이 거리가 그들의 국보인 것이다.

발길을 돌려 비와 우박과 돌풍을 순서대로 번갈아 3세트 정도 맞으며 헤매다가 간신히 작은 슈퍼 발견. 들어간다. 요구르트와 베이컨, 달걀 여섯 개들이 구매. 만 원 정도 지불. 그렇게 비싸다는 생각은 들지 않는다. 방으로 돌아와 햇반을 데우고 김치를 꺼내고 베이컨을 굽고 그 기름에 계란프라이. 서울에서도 안 먹는 아침을 배 터지게 먹는다. 민박집에 웬만한 조리기구가 모두 갖춰져 있으니 밥값은 꽤 아낄 수 있겠다. 접시를 설거지통에 던져넣고 커피를 한 잔 끓여 마시고 오늘은 뭘 할까 고민해본다. 내일부터는 렌터카를 타고 오로라를 찾아 떠날 예정이니 오늘은 시내나 대충 둘러보면 된다. 어딜 가볼까나. 관광 팸플릿을 펼쳐보니 민박집에서 가까운 곳에 유명한 교회가 있다고. 하들그림스키르캬Hallgrímskirkja라는, 발음하기조차 어려운 교회. 관광 팸플릿에 따르면, '기괴하게 생긴 이 교회는 건축가 그뷔드욘 사뮈엘손Guðjón Samúelsson이 만들었습니다. 만드는 데 30년이 걸려 그는 완성을 못 보고 죽었습니다. 교회의 꼭대기 전망대에서 레이캬비크의 전경을 볼 수 있습니다'라고. 여기서 걸어서 10분 거리. 슬슬 걸어간다. 비와 우박과 돌풍이 또 두어 세트 정도 지나가자 교회가 저 멀리 보인다.

그러고 보니 월요일이군

교회는 과연 기괴해 보인다. 고풍스럽고 화려한 유럽 여타 교회들과는 다르다. 꽤나 현대적인 건축물. 멀리서 보면 거대한 회색 가오리가 땅을 뚫고 비상하다가 몸이 반쯤 빠져나온 시점에서 굳어진 듯도 보인다. 소재는 모두 시멘트. 회색 그대로. 왼쪽 끝부터 시멘트 기둥을 세워나가 중앙에서는 거의 30미터 높이, 그리고 다시 기둥이 점점 작아지는 구조. 마치 거대한 팬파이프 두 개를 좌우가 대칭이 되도록 세워놓은 모양새다. 오호, 이것 참. 시골 분위기 가득한 레이캬비크에 참으로 뜬금없는 건축물. 그렇다고 멋지지 않으냐 하면, 사실 굉장히 멋지다. 북유럽 신화의 기괴함과 교회의 성스러움을 동시에 품고 있는 이미지다.

내부는 또 어떻게 꾸며놓았을까. 잔뜩 기대하고 들어갔다가 깜짝 놀라고 말았다. 엄청나게 공을 들인 외관과 달리 내부는 심플 그 자체. 이렇게 훌륭한 건축물의 내부에 이렇게 아무것도 없어도 되는 건가. 벽에 파이프오르간만 덩그러니. 교회 의자까지 이케아에서 사는 건가 의심이 들 정도로 심플하다. 아무것도, 아무런 장식도, 스테인드글라스 한 장 없는, 딱 고등학교 강당 같은 분위기. 헛웃음이 나오다가도 한편으론 대단하다는 생각마저 든다. 교회의 외부는 어찌 보면 신자를 유혹하는 공간이다. 많은 이들이 교회에 방문하기를 바라고 만들어진다. 그러나 교회의 내부는 신을 영접하는 공간, 기도를 위한 공간이다. 무릎을 꿇을 의자와 겸허한 마음만 있으면 되는 곳. 신을 영접하는 데 장식이 무슨 필요인가. 마음이 중요한 거라고. 어차피 눈 감고 기도하는데 화려할 필요 있어? 라고 웅변하는 듯. 과연 북유럽 스타일이란 이런 거군.

교회를 둘러보고 나와서 어딜 갈지 잠시 고민한다. 일단 환전을 좀 해볼까. 어디서든 카드가 되긴 하지만 그래도 비상용으로 필요할 듯하다. 관광 인포메이션센터에 들러 은행의 위치를 물어보고 찾아간다. 찾아가는 길에 책방 앞을 지난다. 안에서 아이와 책을 보고 있는 아줌마. 그러고 보니 책방이 많다. 이 거리는 관광객이 가장 많은 그야말로 중심 상업지구. 그런데 100여 미터 걸어오는데 책방을 세 개나 보았다. 목요일에 TV를 끄는 나라답다. 우리나라 명동에는 책방

이 몇 개나 있을까.

　돈을 300유로 정도 크로나로 환전하고 잠시 커피를 마시러 갔다. '카피타'라는 이름의 이 나라 프랜차이즈 커피숍. 사람은 많은데 조용하다. 노트북을 켜고 뭔가에 집중하는 사람들. 맞춘 듯이 맥북을 들고 있다. 하늘에서 잡스 아저씨가 이 광경을 보았다면 기쁘실 듯. 뒤 테이블에서는 카드놀이중인 젊은이 셋. 남자 둘에 여자 하나. 조용히 키득거리며 게임에 집중. 도둑잡기라도 하고 있는 걸까. 고등학생쯤 돼 보이는 아이들. 남자아이 중에 저 여학생을 좋아하는 사람이 있음을 직감으로 100퍼센트 확신할 수 있다. 어쩌면 둘 다일 수도. 어쨌거나 조용하다. 대화를 나누기보단 자기 일에 집중하는 중. 커피를 마시며 이젠 어딜 가나 팸플릿을 펴 본다. 국립박물관이 있다고 해서 찾아간다. 시내 한가운데 호수 옆으로 난 길을 따라 산책 삼아 걸어가보니 오늘은 문 닫았다고 쓰여 있다. 그러고 보니 월요일이군. 서울에선 어제 방송에 관한 이런저런 기사들이 나왔을 텐데. 문득 궁금해진다. 그렇지만 이젠 상관없는 일이잖아. 갑자기 굉장히 멀리 왔다는 생각이 든다.

버라이어티 정신을 외치며 몸 사리지 않던 그 남자

민박집으로 돌아오다가 티셔츠들이 걸려 있는 가게를 하나 발견했다. 옷가게인가 하고 둘러보니 기념품 가게였다.

그런데 티셔츠에 쓰여 있는 문구들을 보고 그만 크게 웃고 말았다. Don't fuck with Iceland. Yes, we don't have cash, but we have ash!(우리나라 가지고 장난치지 마. 우리가 돈은 없지만, 화산은 있다고) 이 얼마나 기개 넘치는 문장인가! 고민하다가 'Ooops, Iceland did it again'이라고 쓰여 있는 티셔츠 구매. 한창 폭발중인 화산 위로 비행기가 지나가는 그림이 그려져 있다. 재난마저 블랙유머가 되고 그것이 기념품으로 바뀌어 동양인의 주머니를 털어가는 중이다. 티셔츠 옆에는 아이슬란드의 자연 풍광을 찍은 포스터들이 걸려 있다. 그런데 각각의 사진 밑에 큼지막하게 그 사진의 효용(?)이 적혀 있다. 화산 사진 밑에는 '열정', 빙하 사진 밑에는 '장수'라고 쓰여 있는 식이다. 이 사진을 사가셔서 벽에 걸어놓으시면 상기의 효과를 보실 수 있습니다, 라는 동서고금의 기념품 가게에 유구히 내려오는 뻔한 상술에 뻔한 뻥이다. 그래도 귀엽다. 거짓말도 귀여우면 슬쩍 넘어가주는 것이 예의인 것이다.

슬쩍 웃음이 난다. 빙하 사진을 뚫어져라 쳐다본다고 오래 사는 건 아니겠지만 그래도 혹시나 하는 마음이 드니 신기한 일이다. 물론 오로라 포스터도 있다. 녹색의 휘황찬란한 오로라 사진 밑에는 'VARIETY'라고 쓰여 있다. 버라이어티? 이건 무슨 뜻이지? 다양하게 살라는 건가? 뜻은 둘째 치고 반가운 마음에 포스터도 하나 구입한다. 혹시 모르지. 이거 걸어놓으면 버라이어티쇼의 갖가지 아이디어가 폭풍처럼 샘솟을지도. 그리고 보니 호동이 형이 생각난다. 버라이어티 정신을 주야장천 외치며 몸 사리지 않고 뛰어들던 그 남자. 이 양반이 어느 날 한순간에 사라져버릴 때 얼마나 마음이 아팠던가. 〈1박 2일〉은 곧 강호동이었고 강호동은 곧 〈1박 2일〉이었는데. 서울에 돌아가면 오랜만에 호동이 형에게 전화를 해야겠다고 생각한다.

강호동이라는 사람이
궁금해졌던 이유

뭐야 이 형, 덩치는 커다란 양반이

호동이 형은 덩치가 크다. 인상도 그렇고 이미지도 그렇고 쉽게 다가가기 어려운 양반이다(최소한 나에게는 그랬다). 그런데 덩치는 커다란 양반이 또 꽤나 섬세하고 소심한 구석까지 있어서 가만히 보면 그 불협화음이 선사하는 우스운 구석이 눈에 들어온다.

은퇴 이후, 가끔 만나 수다를 떨곤 했는데, 이런저런 얘기를 하다가 한번 물어본 적이 있다. 〈1박 2일〉 하면서 뭐 속상했던 일이나 제작진한테 맘 상했던 거 없어? 있지. 뭔데? 촬영할 때 말이야. 우정이

118

가 뭐 하지 말라고 되게 눈 부라릴 때 있잖아. 그럴 때 맘 되게 상해, 말은 안 했지만. 이 말을 듣고 엄청 웃고 말았다. 뭐야, 이 형. 덩치는 커다란 양반이. 그런 걸 아직 맘에 담아두고 있었다니. 참고로 우정이는 메인작가인 이우정 작가를 말하는데, 호동이 형보다 한참 아래 연배의 여성이다. 뭐 예를 들면 이런 식이다.

1. 저녁 복불복을 했는데 연기자가 져서 몽땅 굶게 생겼다.
2. 촬영 자체는 웃겼고 굶는다는 설정이 재미있다는 것도 알겠으나 배가 고픈 건 호동이 형으로서는 참기 힘든 일이다.
3. 제작진 눈치를 슬슬 보며 재도전 어쩌구를 중얼거리거나 한 번만 더 하자거나 밥 한 공기만 달라는 둥 협상을 제시한다.
4. 이우정 작가가 카메라 뒤에서 눈을 부라린다.
5. 상황 종료.

이런 식의 전개. 물론 상황에 따라 협상에 응해주는 경우도 많다. 그게 더 재미있을 듯하면 재도전도 허락한다. 그런데 대부분의 경우 그들의 반란은 메인작가의 눈 부라림 한 방에 진압이 되곤 했다. 뭐야, 그걸 그렇게 맘에 담아두고 있었어? 5년 동안이나? 말을 하지 그랬어. 촬영 끝난 뒤라도 얘기할 수 있잖아. 기분 나쁘다고 한마디 하지 그랬어? 그래도 어떻게 그러냐. 작가 선생님인데. 웃기는 거 또

한 가지는 바로 이 '작가 선생님'이라는 칭호. 이 형은 말끝마다 피디 선생님, 작가 선생님이 버릇이다. 물론 존대를 해주니 고맙기야 하지만 그래도 촌스럽지 않은가. 보통은 한 작품을 오래 하다보면 자연스럽게 호칭도 편해지고 이름을 부르게도 되는데 이 형은 늘 무슨 '선생님'인 것이다. 전형적인 시골 아저씨의 말투. 참고로 나를 부르는 호칭도 감독님이나 피디 선생님. 촬영장에서는 반말도 쓰지 않고 극존칭 사용. 사석에 가서야 비로소 나감독. 사석에서 술이 엄청 들어가고 나서야 아주 가끔 '영석아'라고 부른다. 나름 본인이 정해놓은 룰이 많은 사람인 것이다.

물론 이런 대우가 싫지는 않다. 촬영장에서는 사실 굉장히 고맙다. 리더의 헤게모니에 사람들은 암묵적으로 동의하게 마련인데, 이 사람은 제작진을 늘 본인보다 상위에 올려놓는다. 힘을 실어준다. 그러면 다른 사람들은 자연스레 그 권위를 받아들인다. 덕분에 연출할 때 아주 편하다. 제작진의 의견에 토를 다는 경우가 거의 없으니까.

사실 5년간 함께 일하면서 이 형에게 도움도 많이 받고 무엇보다 많이 배웠다. 그도 그럴 것이 이 양반은 누구나 인정하듯 이 바닥에서는 최고 레벨의 프로페셔널이다. 그런 사람을 5년간 바로 옆에서 봐왔으니까. 천하장사가 씨름하는 걸 매일 지켜보며 어깨너머로 기술을 훔쳐 배우는 것과도 같다. 그런데 또 맥이 빠지는 건 어깨너머로 훔친 이 기술들이 하나같이 그저 그런 '아주 흔한' 종류의 것들이·

라는 데 있다. 사람들이 우스갯소리 비슷하게 말하는 '예능의 정석' 같은 건 없다. 오히려 일을 대하는 원칙이랄까, 그가 나름대로 정해놓은 일종의 '룰' 같은 것이 마음에 와닿을 때가 많았다. 몇 가지 소개를 하자면.

첫째, 프로그램 녹화 전날에는 개인적인 약속을 잡지 않는다. 가능하면 일찍 잠들고 가장 좋은 컨디션으로 녹화장에 나타난다. 여기까지야 뭐. 기본이라면 기본이고. 둘째, 그렇게 축적한 에너지의 대부분을 오프닝 촬영에 쏟아붓는다. 응? 여기서부터가 문제인 것이다. 오프닝이란, KBS 본관 앞에 모여 다들 한 주간 어떻게 지냈는지 묻거나, 오늘은 어디로 여행을 가는지 밝히는, 아주 기초적인 촬영이다. 방송에는 5분에서 7분 정도 나가는, 그야말로 크게 중요하지 않은 촬영. 하지만 이 형은 여기에 모든 것을 쏟아부을 정도로 집중한다. 고래고래 소리를 지르고 온몸으로 리액션을 하고 5분 나갈 방송을 1시간이 넘도록 찍는다.

가끔 걱정이 돼서 말릴 때도 있었다. 오프닝 찍는데 뭘 그리 힘을 빼? 좀 살살 해요. 힘든 촬영 아직 많이 남았단 말이야. 그러면 이 형은 이렇게 대답한다. 감독님, 시작이 제일 중요해요. 오프닝이 잘되면 나머지는 그냥 따라오는 거예요. 처음엔 이게 무슨 말인지 몰랐다. 상식적으로 생각하면 오프닝보다 이후의 레이스나 복불복 촬영 같은 것이 훨씬 중요한데. 보통 시작은 가볍게 하고 점점 기어를 올려 하이라이트 촬영 때 모든 걸 쏟아붓는 게 정석이잖은가. 다만 나중에 가서야 내가 이해한 바는 이렇다. 한마디로 말해 '미리 선을 긋는' 것이다. 오늘 우리가 진행할 촬영은 '최소한 이 정도'의 열정과 에너지, 재미를 담보해야 한다는 보이지 않는 '선'을 긋는 것. 쉽게 말해 '오프닝이 이 정도면 본 촬영은 더 재미있겠다. 또는 재미있게 만들어야겠다'라는 희망과 의무감을 동시에 보여주는 것이다. 제작진은 더 기대하게 되고 연기자들은 더 신이 나서 달리게 된다. 그러면 나머지 촬영은 자연스럽게 비슷한 완성도로 맞춰지게 된다.

그런데 이게 말이 쉽지 실행하기는 어렵다. 보통 사람들은 일의 경중을 따져 무의식중에 자신의 에너지를 배분하기 마련이다. 똑똑한 사람의 함정이다. 호동이 형은 똑똑한 사람이 아니다. 그러나 경험으로 습득한 룰을 스스로 체화하는 데 일가견이 있는 사람이다. 이 형은 그냥 알고 있는 것이다. '오프닝이 가장 중요해.' 그렇게 본인이 믿고 있고, 그렇다면 믿는 바를 어떻게든 해낸다. 그런 걸 보고 있으면 이 형이 어떻게 씨름에서 천하장사가 되었는지 조금은 알 것 같은 기분이 든다. 씨름에 사실 비장의 기술 따위는 없다. 매일매일 연습해서 그 필요성을 스스로 납득하고 자기 기술로 만드는 것. 사실은 그게 어려운 것이다. 그리고 그만의 규칙 셋째, 절대 촬영내용 및 편집에 대해 제작진에게 이래라저래라 하지 않는다. 웬만한 건 모두 믿고 맡긴다. 사실 톱MC 정도 되면 연출자보다도 프로그램을 보는 시각이 나은 경우도 있다. 그러면 이런저런 참견을 하고 싶을 법도 한데, 거의 그런 법이 없다. 시키는 대로 그저 열심히 한다. 그런데 이제 와 고백하건대, 이게 처음부터 그랬던 건 아니다.

아, 다 글렀다. 찍소리도 못하게 하고 싶었는데…

5년 전 〈1박 2일〉이 탄생하기도 전, 제목도 없이 그저 '강호동이 오랜만에 KBS에서 주말 버라이어티 프로그램을 하기로 한다'는 대강의 윤곽만 있던 시절, 이 형은 제작진으로서는 탐탁지 않은 MC였다.

당시 이 형은 여러 경로를 통해 자기가 원하는 바를 어필했었다. 어떤 프로그램이면 좋겠고, 자기는 어떤 걸 잘하고 어떤 걸 못하고, 방송시간은 어느 정도면 좋겠다 등등 종류도 가지가지였다. 솔직히 짜증도 나고 자존심도 좀 상했다. 뭐야, 그럴 거면 자기가 피디 하지…… 뭐 이런 심정이었던 것이다. 그런데 어느 날 이런 요구들이 한 번에 없어진 건, 이명한 피디가 처음으로 호동이 형과 미팅 겸 상견례를 하고 온 이후였다.

미팅 다음날, (당시까지만 해도 호동이 형을 TV에서만 봤던 나는) 꼬치꼬치 이런저런 질문을 이명한 피디에게 했다. 어때? 무서운 성격이야? 인상부터가 좀 아니지? 이래라저래라 하지 않아? 이명한 피디의 대답은 의외였다. 마지막에 헤어지면서 "그냥 피디님 하고 싶은 대로 하십시오" 그러던데? 응? 진짜? 그렇게 순순히 물러났다고? 알고 보니 두 사람은 그날 밤새도록 술잔을 기울이며 인생 얘기부터 연출 얘기까지 수많은 얘기를 나눴다고 한다. 고수는 고수를 알아본다던가. 아마도 서로에게서 느껴지는 기운이 있었던 듯하다. 이 사람이라면 신뢰할 수 있다……라는 종류의. 헤어지며 한 말이 "당신이 알아서 하세요"라니. 그래도 후배인 나로서는 선뜻 믿음이 가지는 않았다. 술도 마셨다니 술김에 그랬겠지. 우리가 조금이라도 빈틈을 보이면 안 돼. 무조건 프로그램 히트시켜서 찍소리 못하게 만들어야지. 나는 속으로 그렇게 생각했었다.

그러나 세상일이 뜻대로 되는 건 아니었으니. 강호동을 메인MC로 야심차게 시작한 우리의 첫 프로젝트 〈준비됐어요〉는 한자를 공부한다는 유례없는 신선한 접근으로 첫 방송 시청률 7퍼센트라는 유례없이 신선한 성적을 기록하고 말았다. 호동이 형을 찍소리 못하게 만들기는커녕 제작진이 찍소리 못하게 생긴 것이다. 그러고도 〈1박 2일〉을 본격적으로 시작하기 전까지의 몇 달 동안 바닥을 기는 시청률은 계속되었다. 아아. 다 글렀어. 제작진의 자존심은 여지없이 무너졌고, 무엇보다 호동이 형에게 고개를 들 수가 없었다. 그러나 이 형의 반응은 실로 쿨했다. 그 몇 달을, 시청률이 바닥을 기던 그 고난의 행군 기간을, 이 형은 정말이지 늘 한결같이 제작진에게 말했다.

"잘되겠지요 뭐. 알아서 잘 만들어주십시오. 전 그냥 열심히 하겠습니다." 그게 다였다. 뭐지, 이 형. 아예 포기한 건가. 아니면 원래 좀 무심한 성격인가. 의심과 궁금증이 동시에 고개를 들기 시작했다. 그때부터였던 것 같다. 강호동이라는 인간이 본격적으로 궁금해지기 시작했던 것은.

렌터카로 떠나는
아이슬란드 시골투어

최악의 길치, 내비게이션 달고 출발하다

아이슬란드에 온 지 이틀째. 오늘부터는 시내를 벗어나 시골로 들어갈 예정이다. 오로라를 보기 위해서는 도시의 불빛이 없는 곳으로 가야 한다기에 서울에서 렌터카를 한 대 예약해둔 터였다. 도시를 떠나 그 대단하다는 아이슬란드의 자연 속으로 들어가는 것이다. 앞으로 사흘간, 낮에는 관광지를 돌아보고 밤에는 오로라가 뜨기를 노려본다는 야심찬 계획.

아침부터 일어나 짐을 챙겨 친절한 민박집 매니저에게 작별을 고

하고 시내의 렌터카 숍으로 찾아간다. 인터넷으로 이미 차종까지 골라놓은 상황. '짐니'라는 스즈키의 소형 사륜구동 지프차다. 아이슬란드의 겨울은 언제고 눈이 쏟아질 수 있는데다가 길이 꽤나 험해서 무조건 사륜구동이 필요하다고 어디서 들은 터였다. 가게에 들어가 자랑스레 예약증을 내보이고 이런저런 보험서류에 사인을 한다. 그런데 서류에서 이상한 단어를 하나 발견. 매뉴얼manual? 수동기어라고? 어이 아저씨, 이런 거 운전 못해 난. 자동도 잘 못하는데 말이야. 그랬더니 오토매틱은 승용차밖에 없단다. 그러더니 묻는다. 너 어디 가는데? 비크vík랑 이외퀴들사우르들론jökulsárlon. 거긴 이륜구동으로도 충분해. 그러더니 어딘가에서 파란색 라세티 해치백을 몰고 나온다. 우리나라에도 많은 차인데 해치백은 처음 본다. 내비게이션은? 굳이 그런 거 필요 없다는 아저씨. 그래도 줘. 길치라고 나는. 엘리베이터만 타고 내려도 방향 헷갈리는데 말이야. 그렇게 내비게이션까지 달고 드디어 출발.

오늘도 날씨는 흐리고 그러다가 비 오고 그러다가 돌풍 동반한 우박과 소나기가 번갈아 들이붓는 날씨. 이게 아마도 이 나라의 기본 날씨인 듯. 그래도 좋네. 이제야 좀 여행하는 기분이 난다. 첫번째 행선지인 비크까지는 두 시간 정도 소요. 딱히 뭐가 있는 건 아니지만 왠지 거기쯤 가면 오로라가 있을 것만 같은 예감이 들어 그냥 찍은 동네다. 룰루랄라 시내를 빠져나와 드디어 고속도로에 접어든다. 이 나

라 고속도로의 이름은 링로드ring road. 둥그렇게 생긴 아이슬란드의 외곽을 따라 나라를 한 바퀴 주욱 도는 그런 도로. 말이 고속도로지 대부분 2차선. 그도 그럴 것이 차가 극도로 없다! 한참을 가야 간신히 맞은편에서 오는 차를 한 대 발견하고 반가워하는 그런 식.

40분쯤 달렸을까. 갈림길 표지판에서 어디서 들어본 지명을 발견하고 멈춰 선다. 게이시르geysir?『론리플래닛』에서 본 기억이 있다. 5분마다 한 번씩 물을 뿜어올린다는 간헐천이 있는 곳. 간헐천을 영어로 '가이저geyser'라 하는데 이 또한 이곳 간헐천의 이름인 'geysir'에서 비롯되었다고 쓰여 있었다. 이 세상 모든 간헐천의 아버지쯤 되는 녀석인 것이다. 어떡할까 잠시 고민하다가 에라 모르겠다 하고 좌회전. 비크에 빨리 가봐야 해가 지기만을 기다리는 것밖에 할 일은 없다. 혼자 왔으니 이런 건 편하다. 어차피 내 맘인 것이다. 가이저를 가든 길가에 차를 대놓고 잠을 자든 아무도 뭐라 할 사람은 없다.

우와~와 아…의 무한반복, 이것 좀 웃긴데?

좌회전해서 40분쯤 더 올라가 가이저 도착. 그냥 산 중턱의 평원인데 자세히 보니 여기저기에 둥그렇게 구멍이 패어 있고 그 안에 온천수가 끓고 있다. 보글보글 거품이 올라오고 있는 것이다.

입구의 표지판을 읽어본다. 5분에 한 번씩 물을 뿜는데 50미터까지 올라간다고. 원리는 지하에서 달궈진 온천수가 수증기압에 의해…… 어쩌구라고 쓰여 있건만 이해는 못하겠다. 뭐 신기하니 함 보세요 정도로 이해하면 될 듯. 작은 녀석부터 지름 몇 미터쯤 되는 큰 구멍까지 수십 개의 간헐천이 이 지역에 흩뿌려져 있다고. 탐방로 입구에 들어서니 이미 구경을 끝내고 내려오는 사람들이 보인다. 다들 뭔가 득의양양한 미소. 대단한 구경거리인 건가. 사람들이 향하는 곳으로 나도 줄줄 따라가본다.

가보니 역시 장관. 지름 3미터쯤 되는 구멍에 온천수가 보글보글 끓고 있는데 예고도 없이 갑자기 수증기와 함께 물이 수십 미터쯤 뿜어져 올라온다. 뿜어나오는 순간 여기저기서 들리는 환호성. 그리고 이어지는 장탄식. 우리말로 하면 와우~ 다음에 아아…… 정도 되겠다. 간헐천보다 관광객의 리액션이 신기하다. 알고 보니 너무나 순식간에 뿜어올라오기 때문에 타이밍을 맞춰 사진을 찍기가 쉽지 않은 것이다. 너 찍었어? 아니. 너무 순식간이야. 뭐 이런 대화가 오고가는 듯. 게다가 한번 놓치면 다시 뿜어져나올 때까지 5분을 더 기다려야 한다. 고백하건대 간헐천보다도 관광객의 리액션이 신기해서 한참을 구경하고 서 있었다. 수십 명의 관광객이 간헐천을 빙 둘러싸고 카메라만 들이댄 채 침묵 속에 스탠바이인 것이다. 예고도 없이 뿜어져나오는 그 순간을 노려야 되니까. 남는 건 사진뿐이다, 라는 격언은 서양 애들도 똑같은 듯. 나도 카메라를 대고 노려보기 시작한다. 손이 얼어붙어갈 즈음 또 한 번 발사. 그리고 여기저기서 쏟아지는 환호성과 탄식. 이게 예상외로 꽤 웃기는 그림이다. 침묵. 우와. 아아……의 무한반복이다.

승기 데려올걸 하고 생각한다. 이런 거에 꽤나 집착하는 아이인데. 감독님, 이걸 찍기 전에는 한 발짝도 움직이지 않겠어요 하고 결의에 찬 눈빛으로 외치는 소리가 들리는 듯하다. 게다가 승기는 남극에서 사진 찍겠다는 요량으로 구입한 고급 DSLR카메라 세트를 풀 패키지로 소유하고 있다. 남극 촬영이 취소되면서 그 카메라는 옷장에서 잠자고 있다는 비운의 스토리를 가지고 있긴 하지만. 사실 사진 따위 뭐가 중요하랴. 솔직히 말해서 간헐천은 뷰파인더로 볼 때보다 직접 눈으로 볼 때가 훨씬 멋지다. 저들도 알 텐데. 그래도 사진의 유혹을 뿌리치지 못하고 다시 카메라를 들고 대기하는 사람들. 가슴에 남기기보단 기록으로 남기고 싶은 욕망이 다들 있는 것이다. 방송의 미래는 밝구나, 라고 생각한다.

그런데 알고 보니 내가 찍은 건 진짜 가이저가 아니었다. 현재 활동중인 이 아이는 가이저의 사촌쯤 되는 녀석으로, 진짜 가이저라는 이름을 달고 있는 간헐천은 1950년대에 관광객들이 하도 돌을 던져서 구멍이 막혀버려 이제는 활동을 안 한다고 한다. 눈물 나는 이야기다. 그래도 여기까지 왔으니 한번 보러 가볼까나. 짝퉁 가이저에서 다시 30미터쯤 올라가니 이제는 쉬고 있다는 오리지널 가이저가 모습을 드러낸다. 대단한 위용이다. 저 아래 사촌과는 비교도 안 되는 큰 사이즈. 지름이 최소 8미터는 되어 보인다. 물은 보글보글 끓고 있지만 역시나 아무리 기다려도 꿈쩍도 안 한다. 활동을 안 한다는 얘기가 맞기는 맞는 듯. 게다가 이미 죽어 있는 간헐천 따위를 보러 일부러 올라오는 관광객도 없다.

덕분에 주변은 고요하다. 30미터 아래의 사촌동생이 5분마다 펼치는 재롱잔치와 관광객들의 호들갑을 보며 이 녀석은 50년째 쉬고 있는 것이다. 50년 전, 실제로 활동했을 때에는 진짜 장관이었을 듯. 저 아래 사진에 목매고 있는 아이들이 집에 가서 "할머니, 이게 가이저예요" 하고 자랑했을 때 할머니가 웃으며 "이건 가짜야. 이 할미가 어렸을 적 본 진짜 가이저는 훨씬 더 대단했단다. 그리고 사진이 중요한 게 아니야, 이 녀석아. 눈으로 찍어 가슴에 담아두는 게 훨씬 중요한 거지……" 이런 식으로 얘기해주면 뭔가 통쾌할 듯. 뭐 어쨌든. 50년 전 돌 던진 사람들 용서해주세요. 인간을 대표해서 사과할게요. 푹 쉬어요, 가이저. 근처 휴게소에서 점심으로 피시버거를 하나 사먹는다. 그리고 다시 갈림길까지 내려와 비크로 직진. 돌풍으로 차가 흔들흔들. 드디어 숙소에 도착한다.

이건 대체 농장이야, 호텔이야?

비크의 숙소는 말만 호텔이지 무슨 농장인 줄 알았다. 내비게이션이 여기라고 가르쳐주지 않았다면 분명 그냥 지나쳤을 것이다. 실제로 목적지 근처에 도착했다는 내비게이션의 메시지를 보고도 한동안 갸웃했을 정도니까. 대체 어디가 호텔인 거야? 광활한 대지에 축사 비슷해 보이는, 기다랗게 생긴 단층건물이 네 동 덩그러니 서 있다. 그러곤 끝. 우리가 호텔 하면 생각하는 여러 이미지들, 즉 주욱 늘어선 택시라든가 오고가는 사람들의 설렌 표정이라든가 화려한 로비 라운지에서 손님을 맞는 벨맨이라든가 이런 건 눈을 씻고 찾아봐도 없다. 일단 아이슬란드의 시골에는 택시라는 것 자체가 없다. 여행안내서에도 렌터카를 이용하지 않을 시에는 히치하이킹이 유일한 대안이라고 나왔을 정도니까. 오가는 관광객도 없다. 어차피 겨울은 여행의 비수기인 것이다. 이 호텔도 근처에서 그나마 휴업중이지 않은 유일한 호텔이었다.

비가 와서 축축하게 젖어버린 잔디밭 사이 화살표를 따라가니 화려한 로비 라운지 대신 두 평짜리 간이데스크가 있었고, 그나마 아무도 없어서 '헬로우'를 세 번 정도 외치자 뚱뚱한 중년의 여사장(이거나 매니저이거나 아무튼)이 어딘가에서 나타난다. 저기요. 여기 예약했는데. 프린트해온 예약증을 보여주려 하자 그런 거 필요 없다는 얼굴로

뒤에 주욱 걸린 열쇠들 중 하나를 골라 척 하고 건네준다. 여기서 되돌아나가 저 앞에 B동(네 동의 축사 중 한 동을 가리키는 듯) 64호예요(굳이 왜 64호를 주었는지는 모른다. 저 뒤에는 64호를 제외한 나머지 열쇠들이 한 개도 빠지지 않고 걸려 있다. 즉, 다른 손님은 거의 없는 것이다). 저녁 레스토랑은 6시부터 문을 열어요. 그렇지만 예약은 필수. 보시다시피 손님이 없어서 마냥 기다릴 순 없으니까. 그러곤 뚱뚱한 얼굴로 슬쩍 웃는다. 자기도 좀 겸연쩍은 것이다.

열쇠를 받아들고 다시 젖은 잔디밭길을 거슬러올라간다. 사방은 어둡고 비는 부슬부슬 내리고 있고 손님 없는 호텔은 조용하다. 만약 주변에 64부작 대하드라마를 집필할 예정이며 아무에게도 방해받지 않는 조용한 집필장소가 필요한 작가가 있다면 반드시 아이슬란드의 시골 호텔에 머물러보기를 권했을 것이다. 게다가 짐을 들고 뒤따라오는 벨맨에게 과연 팁을 얼마나 줄 것인지 고민하느라 극심한 정신적 스트레스에 시달려 차라리 짐이고 뭐고 직접 들고 오는 게 나을 뻔했다는 그런 부류의 소심하고 가난한 여행객에게도 안성맞춤일 듯. 벨맨 자체가 없으니까.

어차피 잠만 자고 가면 되는 거 아냐? 예쁘거나 화려할 필요 있어? 자연을 보러 온 거잖아, 니네. 이런 포스가 물씬 풍긴다. 역시. 이런 것도 실용주의라면 실용주의. 그래도 이건 좀 너무하잖아. 실제로 회색빛 하늘과 돌풍을 뚫고 몇 시간씩 운전을 해서 오다보면 나도 모르게 따뜻하고 아늑한 호텔의 로비나 친절한 벨맨이 짐을 들어준다거나 하는 호사를 누리고 싶은 욕망이 생기는 것이다.

혼자 낑낑거리며 짐을 들고 문제의 B동 앞에 도착한다. 현관문을 열고 들어서니 복도 좌우로 방들이 주욱 늘어서 있다. 64호는 딱 중간에 위치. 방문을 열고 들어가니 예상외로 널찍하다. 커다란 침대가 떡하니 중앙에 있고 화장실도 넓다. 침대에는 새하얀 오리털 이불이 말끔하게 펼쳐져 있다. 나무로 만든 단단해 보이는 책상이 하나 벽에 붙어 있고, 침대와 창문 사이에 1인용 소파와 테이블이 위치해 있다. 대리석 비슷한 돌로 만든 바닥에서는 은은한 온기가 올라오고 있다. 생각보다 괜찮은걸? 화려하진 않지만 있을 건 다 있다. 다 있는 정도가 아니라 무엇 하나 깨끗하고 말끔하게 관리되지 않은 게 없다. 나중에 아이슬란드의 숙소를 모두 돌아본 후에 느낀 점이지만 이 나라는 정말 외관에는 큰 신경을 쓰지 않는다. 시험 삼아 굉장히 비싼 호텔에도 하루 묵었는데, 그 호텔 또한 외관은 아주 조~금 화려한 정도였다. 그러나 내부에 들어서면 이야기가 달라진다. 하룻밤을 편히 자는 곳이라는 호텔 본연의 목적에 충실하지 않은 숙소는 한 곳도 없었다. 수많은 스태프를 채용하고 조명으로 호텔 외부를 화려하게 밝히고 피트니스센터나 스파, 카지노를 만들고 로비 바에서 음악을 연주하고 벨맨이 나비넥타이를 매고 웃으며 손님의 짐가방을 번개같이 채가는 대신 아이슬란드에서는 뚱뚱한 매니저가 조용히 이불을 개키고 난방 스위치를 미리 켜놓고 손님을 맞을 준비를 하는 것이다. 무엇이 더 나은지는 모르겠다.

나는 호텔이라는 장소 특유의 떠들썩하고 들뜬 분위기를 싫어하는 사람이 아니다. 오히려 1년에 한두 번쯤 중산층의 허세를 부리기 위한 목적으로 호텔을 찾기도 한다. 발레파킹을 하고 비싼 호텔 레스토랑에서 저녁을 먹고 정원을 산책하고 거드름을 피우며 하루를 묵고 그 대가로 신용카드를 척 내어놓는다. 그것은 그것 나름의 효용이 있다. 나에게도 이 정도의 경제력은 있다, 하루쯤 이런 대접 받을 만한 위치의 사람이다, 뭐 이런 생각이 드는 것이다. 그것이 신기루임을 알면서도 그 하루의 사치가 주는 매력은 달콤하다. 물론 그 하루의 사치를 메꾸기 위해 다음날부터 기약 없는 시간외 노동에 돌입해야 하긴 하지만. 이곳 아이슬란드의 호텔에선 사치가 주는 매력 따윈 찾아볼 수 없다. 대신 하룻밤 잠을 자는 곳이라는 호텔 본연의 목적에 충실한 숙소들이 가득하다. 그리고 가난한 여행자는 그러한 방에서 위안을 얻고 한숨을 돌리고 다음날의 여행 계획을 점검한다.

흐림. 흐림. 비. 비. 흐림. 장난치나!

오늘은 렌터카 시골투어의 첫째 날. 일단 뭐 오로라는 물 건너간 것 같다. 하늘이 이렇게 흐리니 오로라 할아버지가 와도 이런 날에는 보이지 않을 듯.

그건 그렇고 저녁이 되니 배가 고파진다. 점심 때 피시버거 하나 먹고 종일 굶은 것이다. 레스토랑에 갈까? 하고 잠시 생각하다가 포기한다. 나 외에 손님이라곤 아무도 없는 레스토랑이라니 왠지 무섭다. 부담스럽기도 하고. 셰프가 음식 하나 줄 때마다 옆에서 맛있냐고 물어보면 어쩌지. 소화불량에 걸릴지도 모른다. 결국 저녁은 방에서 해결하기로. 뭘 먹을까 잠시 고민하다가 면세점에서 산 화이트와인 한 병을 따고 빌려온 휴대용 전기버너에 라면을 끓이고 햇반을 데우고 포장김치 하나를 개봉한다(사실 고민할 필요도 없는 것이 라면과 햇반밖에 없긴 하다. 다만 밥을 말아먹느냐 라면만 먹느냐 하는 건 남은 여행기간 중 식량 조달 계획상 중요한 문제. 오늘은 배가 많이 고프니깐 뭐 둘 다 먹기로). 라면이 끓는 동안 와인을 홀짝이며 인터넷으로 날씨를 검색한다. 오로라를 보려면 운도 운이지만 날씨가 관건인 것이다. 이번주 아이슬란드 날씨. 흐림. 흐림. 비. 비. 흐림. 장난치나. 젠장. 몇천 킬로를 날아왔는데 말이야. 과연 오로라는 볼 수 있는 걸까.

강호동이
공을 돌리기 시작했다

선수는 운동만 열심히 하면 되는 거 아닙니까

마치 흐림이 계속되는 일기예보처럼 5년 전 우리는 앞길이 막막했다. 시청률은 바닥이고 〈1박 2일〉은 아직 만들어지기 전이었다. 연기자들 얼굴 보기가 민망해서 촬영장에 나가는 것도 무서웠으니까.

그럼에도 불평 없이 꿋꿋한 호동이 형이 그때는 참 신기했다. 나중에 한번 물어본 적이 있었다. 그때 어떻게 버텼느냐고. 제작진도 갑갑해서 잠이 안 오던 시절인데 어떻게 참았느냐고. 우리가 결국 잘될 줄 알았냐고. 그런데 호동이 형 대답이 걸작이다. "선수는 운동만 열심히 하면 되는 거지. 나머지는 감독이 알아서 하는 거 아닙니까."
이것 참. 이 얘기 듣고 탄복하고 말았다. 운동선수 출신다운 명언 아닌가. 한마디로 프로페셔널이다. 어느 구단과 계약할지 신중하게 고민하고 따져본다. 이런저런 계약조건도 내건다. 하지만 일단 계약이 끝나면 운동에 집중한다. 운동이 나의 몫. 어떤 전략과 전술을 활용할지는 온전히 감독의 몫. 나에게 부여된 일에 최선을 다한다. 그에 따르는 결과는 받아들인다. 백전백패하는 감독을 만났어도 어쩔 수 없다. 어차피 이 감독을 믿고 시작한 것 아닌가. 왜 그것밖에 안 되냐고 탓할 시간이 있으면 차라리 그 시간에 운동을 더 열심히 하는 것이다. 그리고 그런 선수를 보면 어떤 감독이라도 힘을 안 낼 수가 없는 것이다.

그 덕분이었을까. 힘을 낸 우리 이명한 감독은 결국 〈1박 2일〉이라는 콘텐츠를 만들어낸다. 그리고 구단에 새 선수들이 들어오기 시작한다. 김C, 이승기, MC몽. MC몽을 제외하고는 프로에 갓 진입한 선수들. 이 사람들의 성장에 따라 미래의 팀 성적이 좌우된다는 것을 베테랑 선수인 호동이 형은 누구보다도 잘 알고 있었다. 슈팅에 집중하던 윤대협이 2학년이 되면서 어시스트에 집중하는 것처럼 호동이 형은 한 명씩 선수들에게 볼을 돌리기 시작한다. 그러나 이 형은 알고 있다. 프로의 세계는 냉정하다는 것을. 기다려주는 시간에는 한계가 있음을. 그래서 이 형의 조련방식은 무엇보다도 독특했다. 냉정하고 빨랐다. 절대 아무에게나 볼을 주지 않았다. 모든 건 팀을 위해. 그게 이 형의 모토였다.

슈팅에서 어시스트에 집중하는 윤대협처럼

공을 돌리는 건 쉽다. 문제는 공을 받는 선수가 패스를 받을 수 있을 정도의 경기력은 가지고 있는지, 그날의 컨디션은 어떤지, 앞으로의 발전 가능성은 어떤지 냉정하게 평가하는 것이다.

물론 여기가 아마추어 리그였다면 한없이 마음 좋게 경기를 풀어갈 수도 있었을 것이다. 선수의 기량에 관계없이 공평하게 볼을 배급하고 눈높이에 맞춰 하나하나 지도해주는 것도 가능하다. 그러나 방송이라는 것은 프로 리그. 한없이 마음 좋게 기다려주는 곳이 아니다. 게다가 시즌중에 들어온 새 선수들도 있다. 정석보다는 빠른 길을 택해야 한다. 얼른 제 몫을 해내는 선수로 키워야 하는 것이다.

그래서 이 형은 경기 당일 아침, 늘 선수들의 경기력을 체크하는 시간을 갖는다. 바로 오프닝 시간. 오프닝이 긴 것에는 또다른 숨은 이유가 있는 것이다. 오프닝을 진행하다보면 누가 오늘 컨디션이 좋은지, 누가 어시스트를 받아낼 준비가 되어 있는지가 보인다. 그중에 가장 좋은 기량을 보이는 선수를 지목한다. 그리고 그 선수에게 집중적으로 볼을 배급한다. 너무하다 싶을 정도로 말을 걸어주고 리액션을 해주고 상황을 만들어준다. 당연히 컨디션이 좋은 그 선수는 공을 받는 족족 골로 연결시킨다. 방송은 재미있게 풀리고 덩달아 그 사람에 대한 집중도가 생기고, 그와 함께 캐릭터도 만들어진다. 시간 날 때마다 지원이를 무릎에 앉히고 '잘한다~ 잘한다~' 얼러주다보면 은초딩이라는 캐릭터가 탄생하는 식이다.

다만 여기서 문제가 생긴다. 주목받지 못하는 사람들. 어쩌면 잘 모르는 사람이라면 원망할 수도 있는 상황이다. 왜 저 형은 저 친구만 좋아할까. 나에게는 왜 말을 걸어주지 않을까. 나를 싫어하는 걸까. 그렇게 생각하며 오해를 할 수도 있다. 그러나 이 형은 하나하나 설명해주지는 않는다. 다만 기다리고 있는 것이다. 빠른 패스를 받아낼 수 있는지, 패스를 받아 그날의 경기를 승리로 가져갈 수 있는지, 그 정도 기량이 있음을 증명해내는 그 순간을. 증명하기만 하면 여지없이 패스는 꽂히고 숫 찬스가 만들어진다.

여기서 중요한 것이 '공정함'이다. 집중과 편애는 한 끗 차이다. 공정함을 잃는 순간 오해가 만들어지고 팀워크는 깨진다. 누군가를 편애해서 저 사람에게 기회를 주는 것이 아니다. 기회를 받을 기량이 있기 때문에 주는 것이다. 너도 저 기회가 탐이 난다면 최소한 패스를 받을 기량 정도는 스스로 터득해서 갖춰야 한다. 그것만 갖춰진다면 언제라도 너에게 공을 주겠다. 이런 식인 것이다. 어쩌면 야박

해 보일 수 있는 이런 방식이 효과가 있었던 것은 호동이 형이 철저하게 유지했던 그 기회에 대한 '공정함' 때문이다. 멤버들은 누군가를 질투하기보단 스스로를 단련하는 것이 빠른 길임을 알게 된다. 한 예로, 〈1박 2일〉에서 가장 늦게 꽃을 피운 사람은 이수근이다.

〈준비됐어요〉 시절부터 함께한 원년멤버였으나 〈1박 2일〉이 시작되고 나서 반년이 넘도록 그는 별다른 활약이 없는 멤버였다. 그러나 특이한 사실 하나. 호동이 형은 수근씨를 처음부터 굉장히 아꼈다. 장래성이 보인다며 수근씨를 처음에 멤버로 추천한 것도 호동이 형이었다. 녹화 시작 전이나 끝난 후에 가장 많은 이야기를 나눈 사람도, 따로 개인적인 만남을 가장 많이 가진 사람도 수근씨였다. 그러나 녹화만 시작되면 달랐다. 호동이 형은 야박하리만치 수근씨에게 기회를 주지 않았다. 사랑하되 편애하지는 않는 것이다. 대신 그가 기량이 쌓일 때까지 끈질기게 기다렸다. 반년이 지나 서서히 '취침개그' 등으로 분위기를 타기 시작하자, 그때서야 호동이 형은 수근씨에게 공을 돌리기 시작했다. 그리고 이수근은 곧 버라이어티 쇼에서 가장 웃기는 개그맨 중 한 명이 될 수 있었다. 수근씨에게 부여된 기회는 다른 이들에게도 똑같이 적용되었고, 결국 시작은 달랐을지언정 어느 순간 멤버들은 모두 고른 활약을 보이는 슈터로 성장해 있었다. 이젠 멤버 중 누구에게 공을 돌려도 슛을 성공시키는 분위기. 프로그램은 그와 함께 안정기에 접어들었다. 멤버들의 기량을 높이는 데 집중하던 호동이 형도 드디어 한시름 놓을 수 있는 시간이 된 것이다. 그러나 그는 쉬지 않았다. 멤버들에게서 눈을 돌려 다른 누군가 볼을 줄 사람이 없는지 두리번거리기 시작했다. 그리고 그의 눈에 카메라 뒤에서 사람 좋게 웃고 있는 양반, 이명한 피디가 보이기 시작했다.

피디의 등장
그리고 사라진 명한이 형

강호동의 어시스트, 처음으로 피디에게 날아가다

시작은 우연한 것이었다. 처음 '자유여행'을 시도했을 때 멤버들에게 어디를 가서 무엇을 할지 모든 것을 맡겨보기로 했다.

당시 자유여행의 리더 지원은 (멀리 지방이 아니라) 여의도 코앞에 위치한 '한강공원 난지캠핑장'으로 제작진을 이끌었다. 지극히 지원이다운 발상. 뭐 덕분에 거기까지 찾아가는 과정 자체는 재미있었다. 문제는 도착하고 난 다음. 어딜 갈지 제작진조차 미리 알 수 없었던 까닭에 복불복이고 뭐고 하나도 준비를 해오지 못했던 것이다. 물론 보험이라면 있었다. 당시 복불복에 자주 쓰이던 까나리액젓부터 돌림판까지 웬만한 소품은 모두 준비해서 길을 떠난 터였으니까. 그리하여 당연한 얘기지만, 그날 저녁의 잠자리 복불복은 '돌림판 돌려 이상한 음식 먹기 대결' 비슷한 것이 되고 말았다. 레몬에서부터 매운 어묵에 까나리액젓까지, 걸리는 음식 먹고 버티기 대결.

결과적으로 녹화는 나름 재미가 있었지만 뭔가 허전했다. 아무래도 즉흥적으로 이런저런 게임을 하다보니 방송 분량도 좀 부족했고. 이때였다. 복불복이 끝나갈 무렵, 호동이 형이 이명한 피디를 카메라 앞으로 불러냈다. 매운 어묵이 문제의 발단이었다. 이건 매워서 아무도 못 먹는다. 피디 당신이라면 먹을 수 있겠느냐. 차라리 당신과 내가 매운 어묵 먹기 대결을 하자. 당신이 이기면 다음부터는 당신이 제시하는 모든 일에 토를 달지 않겠다. 대신 내가 이기면 미안하다고 사과하고 우리를 퇴근시켜다오. 집이 코앞인데 왜 여기서 자야 하느냐. 집에 가고 싶다…… 뭐 이런 얘기. 어시스트의 귀재 강호동의 공이 처음으로 연기자가 아닌 피디에게 날아가는 순간이었다.

자, 이 공을 받을까 말까. 시선은 명한이 형에게로 쏠린다. 옵션은 두 가지. 첫번째는 모른 체하기. 현장에서는 못 하겠다고 대충 둘러대고 나중에 이 상황은 편집한다. 다만 이렇게 되면 암묵적으로 '나는 방송에 나서서 재미있게 상황을 몰고 갈 자신이나 끼는 없는 사람이므로 지금도 앞으로도 나를 부르지 마세요'라고 인정하는 것이 된다. 뭐, 그건 그것 나름 상관은 없다. 사실 따지고 보면 피디가 직접 카메라 앞에서 웃겨야 할 필요는 없으니까. 두번째는 용기 있게 앞으로 나서서 먹기. 다만 나서는 순간 어떤 식으로든 이 상황을 정리해야 한다. 만약 재미없고 애매하게 상황이 종료되면 피디로서의 권위랄까, 현장 분위기랄까 이런 것들이 땅에 떨어져 차라리 나서지 않은 것만 못하게 된다.

어떤 선택을 할까. 명한이 형은 용감하게 두번째 선택을 했고 5초 만에 그 매운 어묵을 먹어치우며 사람들을 놀라게 했다. (먹기 대결에서 천하의 강호동을 이긴 것이다!) 승패를 떠나 피디와 연기자의 대결이 처음으로 시도된 터라 그 상황 자체가 매우 재미있었음은 두말할 나위도 없고. 그렇다면 검증은 끝난 것이다. 피디에게 주는 어시스트는? 상황만 적절하면 상당히 재미있을 수 있다, 는 결론.

그날 이후로 명한이 형은 약방의 감초처럼 방송에 등장했고 여지없이 연기자와의 대결에서 웃음을 만들어냈다. 제작진과 연기자의 대결 구도라는 〈1박 2일〉 특유의 재미 요소가 만들어지는 순간이었다. 동시에 새로 영입된 멤버들 또한 빠르게 자리를 잡아갔고, 프로그램은 안정기에 접어들었다. 그리고 곧 이명한 피디는 사령탑을 후배인 나에게 넘겨주고 프로그램을 떠나게 된다. 어차피 어려운 일은 다 끝났다. 유지, 보수, 관리. 그것이 나에게 부여된 첫번째 임무였다.

언제든 힘들 때
열어볼 기억 하나

빙하에 관한 우울한 기억 하나

흐림과 비로 가득 찬 비운의 일기예보를 보고 잠들었건만 다음날 아침 기적 같은 일이 일어났다. 날씨가 맑게 갠 것이다! 어제까지만 해도 필파워 800짜리(필파워란 거위털과 오리털의 복원력을 말하는 것으로 숫자가 클수록 따뜻하다) 오리털 파카를 입고 다녔는데 아침이 되니 긴 팔 하나로도 충분한 날씨. 햇살은 따스하고 하늘은 파랗다. 화산이 만든 검은 땅과 그 사이에 자라는 잔디가 물기를 잔뜩 머금은 채 햇살을 반짝반짝 반사하고 있다. 축사 비슷하게 생긴 이 호텔마저 햇살을

149

받으니 5성급 호텔처럼 은은하게 빛이 난다. 할렐루야. 하느님, 예수님, 바이킹님 감사합니다.

서둘러 이를 닦다가 (너무 흥분해서) 컵 하나 깨먹고 짐 챙겨놓고 얼른 조식 먹으러 식당으로 이동. 이곳 호텔의 아침 뷔페 메뉴는 식빵에 햄과 치즈, 토마토, 오이 그리고 이상하게 생긴 죽. 그 외에는 생선 통조림 몇 종류가 개봉되어 있었으나 아침부터 먹고 싶은 기분은 안 드는 메뉴(사실 그날 이후 가는 곳마다 여러 종류의 생선 통조림을 발견했다. 청어를 이런저런 향신료와 식초로 재워둔 것이 대표적. 나중에 먹어보았더니 맛은 있었음). 호텔만 검소한 줄 알았더니만 이 친구들 식사마저 검소하군. 이것저것 퍼와서 자리에 앉는다.

식당에는 나 외에 외국인 커플 한 쌍이 조용히 식사를 하고 있다. 투숙객이 나 혼자는 아니었던 듯. 다행이다. 이 넓은 식당에 혼자면 미안할 뻔했다. 그러고 보니 조식 메뉴가 얼마 없는 것도 이해가 간다. 손님 자체가 거의 없기 때문에 비용을 줄여야 하는 거겠지. 흠. 그렇다고는 해도 이건 좀 너무한걸. 일단 오트밀 비슷한 흰죽은 너무 짜다. 어차피 못 먹겠다 싶어 버터를 잔뜩 넣고 휘휘 저었더니 그나마 좀 먹을 만해진다. 몇 숟가락 퍼먹고 나서 식빵에 버터와 치즈와 햄과 오이를 올려 샌드위치를 만들어 먹는다. 뻑뻑해서 맛없지만 우걱우걱 씹어서 삼킨다. 미식여행 하러 온 건 아니니깐 뭐.

그러고 나서 체크아웃. 아침에 이 닦다가 컵 하나 깨먹은 걸 이실

직고한다. 돈을 더 내야 하냐고 물어보니 오히려 다친 데는 없는지 물어본다. "돈은 됐어. 괜찮아" 하고 웃어주는 뚱뚱한 매니저. 잘 가요. 해브 어 나이스 트립. 나도 고맙다고 인사를 하고 돌아선다. 확실히 이 나라 사람들은 친절하다. 조식은 맛없고 호텔은 볼품없지만 사람은 다들 착한 것이다. 기분좋게 차를 몰고 출발.

오늘의 목적지는 '이외퀼사우르들론'이라는 호수의 빙하지대. 빙하에서 떨어져나와 호수에 떠다니는 유빙들의 환상적인 사파이어 색깔을 보실 수 있습니다, 라고 가이드북에 적혀 있다. 빙하라면 예전 남극 답사 때 칠레에서 본 적이 있다. 칠레의 토레스 델 파이네Torres del Paine 국립공원. 거기도 멋진 곳이었는데.

그러나 칠레의 빙하에 관해선 우울한 기억이 한 가지 있다. 당시 나는 기상관계로 남극에는 들어가지 못하고 칠레의 저 남쪽 끝 지방, 푼타아레나스Punta Arenas라는 곳에서 기약 없이 비행기가 뜨기만을 기다리는 일종의 유배 생활을 하고 있었다. 칠레 공군의 협조를 얻어 공군 수송기를 타고 남극 칠레기지까지 날아간 후, 세종기지로 고무보트를 타고 이동하는 일정. 즉, 비행기가 떠야 답사건 뭐건 할 수 있는 상황. 그러나 극지방의 기상 상황이라는 건 워낙 변동이 심해 예보가 불가능하다. 전날 저녁에라도 예보가 나오면 좋으련만, 당일 아침이 되어야 비행기가 뜰 수 있는지 없는지 알 수 있는 것이다. 그리하여 우리 일행 세 명(나, 최재영 작가, 가이드 역의 극지연구소 박사님)은 아침마다 짐을 챙겨 숙소를 나서 공항으로 향했고 매번 '오늘은 비행기가 뜨지 않습니다'라는 답을 듣고는 쓸쓸히 발길을 돌리곤 했다. 일주일 정도로 예정되었던 답사 일정은 무기한 길어지기 시작했다.

아침마다 공항에서 돌아와 하는 일은 마트에 가서 그날 치의 식료품을 사는 일(딱 그날 치만. 내일 당장 남극에 들어갈 수도 있으므로). 늘어나는 일정에 빠듯한 출장비에 외식이란 불가능했기에 남자 셋은 매일 묵묵히 장을 보고 묵묵히 밥을 해먹곤 했다. 칠레는 채소보다 고기가 싸다. 그리고 와인이 한국의 소주만큼 싸다. 따라서 우리의 메뉴는 늘 고기에 와인. 하루는 칠레 돼지고기로 만든 제육볶음에 싸구려 레드와인, 하루는 칠레 소고기볶음밥에 화이트와인 뭐 이런 식. 그렇게 밥을 먹고는 (나다니면 돈 드니까) 숙소에 벌러덩 누워 내일은 날씨가 좋아지겠지 기대하며 하루하루를 보내고 있었다.

그러던 어느 날, 또다시 공항에서 퇴짜를 맞고 돌아와 우리의 스트레스가 한계에 다다랐을 무렵, 가이드로 따라오신 극지연구소의 박사님께서 바람이나 쐬러 가자고 제안을 하셨다. 이 근처에 조금만 차를 타고 나가면 이 나라의 국립공원이 있어요. 토레스 델 파이네 국립공원이라고. 거기 좋아. 빙하도 있다고. 그래요? 거기나 가볼까나. 그렇게 셋은 예정에 없던 여행을 떠났다.

실패가 늘 제로를 의미하는 건 아니지

왕복 반나절 정도의 여정. 계속되는 불운으로 우울하던 차에 기분 전환이나 할까 싶어 도착한 그곳에서 나는 그만 할 말을 잃고 말았다. 세상에, 이런 곳이 있었어? 이 나라에?

빙하가 녹아내린 호수는 그야말로 옥빛으로 빛나고 있었고 호수 너머에는 만년설에 뒤덮인 설산이 햇살을 받아 눈부시게 반짝이고 있다. 산 아래 초원 사이로 난 길가에는 라마가 뛰어다니고 영화에서나 보던 아메리칸 콘도르가 여기저기 나무에 앉아 있는 풍경이란. 고백하건대 그 순간 남극이고 뭐고 까맣게 잊어버리고 말 정도였다. 안데스 산맥의 끝자락. 흔히 파타고니아 지방으로 일컬어지는 이곳은, 나중에 알고 보니 전 세계의 트레커들이 평생에 한 번이라도 와보기를 간절히 바란다는 성지였다. 기분이 좋아진 우린 여기저기 호수에서 사진을 찍고 숲속의 오솔길을 뛰어다니며 자연을 만끽했다. 안내해준 박사님도 기분이 좋으셨는지 저만큼 앞서 가시며 이런저런 설명을 덧붙이고 계셨다.

이건 아무것도 아니야. 저 너머엔 빙하가 있어요. 얼른 따라와요. 그때였다. 앞에서 뻑 하는 소리와 함께 박사님의 외마디 비명이 들려왔다. 얼른 뛰어가보니 박사님이 표정이 일그러진 채 쓰러져 계셨다. 그때 우린 나무 데크 위를 걷고 있었는데 널빤지 한 장이 썩어 있었는

지 박사님이 발을 디디자 부러지며 박사님의 종아리를 친 것이다. 괜찮으세요? 아, 괜찮아요. 찔린 것도 아니고, 그냥 널빤지로 한 대 맞은 것뿐이야. 얼얼하네. 뭐 괜찮은가 싶어 그길로 빙하를 구경하고 내려오는데 박사님의 걷는 모양새가 계속 좋지 않다. 그리고 차를 타고 돌아오는 길에 박사님의 종아리는 이미 퉁퉁 부어 있었다. 왜 이러지? 나무로 한 대 맞은 것뿐인데. 손짓 발짓을 섞어 근처 가게에서 얼음을 한 보따리 사서 찜질을 해도 붓기는 쉽게 빠지지 않았다.

결국 그날 밤, 우린 박사님을 모시고 칠레 병원 응급실을 찾았고, 별일 아니겠지 싶었던 그 사고로 인해 박사님은 거기서 한 달이 넘도록 누워 계셔야만 했다. 병원의 설명에 따르면 간혹 그런 경우가 있다고 했다. 타격점이 종아리의 어느 미묘한 장소를 정확하게 가격한 경우, 핏줄이 터지면서 다리가 붓고 움직이지 못하게 된다는 것이다. 고등학교 때 그렇게 종아리를 맞아봤어도 그런 일은 없었는데. 운이 없으셨던 것이다. 세종기지에 상주하는 의사와 전화 통화로 병세를 얘기했더니 우리나라에서 한 해에 20건도 발생하지 않는 그런 종류의 사고란다. 참, 재수가 없으려니 별일이 다 있다.

박사님은 병원에 누워 계시고 그날 이후로도 며칠간 비행기가 뜨지 않자 우린 결국 답사를 포기하고 돌아가기로 결정을 내린다. 병원에 누워 계신 박사님을 두고 떠난다는 게 너무 미안하긴 했지만 언제까지나 여기 있을 수도 없다. 돌아가던 날, 우린 진심으로 박사님께 죄송했다. 박사님은 살다보면 그럴 수도 있지 뭐, 하고 웃는다. 다른 건 다 괜찮은데 병원이라서 담배 못 피우는 게 고역이라고, 서울에서 보자며 우릴 배웅한다. 답사는 답사대로 실패하고 박사님을 이국의 병원에 남겨놓은 채 떠나는 우리의 마음은 너무도 무거웠다.

그리고 몇 달 후, 칠레 지진으로 남극 촬영이 최종적으로 취소되고 난 뒤, 우리는 다시 극지연구소를 찾았다. 박사님은 다행히 치료를 잘 끝내고 귀국한 뒤였다. 아이고 박사님. 우린 부둥켜안고 울다가 또 웃으며 그때의 추억을 이야기하고 극지연구소의 뒷마당에서 한풀이라도 하듯 마음껏 담배를 피웠다. 답사를 출발하던 날, 우리는 일 때문에 어쩔 수 없이 동행하게 된 사이였지만, 한 번의 큰 사고를 겪은 후 박사님은 출발하던 날의 서먹하던 박사님이 아니었다. 아무도 모르는, 우리만의 추억을 공유하고 있는 것이다. 세상일이라는 건 참으로 신기하다. 남극은 결국 실패로 돌아갔지만, 실패가 늘 제로를 의미하는 건 아니다. 경험을 남기고 사람을 남긴다. 언젠가 다시 꼭 가보리라 생각한다. 그 남극을, 박사님과 같이.

이건 비현실을 넘어 초현실적이잖아!

이외퀼사우르들론까지는 두 시간 정도의 여정. 하늘이 구름 한 점

없이 파랗다. 이 나라에 와서 처음 보는 맑은 하늘. 길가의 풍경이 반짝반짝 빛이 난다. 이렇게 멋진 곳이었나 싶을 정도로 감동을 받으며 운전을 한다. 도로에는 차가 극도로 없다. 도로 주변엔 마을도 거의 없다. 대신 차창 너머의 풍경이 5분마다 변하며 감탄을 선사한다. 모두 처음 보는 풍경들. 일단 나라 전체가 화산지대인 탓에 땅이 검은색이다. 나무는 거의 없다. 그리고 나무 대신 푸른 이끼가 대지를 뒤덮고 있다. 몽글몽글한, 지름 50센티미터에서 1미터쯤 되는 바위 수천 개가 푸른색 이끼에 덮인 채로 도로 주변에 끝도 없이 펼쳐져 있다. 포장완충재로 쓰이는 뽁뽁이를 천 배로 키워서 초록색 물감을 칠해 도로 주변에 깔아놓은 것처럼 보인다. 장관이다.

그렇게 초원을 지나면 갑자기 저 앞에 나타나는 우뚝 솟은 산. 말 그대로 우뚝 솟아 있다. 우리의 산이 비스듬하게 초입부터 천천히 올라가는 산이라면 여기는 하늘에서 산이 뚝 떨어진 것처럼 평원 위에 갑작스레 솟아 있다. 산들은 모두 깎아지른 이끼산. 산의 아랫부분은 이끼에 덮여 푸르고, 푸른색 가운데에 점점이 (아마도 정상에서 굴러떨어졌을) 검은색 바위가 박혀 있다. 그러다가 중턱부터는 푸른색 반에 아직 덜 녹은 눈의 흰색이 반. 젖소의 얼룩이 떠오르는 그림이다.

그리고 정상은 아마도 수천 년째 녹지 않고 있을 만년설의 흰색. 그 흰색 위로는 신비로운 안개 같은 것이 휘감고 있다. 여기는 해가 비치지만 저 위는 필시 눈보라가 날리고 있을 듯하다. 북구의 전설에 나오는 오크Orc나 트롤Troll이 사는 곳이다. 인간이 닿지 못하는 곳. 그렇게 산을 지나면 이번엔 사방이 검은색의 황무지 구간. 이끼도 아무것도 없는 검은 땅(말 그대로 검은색임. 거무튀튀하다거나 그런 레벨이 아님. 그야말로 새까만 검은색)이 몇 킬로미터씩 계속되다가 다시 또 산이 나오거나 호수가 나오거나 이끼 덮인 초원이 나온다. 대우의 자존심 라세티는 씽씽 달리고 햇살을 머금은 공기는 차갑고도 따뜻하다.

이것 참, 이 나라에 오기를 정말 잘했다는 생각마저 든다. 차창 뒤로 지나가는 풍경이 아까울 지경이다. 한순간이라도 놓칠까봐 속도를 내다 줄이다 결국 차를 세우고 만다. 길가나 갓길도 아니고 그냥 길 한가운데. 어차피 지나는 차들도 없으니깐 뭐. 차에서 내려 미친 사람처럼 도로를 이리저리 뛰어다닌다. 길가의 이끼를 만져보고 고개를 들어 크게 심호흡을 한다. 청량한 공기가 폐부 깊숙이 들어왔다가 빠져나간다. 온몸이 정화되는 느낌이다. 눈을 감고 가만히 귀를 기울여본다. 사방이 고요하다. 정수리에 꽂히는 따뜻한 햇살이 느껴진다. 기분좋은 바람이 뺨을 스치고 지나간다.

사람도 차도 동물 한 마리 보이지 않고 오직 도로만이 끝 간 데 없이 뚫려 있는 곳. 도로의 끝에는 높은 산이 우뚝 솟아 있고 그 계곡 사이로 빙하가 하얗게 삐죽 나와 있다. 주변에는 이끼와 검은색 땅이 뒤섞여 있고, 간밤에 내린 비가 작은 호수를 만들어 파란 하늘을 그대로 반사하고 있다. 비현실적인 것을 넘어서 초현실적인 풍경. 이끼

자라는 소리마저 들리지 않을까 싶을 정도로 고요하다. 조용히 눈을 감고 지금 느낌을 마음에 새겨넣는다. 이 여행은 곧 끝이 나겠지만, 이 순간만큼은 영원히 기억하고 싶다. 언제든 힘들 때 열어볼 수 있도록.

신화를 써내려가는 황홀한 나날

유지, 보수, 관리? 늘 하던 대로 하면 되겠지!

이명한 피디는 떠났지만 그저 사라진 건 아니었다. 그는 후임인 나에게 많은 것을 남겨주고 떠났다. 그중 가장 큰 것은 뭐니뭐니해도 '신뢰'였다.

연기자나 스태프 들로 하여금 연출진을 믿게 만들어준 것. 그것이 그의 가장 큰 선물이었다. 믿음은 그저 시간이 지난다고 생기는 것이 아니다. 신화 속의 많은 주인공들이 각종 고난을 이겨내고 나서야 신전에 드는 것을 허락받는 것과도 같다. 참 많은 일들이 있었지만 그는 굴하지 않고 이겨내왔다. 그리고 극복의 순간들은 신뢰라는 이름으로 훈장처럼 그의 이름 밑에 아로새겨진다. 저 사람이라면 어떤 어려움이 닥쳐도 잘 헤쳐나갈 것이다. 저 사람이라면 믿고 맡길 수 있다. 그러한 종류의 믿음이 이명한 피디에게는 있었다. 그리고 그러한 신뢰는 후임 피디인 나에게도 고스란히 전해졌다. 메커니즘은 간단하다. 그가 날 후임으로 지목했을 뿐이다. 이명한이 당신을 후임으로 지목했다면 당신에게도 최소 그와 비슷한 능력이 있을 것이 분명하다. 그러니까 당신을 믿고 맡기고 떠나는 거겠지. 뭐 이런 종류의 신뢰. 어찌 보면 참 부담스럽기도 했다. 그래도 뭐, 할 만했다. 어려운 건 어차피 끝났으니까. 유지, 보수, 관리야 뭐. 그가 하던 대로 하기만 하면 되는 거였다.

나는 이명한 피디 대신 회의를 하고 여행지를 정하고 각종 레이스나 복불복을 준비했다. 시작부터 함께하던 이우정 작가가 옆에 있으니 크게 무서울 것도 없었다. 사람들은 종종 어떤 프로그램이 피디 한 사람의 힘으로 만들어진다고 믿는다. 예상외로 피디는 조정자의 역할에 불과하다. 사실 중요한 아이디어는 피디보다 같이 일하는 작가들의 입에서 나온다. (안 그럼 그렇게나 많은 작가가 리얼 버라이어티에 있을 필요가 없잖아!) 능력 있는 작가들의 아이디어를 듣고 괜찮은 것을 선택해서 그것을 촬영으로 구현해내는 것이 피디 일의 전부다.

영화 〈방가? 방가!〉 봤어? 재밌던데? 외국인 노동자 문제를 우리가 다뤄볼 순 없을까? 작가 쪽에서 이런 의견이 나오면 피디들이 '외국인 노동자 특집'을 준비하는 식이다. 다음은 촬영. 이것도 딱히 힘들 건 없다. 나에겐 강찬희 촬영감독을 비롯한 베테랑 스태프들이 있었다. 조명감독, 오디오감독 모두 10년씩 손발을 맞춰온 사람들이다. 그들과 일하는 게 늘 축복이고 행운이라고 생각했다. 내가 생각해서 말하기 전에 늘 그들은 먼저 움직였으니까.

준비해간 촬영이 재미가 떨어진다 싶으면 호동이 형은 피디인 나를 카메라 앞으로 불렀다. 시비를 걸거나 제작진과 내기를 하거나 해서 긴장감과 재미를 유발한다. 뭐, 카메라 앞에 나서는 게 부담스럽긴 했지만 그것도 할 만했다. 명한이 형이 늘 하던 대로 대처하면 되었으니까. 일단 연기자들에게 밀리면 안 된다. 그럼 갈등 구조가 느슨해지고 재미가 반감된다. 나는 무서운 사람인 양 각을 세우고 이기려고 애를 쓰고 억지를 부렸다. 그렇게 해서 한 가지라도 재미있는 부분이 생긴다면 그것으로 족한 것이다. 그렇게 촬영이 끝나면 남은 건 편집. 편집은 피디에게 기획만큼이나 중요한 것이다. 어떤 부분을 살리고 어떤 부분을 버릴 것인가. 살린다면 어떤 방식으로? 그저 보여줄 것인가, 아니면 방점을 찍어줄 것인가.

다행히도 나에게는 능력 있는 조연출들까지 있었다. 고백하건대 후배들의 편집을 보면서 나는 많이 배우고 영감을 얻고 질투심마저 느꼈었다. 버라이어티는 그저 웃기고 재미있고 게임이나 열심히 하면 되는 거라고 생각하던 나에게 스토리가 주는 매력, 감성에 소구하는 편집을 가르쳐준 건 아이러니하게도 후배 조연출들이었다. 새로운 감성으로 무장한 그들의 톡톡 튀는 편집을 보면서 무던히도 반성하고 나 자신을 갈고닦았다. 이러니 뭐. 나에겐 걱정할 것이 없었다. 작가, 스태프, 조연출 들과 무엇보다 팀워크로 갈고닦아온 연기자들의 노력이 빛을 발해 우리는 걱정할 것 하나 없이 신화를 써내려갔다. 여기가 어딘지도 모를 정도로 황홀한 나날이었다. 늘 공중에 붕 떠 있는 것만 같았다. 시청률 30퍼센트는 우스웠고 40이 찍혀 있어야 일 좀 했구나 싶었고, 50이 넘으면 회식을 했다. 며칠씩 날밤을 새우고 촬영을 하고 편집을 마치고 집에 기어들어가면 늘 일요일 아침이었다. 피곤에 지쳐 곯아떨어졌다가도 다음날 월요일 시청률표를 보면 입가에 미소가 돌았다. 그런 즐거운 나날이 언제까지고 계속될 줄로만 알았다.

그렇게 인기의 정점을 달리던 어느 날. 김C가 돌연 면담을 신청했다. 그리고 그는 덤덤히 말했다. 이제 프로그램에서 빠지고 싶다고.

세상에서 가장 순수한
위스키 온더록

비유나 은유 따윈 좋아하지 않는 나라

다시 차를 몰아 전진. 그런데 계기판에 노랗게 주유등이 켜져 있다. 아뿔싸. 기분에 취해 기름 계기판 보는 걸 놓친 것이다. 큰일이다.

그러고 보니 조금 전에 주유소 비슷한 것이 보였는데. 차를 돌려 다시 가보니 주유소가 맞다. 운이 따르는 날인 것이다. 그런데 문제는 셀프주유인 듯. 종업원이 나오질 않는다. 게다가 계기판이 이 나라 말로 되어 있다. 잠시 고민하다가 결국 물어보기로 결정. 주유소 내부는 작은 편의점과 햄버거 가게. 덩치 몇몇이 조용히 식사중이다.

하이. 헬로우. 누구 없어요? 저 안에서 아줌마 한 분이 나온다. 저기요. 이 나라가 첨이라. 주유를 못하겠어요. 노 프라블럼. 내가 도와줄게. 친절하게도 직접 나와서 시범을 보인다. 봐봐. 여기에 카드를 집어넣어. 신용카드 있니? 응. 넣는다. 이제 비밀번호 눌러. 그러고 자기는 고개를 돌린다. 니 비밀번호 안 볼 테니까 걱정 말라는 제스처. 비밀번호 누르고. 그다음 숫자판 아래의 이 라이이ㅣ lagi, 라고 쓰여 있는 버튼. 이게 영어로 '컨펌confirm'이라는 뜻이야. 그거 누르고. 얼마 넣을래? 만땅……이라는 말이 나오려다가 주워담는다. 기름값을 흘끔 보니 리터당 우리 돈 2500원 정도. 5만 원 정도 넣기로 하고 숫자판을 누른 후 다시 I lagi. 자, 이제 넣어, 하고는 주유 호스를 나에게 건네준다. 땡큐. 5만 원어치를 넣는다. 그래도 계기판은 반 정도밖에 돌아오지 않는다.

다시 5만 원어치를 더 주유하고는 그제야 배가 고프다는 사실을 깨닫는다. 여기서 뭐라도 먹을까. 이 나라는 어딜 가도 레스토랑이 거의 없다. 특히나 이런 길가에는 황무지 한가운데에 집 몇 채가 드문드문 서 있는 걸 제외하면 인적조차 찾기 힘들다. 아무래도 여기서 먹고 가는 게 좋을 듯. 친절한 아주머니 매상도 올려주고. 햄버거 가게의 메뉴는 몽땅 이 나라 말이었지만 다행스럽게도 그림이 옆에 같이 그려져 있다. 핫도그와 피시버거, 햄버거, 치즈버거 등이 단품이나 세트로 가능. 치즈버거 세트를 주문하고 자리에 앉는다.

주변에서 조용히 식사중인 덩치들은 아무래도 트럭 운전사들인 듯. 주차장에 트럭들이 세워져 있다. 미국 영화에서 보면 트럭 운전사들은 모두 덩치가 좋고 팔뚝에 문신이 있고 무엇보다 거친 것으로 묘사된다. 이 양반들도 덩치는 좋다. 문신까지야 모르겠고. 그러나 거칠어 보이진 않는다. 다들 자리에서 얌전하게 식사를 하며 조용히 신문을 보고 있다. 나야 관광객이라 괜찮지만 주변에 차도 사람도 없는 이 심심한 도로를 달리는 것은 참으로 고역이겠구나 하는 생각을 한다. 어쩌면 도로의 특성과 트럭 운전사의 심리 상태는 일정 부분 연관되어 있는 것은 아닐까. 다들 명상중인 사람들처럼 앉아 있으니.

쓸데없는 생각을 하는 동안 음식이 나온다. 치즈버거와 펩시콜라 작은 병 하나와 감자튀김. 버거도 버거지만 감자튀김이 맛있다. 갓 튀겨서 뜨끈뜨끈한데다 무엇보다 양이 압권. 둥그런 접시에 버거를 제외한 공간은 온통 감자튀김으로 빼곡히 채워져 있다. 배가 꽤 고팠는데도 조금 남길 정도의 양. 기름도 가득 배도 가득 채우고 다시 차를 타고 전진한다.

저 앞에 산 틈에 하얗게 빛나는 것이 바트나이외쿠들Vatnajökull이라는 이 나라 최대의 빙하지대. 오늘의 목적지 이외퀼사우르들론은 바다와 연결되어 있는 작은 호수인데, 바트나이외쿠들 끝에 붙어 있는 빙하가 조금씩 녹아 떨어져나온 후 빙산이 되어 그 호수 위를 떠다닌다고 한다. 원래 바트나이외쿠들 빙하는 링로드에 닿아 있을 정도로

커다란 녀석이었는데 지구온난화로 조금씩 후퇴하여 지금은 이외퀼 사우르들론 호수 뒤까지 숨어버린 것. 안타까운 일이다.

계속 전진하다가 이상한 조형물을 발견했다. 길가에 녹이 잔뜩 슨 채로 휘어지고 구부러진 거대한 철제 구조물이 버려져 있다. 그런데 잠깐. 버려진 것이 아닌가? 자세히 보니 그 앞에 설명이 잔뜩 쓰인 표지판도 하나 세워져 있고. 어찌 됐건 이런 광활한 자연과는 지극히 안 어울리는 풍경이다. 차를 세우고 다가가 자세히 본다. 뭐지? 모양은 공사장에서 쓰이는 H빔처럼 생겼다. 그런데 크기가 두께 2미터에 길이도 20미터는 족히 돼 보인다. 이런 고물이 엿가락처럼 구부러진 채 방치되어 있는 것이다. 표지판을 읽어본다. 이것은 다리. 원래는 50여 년 전 도로의 다리였는데 근처 화산 폭발로 인해 이렇게 구부러진 것을 여기에 전시해놓았다고. 아마도 화산의 위험성을 경고하기 위한 상징적인 의미로 가져다놓은 듯. 그래도 이건 뭔가 더 세련되게 표현할 수도 있을 텐데, 참. 부서진 다리를 그대로 옮겨놓다니. 그야말로 사실은 사실 그대로 표현해야 직성이 풀리는 나라인가보다.

링로드 시작 부근에도 이와 비슷한 것이 있었다. 차 두 대가 추돌하여 폭발해 있는 것을 그대로 길가에 옮겨다가 전시해놓은 것이다. 과속하지 마. 죽을 수도 있어. 그 누가 설명해주지 않아도 알아들을 수 있는 실제적이고도 엄중한 경고. 여하튼 은유나 비유 따위 그다지

171

좋아하지 않는 나라임은 확실하다. 심플한 사실을 날것 그대로 표현하는, 한마디로 심플한 사고방식으로 굴러가는 나라인 것이다.

위스키 온더록에 빙하 한 조각 띄워볼걸

다시 30여 분을 더 직진한다(도로가 외길이니 직진 이외의 방법은 없다). 이외쾰사우르들론이 나올 때가 되었는데. 속도를 줄이며 천천히 가는데도 표지판이 보이질 않는다. 두리번거리며 직진하던 중 딱 1.5리터 페트병 크기만한 작은 표지판을 발견했다. 이외쾰사우르들론 좌회전. 이런! 심플한 것도 좋지만 놓칠 뻔했잖아.

좌회전해서 돌아가보니 작은 기념품 가게 하나에 차 두 대가 서 있는 주차장(이라고 말하기도 뭐한 것이 그냥 공터)이 있다. 여기 맞나? 꽤 유명한 관광지라고 들었는데. 혹시 잘못 찾아온 건 아닌지? 내려서 주차장 옆의 호숫가로 걸어가본다. 광활한 호수에는 빙산이 사파이어색으로 떠다니고 있고, 그 호수의 끄트머리엔 지금도 조금씩 후퇴 중이라는 거대한 바트나이외쿠들 빙하의 끝머리가 한눈에 들어온다. 허허. 왠지 헛웃음이 나오는 광경이다. 이런 대단한 구경거리를 조그만 표지판 하나와 작은 기념품 가게 하나로 퉁치는 나라라니. 내려가서 가까이 가본다.

아직 겨울이 끝나지 않아서 호수는 군데군데 얼어붙어 있다. 그리고 그 위에 점점이 박혀 있는 빙산들. 작은 건 냉장고 크기만한, 큰 건 15톤 화물트럭만한 유빙이 호수의 물빛을 반사해 이 세상 다른 곳엔 아마도 없을 듯한 사파이어색으로 푸르게 빛나고 있다. 신비롭고 장엄한 광경이다. 몇천 년을 내린 눈이 몇 킬로의 두께로 다져지고 그 무게로 인해 다시 뭉쳐지고 얼어서 만들어진 얼음덩어리가 내 눈앞에 떠다니고 있는 것이다. 가까이 보면 얼음 안에는 물방울 크기의 작은 기포가 촘촘히 박혀 있다. 저 안에 가둬진 공기도 수천 년 전의 것일까. 조금 떼어 맛을 본다. 역시나 그냥 얼음맛. 황홀한 사파이어색과 어울리지 않는 수돗물 얼린 맛이다. 색깔만 봐서는 사이다맛이라도 날 법한데. 이 얼음 안 기포 속에는 인간이 있기 전의 공기가 들어 있는 것일까. 그걸 먹었다고 생각하니 조금 이상한 기분이 든다.

나중에 알고 보니 아이슬란드의 수돗물은 모두 이러한 빙하지역에서 취수된 것이라고. 그래서 아이슬란드에서 미네랄워터를 돈 주고 사먹으면 바보 소리를 듣는단다. 수돗물이 훨씬 깨끗한 것이다. 이 나라 사람들의 수돗물에 대한 자부심 또한 대단해서 가는 곳마다 공공장소의 수도꼭지 위에는 'the purest water in the world'라는 캐치프레이즈가 떡하니 붙어 있었다. 그러고 보니 빙산 조각의 맛이 수돗물 얼린 맛과 비슷한 것도 이해가 가는 일.

여담 하나. 아이슬란드에 다녀오고 난 후, 우연히 김C를 만나 빙

하를 보고 왔다고 자랑을 했더니만 위스키 온더록에 얼음 대신 빙하 조각을 넣어서 마시고 왔느냐고 묻는다. 응? 웬 위스키? 그렇게는 못 하고 맛만 봤는데? 바보. 거기까지 갔으면 당연히 위스키 한 잔 따라서 빙하 한 조각 띄워서 마셨어야지. 최고의 한 잔이라고들 하던데. 세상에서 가장 순수한 위스키 온더록이라고.

그리고 보니 영화에서 그런 광경을 본 듯도 하다. 〈엑스맨 퍼스트 클래스〉였나. 잠수함을 타고 남극인지 북극인지의 바닷속을 항해하던 악당 대장이 빈 잔을 척 하니 내밀자, 온몸이 다이아몬드로 변하는 초능력을 가진 미녀 수하가 귀찮은 표정으로 빙산 위에 올라가 다이아몬드 손가락으로 빙하 끄트머리를 스윽 잘라 위스키 잔에 넣는다. 뭐하러 저런 미녀가 악당의 뒤치다꺼리를 하고 있을까. 게다가 귀중한 초능력을 뭐 저런 쓸데없는 일에 쓸까. 영화를 볼 때만 해도 그렇게 생각했는데 김C의 말을 듣고 보니 과연 그 한 잔은 초능력을 쓸 정도의 가치가 있는 것이라는 얘기. 따라서 앞으로 아이슬란드를 여행할 계획이 있는 분들은 반드시 면세점에서 스와로브스키 온더록 잔 하나와 위스키 한 병을 사서 가시길. 호사를 누릴 욕심이 있으신 분들에 한해서 말이지만.

인간은 대체 언제 철이 드는 거지?

그건 그렇고, 여담 하나 더 하자면 〈엑스맨〉 시리즈를 꽤나 좋아해서 거의 전편을 모두 보았지만, 확실히 선한 아이들보단 악당이 매력적이다. 찰스 자비에의 캐릭터는 어딘지 평면적이어서 밋밋하지만 매그니토의 그 증오심은 훨씬 현실에 견고하게 발을 붙이고 있다. 나중에 초능력을 모두 잃어버린 매그니토가 공원에서 체스를 두다가 염력으로 체스 말을 슬쩍 움직이며 부활을 예고하는 장면이 나오는데, 그걸 보면서 환호성을 지른 기억이 있다.

〈배트맨〉 시리즈에서도 조커가 훨씬 매력적이다. 최근에 나온 히스 레저의 광기 어린 조커도 좋았지만 개인적으로는 잭 니컬슨의 예술가 기질 충만한 조커를 좋아한다. 주먹만 휘두르는 배트맨에 비해 그는 예술과 유머를 아는 사람인 것이다. 매력적인 악당은 어딘지 모르게 밋밋한 주인공을 카운터파트로 살려주고 궁극적으로 영화를 살려준다. 2탄에서 펭귄맨으로 나온 대니 드비토도 대단한 연기를 보여주었고. 악당이 매력적으로 보이게 만드는 것은 쉬운 일이 아니다. 감독도 감독이지만 그것을 매력적으로 표현해낼 줄 아는 배우의 존재가 반드시 필요하다. 문득 호동이 형이 생각난다. 그 양반이야말로 악당을 매력적으로 표현해낼 줄 아는 유일한 사람이었는데. 쉬는 동안 너무 착해지지 않기를 기원할 뿐이다.

말 나온 김에 마지막으로 한 가지 더. 김C라는 사람은 소주나 마시게 생겨가지고 늘 위스키니 이런 말을 해서 사람을 혼란스럽게 만든다. 참 나. 그날도 위스키 운운하다가 자긴 돈 없으니 다음에 술 사라는 말을 내뱉고는 횡하니 사라졌다. 베를린에서 돈 다 쓰고 음반 하나 만들어왔다며 음반 하나를 슥 건네주고는. 건네받은 음반을 꼼꼼히 들어보고 내린 결정은, 내가 술 사야겠다는 것이었다. 전문가가 아닌지라 잘 모르지만 많이 팔릴 종류의 음악은 아니었다. 일부러 세상과 엇나가기를 작정한 종류의 음악이다. 귀에 쏙쏙 들어오는 멜로디를 만들 능력이 없는 사람도 아닌데 말이야. 돈도 없다면서 이런 음악이나 만들고 철들기는 멀었다는 생각을 한다. 이 양반도, 기본적으로 세상과 불화가 있는 사람인 것이다. 그래서 더 매력적인지 모르지만. 사실 개인적으로는, 연예인이라면 이런 종류의 엇나감은 있어야 한다고 믿고 있다. 연예인은 알게 모르게 세상에 메시지를 던지는 사람이다(원하든 원하지 않든 그럴 위치에 있는 것이다). 그리고 뻔한 메시지는 사실, 재미없다.
　예전에 한번 김C와 술을 먹다가 인간은 대체 몇 살쯤에 철이 드는가, 라는 주제로 진지한 토론을 한 적이 있다. 김C의 대답은 이랬다. 사람은 말이야. 20대에는 서른이 되면 철들려나 생각하고 30대가 되면 마흔이 되면 철들려나 생각하고 40대가 되면 쉰이 되면 들겠지 기대하고 그런대. 근데 너는 철들었니? 아니, 하고 나는 대답한다. 그러니깐 말이야. 결론은 이거야. 87살쯤 먹고 죽기 직전에 드디어 깨닫는 거지. 아들딸 주변에 모아놓고 숨은 넘어가는데 창피해서 말은 못하고 속으로만 이렇게 생각하는 거지. '아아…… 철든다는 건 없구나.' 이렇게 말이야. 최종 결론을 내리고 저세상으로.

흠. 묘하게 설득력 있는 얘기. 과연 그럴듯하다. 철이 든다는 건 없는 것이다. 다만 철이 든 척, 위악적으로 행동하는 어른이 있을 뿐이라는 얘기. 문제는 나이가 들어서도 사실을 직시하고 저는 아직 철 들려면 멀었습니다, 라고 당당하게 말할 수 있느냐 없느냐 하는 것뿐. 김C는 가능하면 당당하게 살고 싶다고 말한다. 그렇지만 이런 음악 또 만들면 가계가 어려워질 수도 있으니 담부턴 주의해주세요, 라고 나는 말하고 싶다. 뭐, 그런 것이다. 어쨌든 여담은 끝.

김C는 왜
갑자기 떠났을까

5:5냐 7:3이냐 6:4냐, 정도의 차이

서른 중반이 넘어가면서 조금씩 고민이 생긴다. 고민이라기보다
는 의문 같은 것. 그중 큰 것 하나. 과연 그 사람이 종사하는 '일'이란
무엇인가. 일이란 돈을 벌기 위한 직업에 불과한가, 아니면 끈질기게
추구하는 삶의 목표로서 기능하는가.

더 구체적으로는 이상을 실현하기 위해 일을 하는가, 돈을 벌기 위
해 일을 하는가. 뭐, 고민에 따르면 둘 다이다. 뻔한 답이긴 하지만
그렇다. 일단, 나는 피디라는 직업을 굉장히 마음에 들어하지만 월급

이라는 형태의 금전적인 보상이 없었다면 벌써 때려치웠을 것이다. 어쨌든 가장 아닌가. 가족도 먹여 살려야 되고 빚도 갚아야 한다. 길게 설명할 것도 없이 일과 취미는 다른 것이니까. 그렇다고 돈을 벌기 위해서만 이 일을 하는 것도 아니다. 굳이 이상의 실현 어쩌구를 들먹일 것까지도 없다. 이 일이 좋으니까 한다. 즐겁다. 더 잘하고 싶다. 끊임없이 갈고닦아 내가 종사하는 이 일의 중심이랄까, 핵이 무엇인지 누구보다 먼저 들여다보고 싶다. 끝을 보고 싶다. 뭐 이런 욕망. 이런 건 사실 돈과는 큰 관련이 없다. 좀더 순수한 욕망이다. 이러한 측면에서 보면 일은 무언가를 이루기 위한 수단이 아니다. 일 그 자체가 목표인 것이다. 다만 중요한 것은 어디에 방점을 찍느냐. 수단이냐 목적이냐. 빚을 갚느냐 빚을 내서라도 뛰어드느냐. 이런 것일 듯하다. 사람들은 자기도 모르게 이러한 고민을 안고 산다. 그리고 살면서 자연스레 그 균형점을 맞춰나간다. 5:5냐 7:3이냐 6:4냐, 정도의 차이가 있을 뿐이다. 그렇다면 나는? 사실 이전에는 그런 고민을 많이 하지는 않았다. 그저 일에 치여 하루하루를 살아나가기도 바빴다. 김C가 갑자기 나가기 전까지는.

그야말로 어느 날 문득, 김C가 나를 찾아와 조심스레 말을 꺼낸다. 나 〈1박 2일〉 그만두고 싶어. 응? 처음에는 귀를 의심했다. 뭐지? 대체 왜? 아무리 생각해도 나갈 만한 이유는 없다. 프로그램은 연일 상종가를 달리고 있었고 김C라는 사람 자체에 대한 대중의 호감도도 대단했으니까. 연예인이라면 누구나 한번쯤 누려보고 싶은 상황이 분명했다. 최소한 내가 생각하기엔 그랬다는 것이다.

그러나 김C의 생각은 달랐다. 그는 조용히 말을 이어간다. 〈1박 2일〉 하면서 즐겁긴 했지만…… 늘 안 맞는 옷을 입고 있는 것 같아서 불편했어. 난 가수잖아…… 나는 생각한다. 이건 무슨 헛소리야. 불편한 일을 2년도 넘게 했어? 거짓말이지, 형? 형도 인기 높아져서 좋지 않았어? 덕분에 출연료도 벌고 음반도 잘됐잖아? 가수라서 관두는 거면 몽이는? 승기는? 개네는 뭐 아티스트가 아니라서 이거 하는 거야? 생각 같아서는 마구 내뱉고 싶었지만 그래도 그렇게 말할 수는 없었다. 표정에서 그가 하루이틀 고민하고 내뱉는 말이 아니란 걸 알았으니까.

일단 자리를 파하고 돌아왔다. 그러곤 제작진의 비상대책회의. 많은 말들이 오고간다. 대체 왜 이러는 거냐. 뭐가 불만인 거냐. 혹시 촬영장에서 무슨 일이 있었나. 아니면 출연료에 불만이 있어서 항의하는 건가. 아무리 따져봐도 뾰족한 이유를 알 수가 없었다. 에라 모르겠다. 어차피 시답잖은 이유일 테지. 이유는 모르겠지만 그래도 회의에서 한 가지 방침은 정해졌다. 무조건 잡아야 한다는 것. 어떻게 쌓아온 프로그램인데. 여기서 흠집이 날 수는 없다. 김C가 빠지는 것만으로도 팀워크가 상당히 흔들릴 것이 분명하다. 협박을 하든 어르고 달래든 무조건 잡아라. 그게 그날 회의의 결론이었다. 그렇다면 어떻게 잡을 것인가. 몇 가지 방침이 나왔다. 일단은 고전적인 수법이지만 협박. 들어올 때는 형 맘대로 들어왔지만 나갈 때는 그렇게 못 해. 맘대로 나가서 잘될 거 같아? 우리가 가만히 있을 거 같아? 이런 식의 근거 없는 협박. 어쨌든 여긴 방송국이고 방송국은 연예인보다 '갑'의 위치를 점하고 있으니까. 뭐, 비겁하지만 가능한 얘기다. 다음은 어르고 달래기. 혹시 출연료가 부족한 거면 말해라. 올려주겠다. 아니면 방송에서의 이미지 같은 것이 마음에 안 드는 부분이 있느냐. 고려하겠다. 신경쓰겠다. 우린 형 없으면 죽는다. 우리 프로그램은 끝장이다…… 뭐 이런 식. 마지막 방법은 바짓가랑이 잡고 매달리기. 일단 무슨 이유에서든 빠지기로 마음을 굳힌 거면 우리에게도 말미를 다오. 다만 몇 달이라도 기다려달라. 후임이라도 찾아야 되지 않겠느냐…… 이런 식으로 일단 시간을 벌어놓고 천천히 달래서 다시 마음이 바뀌길 기다리려는 속셈. 이게 우리가 가진 협상 카드의 전부였다.

그러곤 김C와 만날 약속을 정한다. 결전의 날이 온 것이다. 아직도 잊히지 않는다. 전화기 너머 그의 말. 연남동에 잘 가는 중국집이 있어. 맛있는 거 먹자. 내가 살게. 그래서 정한 곳은 연남동 화교촌의 허름한 중국집 지하. 점심도 아니고 저녁도 아닌 애매한 오후 4시가 약속시간이었다. 여의도에서 택시를 타고 연남동에서 내리기까지 십몇 분 동안 얼마나 머릿속으로 그날의 대사를 연습했는지 모른다. 협박과 어르고 달래기가 머릿속에서 뒤섞이고 화가 났다가 다시 냉정해지기를 몇 번 반복한다. 그러곤 연남동 큰길가에서 하차. 중국집까지 걸어간다. 하필이면 연남동이야…… 속으로 생각한다.

하필이면 왜 연남동이야…

사실 나는 이 동네에서 반년인가 살았던 기억이 있다. 대학생일 때. 홍대에 다니던 친구의 자취방이 이 근처 설렁탕집 2층이었고 나는 거기에서 더부살이를 했다.

한창 연극에 빠져 있던 시기. 그 방에서 대본을 쓰고 술을 마시고 굴러다니며 청춘을 소진했다. 공부는 어차피 관심도 없고 강의도 거의 안 들어가던 시절. 동아리방에서 하루종일 놀다가 저녁이 되면 연극 연습을 하고 밤이 되면 (돈이 없으니) 안주도 없이 술을 마셨다. 술을 마시며 가끔 미래에 대한 얘기도 하곤 했다. 대부분은 장난 같은 것이었지만. 당시 우리(연극반 선후배들)의 가장 큰 목표는 4층짜리 건물을 하나 갖는 것이었다(정확한 표현은, 4층짜리 건물이 어디서 하나 뚝 떨어졌으면 좋겠다, 고 바라는 게 전부였지만 어쨌든). 1층은 술집, 2층은 당구장, 3층은 연극 연습하는 곳, 4층은 자는 곳으로 만들어진 건물. 1층에서 술 먹고 2층에서 당구 치고 3층에서 연극 연습하고 4층에서 퍼져 자고, 평생 연극을 하고 연극하는 사람들끼리 연애나 하다가 늙어 죽는 것. 그게 우리들의 꿈이었다.

그런 얘기를 술에 취해 신나게 떠들다가 비틀거리며 친구의 자취방에 기어들어가 늦잠을 자다가 점심때쯤 일어나 신촌까지 터덜터덜 걸어가곤 하던 게 그즈음 나의 하루였다. 굴다리를 지나 꼬불꼬불한 주택가 사이를 뚫고 다니던 길. 벌써 15년 전 얘기다.

빌딩을 짓자던 친구들 몇몇은 아직도 연극판 주위를 맴돌고 있지만, 대부분은 취직을 하거나 가정을 꾸리고 연극반 시절에 소비한 시간들의 이자를 인생의 다른 시기에 혹독하게 치른 후, 간신히 중산층의 반열에 들 수 있었다. 우리는 여전히 가끔 만나 술잔을 기울이고 먹지도 않을 안주를 잔뜩 시키며 허세를 부리지만, 이제 다들 살 만해졌으니 어서 4층 건물을 올리자는 식의 진짜 허세는 더이상 부리지 않는다. 뭐, 흔한 얘기다. 시간이 흐르면 많은 것이 변하기 마련이니까.

다만 둘러보니 이 동네는 그때와 크게 변하지 않았다. 햇살은 느릿느릿 비치고 거리는 조용하다. 건너편 서교동 주택들이 몽땅 술집이나 옷가게로 바뀌고 근처 동교동에 예쁜 카페들이 늘어서는 동안에도 여기 연남동만은 잠든 고양이처럼 그대로다. 나만 좀 바뀐 것일까. 이런저런 옛날 생각을 하며 걷다보니 머릿속으로 준비해놓았던 많은 협박과 설득의 단어들이 뒤죽박죽이 된다. 에라 모르겠다. 될 대로 되라지. 중국집에 도착하니 김C가 먼저 와 기다리고 있다.

뭐 먹을래? 여기 맛있어. 메뉴판을 건네며 김C가 입을 연다. 마치 아무 일도 아니라는, 밥 한번 먹자는 일상적인 약속으로 만난 듯한 뉘앙스. 뭐야, 이 형. 남은 심각해죽겠는데. 속으로 투덜거리면서도 눈은 메뉴판을 탐독한다. 고심 끝에 나는 양장피를 고르고 김C는 공부가주孔府家酒 선택. 아무래도 매운 걸 좀 먹어야 스트레스가 풀릴 것만 같다.

음식이 나오자마자 매운 겨자소스를 잔뜩 붓고 휘휘 저어 한입 먹고 콧구멍으로 나오는 뜨거운 김을 확인한다. 철없는 김C는 옆에서 왜 맛있는 중국집은 평일 오후에 가야만 하는가에 관한 주제를 가지고 조곤조곤 떠들고 있다. 그에 따르면 일단 다른 손님이 없어 조용하고 음식이 빨리 나오며, 느긋하게 먹고 마시다가 취기가 돌 때쯤 해질녘이 되어 어스름 깔리는 걸 구경하며 산책하듯 집으로 돌아갈 수 있기 때문이란다. 맞는 말이다. 확실히 음식은 빨리 나왔고 뜨끈뜨끈한 것이 맛도 있는데다 술이 몇 잔 들어가니 딱히 뭐 김C는 뒷전이고 아이고 좋구나 하는 마음이 되어버렸다.

내가 누군지 아는 게 그렇게 중요해?

심각한 얘기 하려고 만난 것인데 어쩌려고 이러나. 나도 참 구제불능이다. 아니, 구제불능이라기보다는, 나는 올 때부터 이렇게 되리라는 걸 사실 조금은 눈치채고 있었다. 프로그램을 떠나서 연출자와 출연자의 관계를 떠나서, 우린 동료고 친구였다. 오랜 시간을 함께했고 그만큼 마음도 나눠왔다. 요컨대 일로만 만나는 사이는 아닌 것이다. 그렇기 때문에 오늘처럼 일로 만나는, 게다가 심각한 얘기를 서로 나누거나, 어느 한편이 물러설 때까지 해결이 안 나는 이런 상황은, 솔직히 말해 곤혹스러웠다. 연출자로서는 어떻게 해서든 이 사람을 설득해서 주저앉혀야 하는 거겠지만, 친구로서는 사실 왜 떠난다는 결정을 하게 되었는지 듣고 이해하고 싶은 욕망이 생기는 것이다.

에라 모르겠다. 다짜고짜 물어본다. 그래서 〈1박 2일〉 관두면 뭘 하려고 그래? 김C는 조용히 대답한다. 유학 가려고. 유학? 이건 또 무슨 뜬금없는 소리인지. 웬 유학? 어디로? 베를린. 베를린? 거기 가서 뭐하려고? 김C가 말을 잇는다. 사실 유학도 아니고 뭣도 아니야. 그냥…… 어느 순간 궁금해지더라고. 나도 이제 마흔인데. 나는 과연 잘 살고 있는 건지. 이것이 내가 원하는 인생인지. 그냥 TV에나 나오고 음악 하면서 시간을 어영부영 보내고 있는 것만 같아서. 더 늦기 전에 내가 진짜 원하는 게 무언지 알아보고 거기에 빠져서 살고 싶어. 지금 아니면…… 영영 이러고 있을 것만 같아서. 일단 떠나야겠다고 결정한 거야. 그래야 알 것 같더라고. 내가 누군지.

아…… 이 무슨 뜬구름 잡는 얘기인가. 쉽게 얘기해서, 나이 마흔에 자기 정체성을 찾아 일이고 뭐고 다 관두고 떠난다는 얘기 아닌가. 일반 사람의 기준에선 참으로 말이 안 되는 이야기다. 그런데 웃기는 건, 이 얘기를 듣는 순간 아, 이 양반은 못 잡겠구나 생각했다는 점이다. 결정적으로 프로그램에서 왜 빠지느냐고 물었는데, 프로그램 얘기는 한마디도 없다. 뭐가 싫고 뭐가 맘에 안 들어서 어쩌고 하는 흔한 핑계도 없다. 한마디로 지극히 개인적인 결정인 것이다. 그리고 그 사람의 인생에서, 과연 본인의 결정만큼 중요한 것이 뭐가 있겠는가. 내가 끼어들 여지는 애초에 없었다. 준비해왔던 많은 협박과 회유의 문장들이 머릿속에서 점점 희미해져가고 있다. 그래도, 혹시나 싶어 물어본다. 형수님은 허락하셨어? 형 혼자 그렇게 다녀와도 상관없으시대? 그제야 김C가 웃는다. 오래 걸렸지. 설득하느라고. 처음엔 반대하더라고. 그래서 어떻게 설득했어? 설득은 못했지. 그냥 계속 얘기했어. 한 달 있다가 얘기하고 두 달 있다가 또 얘기하고. 그랬더니 그렇게 하래.

아, 이건 뭐. 김C답다. 그래야 하면 그래야 하는 거지, 거기에 별이유는 없는 것이다. 게다가 형수님도 못 막았는데 내가 막을 수 없을 게 분명하다. 마지막으로 물어보았다. 그래서 베를린에 가서 뭘 하려고? 그랬더니 대답이 또 걸작이다. 아무것도 안 해. 그냥 누워 있을 거야. 그저 지금과는 다른 공간에서 혼자 누워 있으려는 것뿐이야. 그렇게 한 달이고 두 달이고 멍하니 있다보면 어느 날, 도저히 심심해서 뭐라도 하려고 손끝이 움직이지 않을까? 까딱~ 하고 말이야. 그러면 아마도 그게 내가 진정 하고 싶어하는 일 아닐까. 그게 뭔지 알고 싶어서 가는 거야.

알았어 형, 잘 다녀와 그럼

완패. 할 말 없음. 협박도 회유도 애초에 끼어들 여지조차 없다. 뭐라고 반격을 해볼까 고민하다가 이내 포기한다. 결국 내가 그날 뱉은 얘기는 단 두 마디. 알았어, 형. 잘 다녀와 그럼. 그 두 마디로 끝이었다. 그러자 김C가 웃으며 얘기한다. 응. 너라면 그렇게 얘기할 줄 알았어. 쳇. 속을 들킨 것 같아 또 기분이 나빠진다. 그래서 저주의 말을 살짝 뿌려준다. 어느 날 형의 손끝이 움직여서 한다는 그 일 있잖아? 예상외로 되게 시답잖은 일일 수도 있어. 심심해서 TV 리모컨을 켠다거나 뭐 그런. 그렇게 뱉어 놓으니 속이 좀 풀린다. 그러고는 양장피를 먹으며 술을 마시며 이런저런 얘기를 하고 웃고 떠들다가 얼굴이

188

벌게져서 정말 해질녘이 돼서야 자리를 파했다.

작별인사를 하고 어스름이 깔리기 시작하는 연남동 골목길을 혼자 걸으며 생각한다. 나이 40이 되어 나를 찾아 떠난다는 건 대체 어떤 의미일까. 어떻게 저 형은 저렇게 모든 걸 한순간에 내려놓을 수 있는 걸까. '나'라는 건 소위 국민 예능의 인기 있는 출연자라는 지위와 꽤 성공한 가수라는 타이틀을 버리면서까지 찾아갈 가치가 있는 것일까. 나도 마흔 언저리가 되면 저런 고민을 하게 되는 것일까. 아니 그런 걸 모두 떠나서, '나'라는 사람이 어떤 사람이고, 무엇을 원하는지 아는 게 그렇게 중요한 일인가. 그러면 나는 누구인가. 방송국 피디이며 잘나가는 프로그램 연출자라는 타이틀. 그러면? 나는 지금 행복한가. 행복하기도 하고 그렇지 않기도 하다. 왜 그렇냐고 묻는다면 명확한 답을 하기가 어렵다. 그렇다면 나도 어딘가로 떠나야 하는 것일까. 젠장. 뭐가 이리 복잡해. 15년 전에는 모든 게 좀더 명확하고 간단했는데. 좋아하는 일을 하고 좋은 사람들과 같이 있어서 행복했는데. 지금은 모든 게 조금씩 불명확하다. 어디까지가 내가 원하는 삶이고 어디까지가 남들이 보기에 좋은 삶인지 경계가 불분명한 것이다. 15년 전 눈 감고도 걸어다니던 연남동 골목길에서 나는 길을 잃은 사람처럼 갑자기 불안해졌다. 나는 잘 살고 있는 건지, 나는 과연 누구인지.

ps. 베를린에서 김C는 다행히도 리모컨 대신 기타를 잡았나보다. 그는 앨범을 하나 들고 돌아왔고, 그 앨범은 딱히 큰 화제는 되지 않았다. 앨범의 제목은 'priority'다. 제목으로 보아 확신하건대, 남들이 뭐라 하든 본인은 만족했을 듯싶다.

기대는 실망으로
실망은 분노로 번지는 밤

아니, 밤에 일을 안 하면 대체 뭘 하며 시간을 보내?

빙산을 뒤로하고 이제 숙소로 이동. 오늘의 숙소는 스카프타페들 Skaftafell 국립공원(바트나이외쿠들 빙하구역 전체를 일컫는, 이 나라에서 가장 큰 국립공원) 입구에 있는 작은 호텔. 이 근처에 문을 연 호텔은 이것밖에 없었으므로 정했던 숙소다. 아마도 비수기인 탓일 게다. 여름에는 훨씬 많은 숙소가 문을 열지 않을까. 『론리플래닛』에 따르면 '7~8월 하이시즌이 끝나면 수도에서 먼 곳부터 숙소나 기념품 가게들은 차례로 문을 닫습니다'라고 쓰여 있다. 링로드에 관광객들의 차

191

가 넘쳐나는 여름이 지나면 카페나 레스토랑, 기념품 가게의 주인들은 여름 동안 벌어들인 돈을 들고 수도로 돌아와 긴 겨울을 맞을 준비를 하는 거겠지. 겨울에 문을 열기에는 이 나라의 임금수준이나 물가를 고려해봤을 때 수지가 안 맞는 장사이긴 할 듯.

그렇다면 문을 닫은 상점의 주인이나 종업원 들은 긴긴 겨울 내내 노는 것일까? 어쩌면 따뜻한 열대지방으로 휴가를 떠날 계획을 세울지도. 하지만 또다시 『론리플래닛』에 따르면 이 나라 국민들은 매우 근면하여 보통 70세가 되어야 은퇴를 하고 개인이 두 가지 이상의 직업을 가질 정도로 열심히 일한다고. 초등학교 선생님들이 여름방학이 되면 관광가이드로 변신을 하는 그런 식이다. 과연 1인당 국민소득 5만 5천 불은 거저 얻어지는 수치는 아닌 것.

다만 부러운 건 다른 유럽의 도시들처럼 여기도 밤이 되면 상점의 불은 하나둘 꺼지고 다들 집으로 돌아가 저녁을 먹고 잠에 든다는 것이다. 우리나라처럼 밤새도록 일하고 아침에도 일하고 한 시간 자고 또 일하는 나라는 아마도 전 세계에 없을 듯하다. 문제는 그렇게 벌어들인, 밤새도록 쥐어짠 노동력을 사회적 부로 바꾸는 시스템이 제대로 정비되어 있는가 아닌가 하는 것이다. 다만 이 나라의 시스템이 부러운가 아닌가 개인적인 견해를 밝히자면 글쎄, 잘 모르겠다.

밤에 일을 하지 않으면 대체 뭘 하고 시간을 보내는 것일까. 저녁

6시에 퇴근을 하고 아이와 놀아주고 와이프와 그날 있었던 일을 주제로 긴긴 대화를 하고 자정이 되기 전에 잠에 드는 것일까. 10여 년이 넘도록 그런 생활은 한 번도 생각해본 적이 없어 일을 하는 것이 오히려 편할 때가 있을 정도로 내 몸은 바뀌어버렸는데. 갑자기 6시에 퇴근을 하게 되어 아이, 와이프와 마주보게 되면 나나 그들이나 꽤나 난감할 것 같다는 생각과 함께 한편으로는 서글픈 생각이 든다. 어쩌다가 일하는 게 노는 것보다 좋은 사람이 되어버린 걸까. 게다가 이런 식으로 일을 한 사람이 시간이 지나면 조직에서 상관이 되고 후배들에게 똑같은 노동을 강요하게 된다. 나 때는 말이야, 밤새도록 어쩌고 저쩌고 하는 식이다. 악순환이다. 나는 절대 그러지 말아야지 생각하면서도 막상 메인피디가 된 이후엔 나 또한 후배 조연출들에게 은근히 비슷한 모습을 강요하곤 했다. 노동력이 더 필요하다면 회사에서 투자를 늘려 사람을 고용해야 하는 것이다. 하지만 현실은 그렇지 않다. 한정된 인력으로 프로그램의 품질을 유지해야 한다는 알량한 캐치프레이즈를 내걸고 후배들의 고혈을 쥐어짠다.

월, 화요일에는 새벽까지 회의를 하고 수요일부터는 밤샘 편집이 이어지고 금요일 아침에 테이프를 넘기자마자 촬영을 떠나 토요일에 돌아와 거지꼴로 퇴근을 한다. 편집실에 오래 앉아 있던 후배 한 명은 평생 디스크를 안고 살게 되었고, 다른 후배는 과로로 쓰러져 툭하면 병원에 실려가곤 했다. 그 덕분에 나는 온 나라가 알아주는 피

디가 되었고 회사는 경쟁률 1위의 프로그램을 가지게 되었다. 그러나 그 뒤에서 쓰러져나가는 사람들은 아무도 봐주질 않는다. 노동자의 피와 땀을 밑바닥에 깔고 거대기업을 일구어내는, 70년대 성공신화에나 어울릴 법한 일들이 21세기 방송국에서도 여전히 재현되고 있는 것이다. 사실, 이해는 한다. 아이가 아니니깐. 거대한 조직에는 그 나름의 작동 원리와 이유가 있는 것이다. 그럼에도 불구하고 씁쓸한 건 어쩔 수 없다. 씁쓸한 감정마저 없어지는 그 순간이 철이 드는 순간인 걸까.

하늘은 맑고 빙하는 반짝, 오늘이다!

이런저런 생각을 하며 호텔에 도착한다. 작은 시골 분교처럼 생긴, 절대로 호텔이라고는 생각되지 않는 외관을 하고 있으나 이 나라의 호텔은 대부분 이렇게 생겨먹었다는 것을 이젠 알고 있기에 그닥 놀라지는 않는다.

방으로 들어가 창을 열고 하늘을 본다. 여전히 날은 맑아 해가 뉘엿뉘엿 서쪽으로 지고 있고 그 햇빛을 받아 저 멀리 빙하의 끄트머리가 반짝반짝 빛나는 것이 한눈에 들어온다. 여전히 구름 한 점 없는 날씨. 오케이. 오늘이네. 오로라는 오늘 강림하실 것이 확실하다는 느낌이 든다. 드디어 보는구나, 오로라 님을.

정신을 바짝 차리고 시계를 본다. 오후 5시. 오로라가 관측되는 시간은 보통 저녁 10시 이후. 그때를 대비해 체력을 비축해야 한다. 아껴둔 깻잎 통조림을 꺼내고 햇반을 데워서 밥알 한 톨 남기지 않고 싹싹 긁어먹은 후, 잠시 눈을 붙인다. 두어 시간쯤 잤을까. 일어나보니 저녁 8시. 아직도 완전히 깜깜해지지는 않은 하늘. 햇빛이 남기고 간 푸른빛의 여운이 아직은 밤의 어둠에 흡수되기 전이다. 하늘은 여전히 맑다. 갑자기 심장이 두근거리기 시작한다. 볼 수 있다. 오늘이다, 라고 심장이 외치고 있는 것이다.

두근거리는 가슴도 진정시킬 겸 잠시 바람이라도 쐴까 싶어서 로비로 나온다. 내가 체크인할 때까지만 해도 아무도 없던 호텔이 갑자기 사람으로 북적북적하다. 로비를 한가득 메운 일본 관광객들. 단체관광을 온 듯하다. 아이슬란드의 시골에서 동양인을 만나니 괜히 반가운 기분마저 든다. 하긴 이 동네는 사람 구경을 하기가 극도로 힘들어서 누구라도 만나면 무조건 반갑기는 하지만. 이 많은 일본인들이 이 겨울에, 이 시골까지 뭐하러 왔을까. 100프로 오로라 때문이다. 그 외에 다른 이유는 없는 것이다. 게다가 분명 단체관광에는 가이드 같은 것도 있을 테고, 그들은 나보다는 훨씬 프로페셔널한 지식과 정보망이 있을 터. 이 동네에 오로라가 뜬다는 소문이라도 난 것이 분명하다. 으흐흐, 나도 모르게 입가에 미소가 돈다. 어쩌면 이렇게 척척 맞아떨어지는 것일까.

그래도 확신을 갖기 위해 프런트의 직원에게 질문을 해본다. 저기 말이야. 오늘 오로라가 뜰 확률이 얼마나 될까? 그런데 이때, 직원의 표정이 일순 굳어진다. 뭐지? 굉장히 미안해하는 얼굴로 말을 시작하는 아이슬란드 청년. 오로라는 자연현상이라서 말이야, 100퍼센트 보장은 못하는 거라서…… 누구도 확신은 못해. 근데 내 생각으로는…… 오늘 볼 확률은 상당히 낮지 않을까? 보다시피 먹구름이 몰려오고 있잖아…… 먹구름? 이게 무슨 소리? 조금 전까지만 해도 푸르게 빛나는 하늘을 내 방에서 보고 왔는데 먹구름이라니? 다시 방으로 뛰어들어가 창문을 열고 내다본다. 그러고 보니 새까만 먹구름이 조금씩, 그러나 굉장한 속도로 몰려오고 있는 것이다! 이게 대체 무슨…… 하늘이 꽤나 어두운데도 불구하고 먹구름에 이미 점령당한 부분과 곧 점령당할 부분이 선명하게 선이 그어질 정도로 분명하고도 새까만 먹구름. 누군가 하늘에 먹을 푼 게 아닌가 의심이 될 정도로 새까만 색이다. 이럴 리가 없어. 조금 전까지만 해도 너무나 맑았단 말이야. 급히 옷을 챙겨 입고 운동장으로(호텔 앞의 공터를 뭐라고 일컫는지는 잘 모르지만 그것은 누가 봐도 시골 분교의 운동장) 뛰어나가본다.

오로라 님 오시는 하늘에 누가 간장을 뿌려놓았나

운동장에는 이미 몇몇 일본 관광객들이 굉장히 낙담한 얼굴로 하늘을 가리키며 대화중. 이것 봐. 오늘은 글렀다고. 젠장. 거봐요, 뭐 하러 아이슬란드까지 오자고 그랬어요. 내 이럴 줄 알았어 등등의 말이 자동번역으로 들리는 듯하다. 나도 하늘을 바라본다. 이미 우리 호텔 상공은 먹구름이 점령한 상황. 식탁 위에 간장을 한 통 엎지르고 닦아내기엔 엄두가 안 나 그저 바라볼 수밖에 없는 그런 느낌이다. 간장은 식탁 한쪽 끝에서부터 주욱 퍼져나와 식탁보를 빠르게 적시고 이미 식탁 끄트머리로 달려가 테이블 아래까지 흘러내리기 직전인 것이다.

빗방울이 조금씩 흩날리기 시작한다. 낮의 햇빛 찬란하던 도로가 먼 옛날의 일처럼 느껴질 정도. 바람도 점점 거세진다. 이젠 하늘의 90퍼센트 이상이 먹구름에 점령당한 상황. 아직 점령당하지 않은 푸르스름한 부분은 빙하 너머 저 끝에 간신히 10퍼센트 정도뿐. 갑자기 오기가 발동한다. 기대가 컸던 만큼 실망이 커지고 실망은 분노로 발전한다. 뭐하러 이 먼 곳까지 왔는데. 오냐, 네가 나를 기다려주지 않는다면 내가 끝까지 쫓아가서 널 돌려세우고 잘난 니 얼굴을 똑똑히 봐주마. 차를 몰고 당장 저 구름 너머 손바닥만큼 남아 있는 맑은 동네까지 가야겠다고 결심한다. 저곳에서는 지금 당장에라도 찬란한

오로라가 흘러내리고 있을 것만 같다. 지금이라면 갈 수 있다. 저 빙하 너머는 아까 내가 거슬러올라온 동네. 밟으면 30분이면 간다. 30분이면.

그러나 거세지는 빗방울. 그리고 급격히 어두워지는, 인공의 조명이라고는 하나도 없어 무서울 정도로 깜깜한 아이슬란드 시골의 밤이 분노를 급격히 식힌다. 비바람과 어둠이 결합한 자연의 힘 앞에 인간 한 명과 라세티의 조합은 처음부터 상대가 안 되는 게임인 것이다. 라세티가 아니라 라세티 할아버지가 왔어도, 뚜껑이 열린다는 그 무슨 유명한 스포츠카가 왔어도 안 되는 건 안 되는 것. 이젠 빗방울이 주먹만해진 느낌이다. 주변의 일본인들도 포기하고 모두 방으로 돌아간 듯. 깜깜한 주차장에는 나 홀로 비를 맞고 서 있다. 만약 지금이 촬영중이었다면, 나 말고도 스태프와 멤버 들이 있었다면, 오로라를 봐야 한다는 미션이라도 저녁 복불복으로 걸어놓은 상황이었다면, 분명 힘을 내서 차를 몰고 되든 안 되든 도전해봤을 텐데. 그러곤 실패하더라도 웃으며 돌아왔을 텐데. 혼자인 나는 용기도 객기도 낼 수 없다. 골려주거나 위로해줄 동료들도 없다. 결국 포기하고 방으로 돌아온다. 짜증난 김에 지난번 마시다 남은 와인 반 병과 참이슬 200밀리를 섞어 마시고 기절하듯 잠에 든다.

그래서
나는 누구인가

모든 것이 낯설던 그때, 1994년 서울

짜증이 나면 술을 마신다. 오로라를 놓쳐야만 마시는 건 아니다. 그리고 스무 살 무렵, 나는 거의 매일 술을 마셨다.

대학교 1학년 때. 뭐 하나 맘에 드는 게 없던 시절. 아니, 말은 똑바로 해야지. 솔직히 말해, 뭐가 맘에 들고 안 드는 건지조차 잘 알 수가 없던 시절. 힘들게 대학교에 왔는데 정작 왜 여기에 왔는지는 잘 모르던 시절. 한 발짝 더 내딛기에 미래는 안개처럼 뿌옇게 보였고, 살아온 날들을 돌이켜보기엔 산 날 자체가 너무 짧았던 시절. 이러지도 저러지도 못하던 나는 그저 하숙방이나 술집에 죽치고 앉아 술을 마셨다. 18년 전, 1994년의 이야기다.

94년에 처음 서울에 올라왔을 때, 난 서울이 낯설었다. 고속터미널에서 지하철을 타고 을지로3가에서 2호선으로 환승할 때, 표를 다시 사던 시절이다(다시 사야 되는 건 줄 알았다). 어쨌든 학교를 다녀야 하니 살 곳을 구해야 했다. 신촌에서 방을 구하는 게 당연했지만 난 특이하게도 외대 앞에 하숙집을 구했다. 외대에 합격한 친한 친구가 먼저 구해놓은 하숙방이 생각보다 넓다는 소문을 듣고 두 번 생각할 것도 없이 그곳에서 살기로 결정했다. 뭐 핑계는 그랬지만, 사실은 두려웠던 것이다. 서울이라는 공간에서 혼자 살 자신이 없었다. 학교도 신촌도 서울도 모두 나에게는 낯설게만 느껴졌으니까. 그러나 집에 들어오면 초등학교 때부터 알아오던 불알친구가 있으니 그나마 위안이 되었다. 덕분에 나는 반년 동안 한 시간씩 지하철을 타며 통학을 했고, 그 반년 동안은 신촌보다 외대 앞이 편한 공간이었다. 거기엔 친구가 있었으니까.

반면에 학교에만 오면 나는 불편했다. 신입생이 입학한 4월의 학교는 떠들썩하고 활기가 넘쳤지만, 어딘가 내가 생각한 대학의 모습은 아니었다. 하루가 멀다 하고 신입생 오리엔테이션이니 응원제니 하는 행사가 열렸으나 나는 아무리 노력해도 그런 행사들에 열정적으로 참여할 수가 없었다. 사람들은 즐겁게 대학 응원가의 율동을 배우고 하루에도 몇 번씩 '연세~' 어쩌구 하는 모교의 구호를 소리 높여 외쳤고 밤마다 신촌에선 술자리가 열리고 술자리의 마무리는 그날 배운 응원 구호였다. 자랑스런 연세인이 되었으니 당연히 모두 기쁘지? 우리 모두 하나가 되자. 자, 모두 어깨동무를 하고…… 뭐 이런 유의 분위기. 왠지 불편했다. 이 대학에 이제 처음 왔는데 뭐가 그렇게 자랑스럽고, 처음 본 사람들끼리 뭘 그렇게 하나가 되어야 하는 건지 도통 이해가 가지 않았다. 미팅에서 만나자마자 사랑고백을 하라는 것과 같은 얘기 아닌가. 뭐, 내가 편협한 탓이라고 생각하긴 한다. 사실 그때는 낯가림도 심했고.

게다가 강의는 왜 이리 어려운지 전공서적엔 한자가 잔뜩 쓰여 있어서 읽기조차 힘들었다. 결국 학교 언저리를 겉돌던 나는 수업에 슬슬 빠지기 시작했고 낮시간 대부분을 만화방이나 비디오방에서 보냈다. 러닝타임이 세 시간에 가까운 〈스타워즈〉 한 편을 보면 낮시간은 금방 지나가버렸고, 만화방에 가서 새로 나온 만화를 보다가 컵라면으로 저녁을 때우고 한 시간 걸려 지하철을 타고 친구의 하숙방으로 돌아가 술을 먹고 잤다. 뭐, 지방에서 유학 온 학생들의 뻔한 일탈 스토리다.

그러다가 어느 날, 이렇게 살다가는 죽도 밥도 안 되겠다 싶어 어디라도 정 붙일 곳을 마련할 생각에 문을 열고 들어간 곳이 연극반이었다. 사회과학대학 연극반. 당시 사회과학대학에는 노래패와 풍물

패, 연극반이 있었는데, 난 고민할 것도 없이 연극반을 골랐다. 이유는 단 하나. 다른 동아리에는 신입생이 열 명씩 스무 명씩 넘쳐나는데, 거기 들어가는 신입생이라고는 눈을 씻고 찾아봐도 없었으니까 (나중에 보니 두세 명 있기는 했다만, 그때나 지금이나 연극이라는 건 참으로 인기가 없다).

떠들고 소리 지르던 그 많은 스무 살들

옛날부터 사람들이 우르르 가는 곳은 잘 쳐다보지 않는다. 남이 덜 가는 곳에 본능적으로 눈길이 가니 참 희한한 성격이다. 뭐 어쨌든 우연히 선택한 그곳은 운좋게도 맘에 쏙 드는 곳이었다.

칙칙한 동아리방은 구석진 곳 좋아하는 나에게 안성맞춤이었고, 무엇보다 수업 안 들어가는 인간들이 그곳에는 나 말고도 잔뜩 모여 있었으니까. 역시 어디에나 이런 곳은 있기 마련이다. 주류도 아니고 비주류도 아닌, 어딘가의 틈에 끼어 있는 듯한 공간. 적당히 어두워서 자세히 보지 않으면 지나쳐버리는 공간. 신입생 오리엔테이션이나 응원제 따위의 떠들썩함이 우스운 광대놀이라고 생각하면서도 그럴듯한 졸업장이나 생산하는 대학 따위 때려치우겠어 정도의 패기는 없는, 그저 조용히 하고 싶은 거나 하면서 살겠다고 작정한 사람들이 모여드는 공간. 운동가요와 대중가요가 별 어색함 없이 섞여 불리는 공간. 한마디로 주변인들의 안식처 같은 곳. 그 집단에 포함되면서 비로소 나는 숨을 돌렸다. 사실 연극 자체에는 큰 관심이 없었다. 낯 가리는 성격에 어디 무대에서 연기할 체질도 아니었고. 그저 낮에도 갈 곳이 생기고 같이 술을 마실 친구가 생겼다는 사실이 기뻤다.

그때부터 학교에 나오면 동아리방에 앉아서 시간을 보내다가 해가 지면 신촌에 내려가 술을 마셨다. 새우깡을 씹으면서 맥주 500을 마시거나 피처를 들이켰다. 그리고 많은 술 취한 스무 살짜리들이 그러하듯, 술집의 옆자리에 앉아 있던 누군가에게 주저리주저리 지금은 기억도 안 나는 말들을 많이도 떠들어댔다. 당연한 얘기다. 자아가 두껍게 여물어 있는 인간은 (아마도) 애초에 남들과 상의할 일도 없으므로 카운터에서 벽을 보고 술을 마셔도 상관없겠지. 조용히 마시고 조용히 일어난다. 우리는 늘 옆을 보고 마셨다. 뭐라도 떠들지 않으면 답답해서 죽을 것 같았으니까. 뭐 그나마 다행이었던 건, 옆에 앉아 있던 그 누군가도 비슷한 상황이었다는 점. 스무 살짜리들은 많이 있었고 하나같이 혼란스러웠으므로, 술 마실 사람들은 주변에 널려 있었다. 그리하여 그 당시의 술집은, 덜 여문 스무 살짜리들의 이해하지 못할 말들로 넘쳐나고 있었다.

왜 그렇게 마시고 떠들어댔는가. 돌이켜보면, 스무 살

언저리에는 표현하고 싶어했던 것 같다. 내가 누군지, 어떤 사람인지 주변에 대고 소리 지르던 시절인 것이다. 놀이터에서 꼬마아이가 아무 이유 없이 모래를 두 주먹 가득 쥐고 주변의 아이들에게 뿌려대는 것과도 비슷하다(얼마 전 내 딸아이가 그랬다. 심지어 깔깔깔 웃으면서. 깜짝 놀라 뛰어가서 그러면 안 되는 거라고 가르쳐주었다. 표정을 보아하니 내 말 따위 안 듣고 있는 것 같았지만). 사실 아이의 욕망은 순수하다. 이렇게 뿌려도 되는 건지, 어떤 반응이 돌아오는지 관찰하고 싶어하는 것이다. 친구들이 아파할까? 싫어할까? 혼날까? 등등. 나도 스무 살 때 모래를 많이도 뿌렸다. 술집에서, 동아리방에서, 동료들에게, 당시의 여자친구에게, 선후배들에게, 이런저런 날선 말들을 뱉고, 뭔가 있는 척을 하고, 술에 취해 행패를 부리고, 무던히도 상처를 주고 상처를 받았다. 그러면서 외치는 것이다. 나는 이런 사람이라고. 날 좀 봐달라고. 결국 애정을 구하는 행위인 것이다.

사실 타인에게 애정을 구하는 것은 나라는 존재가 약하기 때문이다. 쉼 없이 모래를 뿌려대면서도 한편으론 사랑을 요구한다. 그러나 슬프게도 모래 장난은 언젠가 끝이 난다. 신세 한탄도 정도껏이지 언젠가는 다들 견디지 못하고 떨어져나간다. 던질 모래가 손안에 별로 남아 있질 않다는 것을 깨닫게 된 즈음, 스스로 강해져야겠다고 생각했다. 타인에게 애정을 구하는 건, 나약한 사람이나 하는 짓이라고 생각했다. 모래를 뿌리기보다는 놀이터에 혼자 있어도 외롭지 않은 사람이 되고 싶었다. 그때부터 책을 읽었다(왜 책을 읽으면 강해진다고 생각했는지는 모르겠다). 일주일에 도 몇 권씩, 종류를 가리지 않고 읽어치웠다. 책을 한 권 읽으면, 그 한 권만큼은 뭔가 발전한 사람이 되어 있는 기분이 들었다. 그리고 혼자서 하는 여러 가지 일에 관심을 기울였다. 수영을 배우고 스케이트보드를 사고(이건 진짜 왜 샀나 싶다) 기타를 배우고 조깅을 시작하고 혼자서 여행을 떠났다. 당시 읽은 책 중에서 기억이 나는 건 거의 없지만, 장정일의 『독서일기』에 쓰여 있던 이런 구절은 기억이 난다.

"……동사무소의 하급 공무원이나 하면서 아침 9시에 출근하고 오후 5시에 퇴근하여 집에 돌아와 발 씻고 침대에 드러누워 새벽 2시까지 책을 읽는것."

멋지다고 생각했다. 나는 책이나 보다가 조깅도 하고 여행도 가고 수영도 하고 주말에는 근처 공원에서 스케이트보드까지 타는 삶이니 장정일의 삶보다 두어 배는 더 멋질 수도 있겠다는 생각을 했다.

그렇게 반년 정도를 보냈다. 학교는 다니고 있었지만 거의 휴학생처럼 지냈다. 스케이트보드와 기타는 실력이 빨리 늘지 않아 일찌감치 때려치웠다. 수영과 조깅도 비슷한 수순을 밟았다. 책은 많이 보았지만 특별히 내용이 기억나거나 감명 깊게 읽은 부분은 쉽게 떠오르지 않았다. 혼자 여행도 떠나보았지만 심심해서 곧 돌아오고 말았다. 그렇다. 그게 문제였다.

너무 심심했다.

그들 속에서만 나는, 나 자신이 될 수 있었다

이건 뭐, 강해지는 것도 좋지만 혼자 뭘 하려니 심심해서 살 수가 없는 것이다. 아무리 노력해봐도 도저히 카운터에서 혼자 벽을 보면서 술을 마시는 인간은 되지 못했다. 그때 깨달았다. 아, 나는 극도로 평범한 인간이구나. 치열하게 혼자서 뭔가를 해나가는, 그러면서 자기 자신이라는 두꺼운 껍질을 만들어가는, 그런 종류의 사람은 아니었던 것이다. 아무리 튕겨나가보려 노력해도, 나는 어느덧 사람들을 그리워하고 그 속으로 들어와 있었다.

결과적으로 그렇게 반년이 지나고 나니, 남아 있는 건 연극밖에 없었다. 술 마실 친구를 찾아 우연히 들어온 연극반이 대학생활의 전부가 될 줄은 처음엔 몰랐다. 혼자 하는 조깅은 30분만 해도 지쳐버리지만 다 같이 하는 연극 연습은 몇 시간을 해도 지겹지 않다는 사실을 어느 날 깨달은 이후, 그때부턴 고민이고 뭐고 다 내려놓고 연극에 빠져서 살기 시작했다.

세상 어디선가 완벽한 인간은 마음껏 카운터에서 혼자 술을 마시라고 하자. 나는 완벽한 사람이 아니다. 약한 인간이다. 누군가 옆에 있어야 한다. 모래도 뿌리고 술도 뿌리고 상처 주고 상처 받으며 사는 게 훨씬 나에게 맞는 삶이었다. 그래서 연극이 맞았다. 연극이라는 결과물보다 그것을 만들어가는 과정. 사람들과 어울리며 뭔가를 만들어나가는 작업. 관계 속에서 서로 의지하고, 공통의 목표를 향해 달려나가는 작업. 그거 하나는 아무리 해도 질리지가 않았다.

방학 동안, 다른 학생들이 어학연수를 떠나거나 고향에 내려가거나 취업 준비에 열심일 때, 나는 발성 연습을 하고 대본을 쓰거나 외우고 공연 연습을 했다. 대체 연극의 어떤 부분이 나를 홀렸는지는 아직도 잘 모르겠다. 당시에 올리던 연극이 굉장한 완성도를 지니고 있었던 것도 아니다. 조악한 수준의, 지금 돌이켜보면 창피한 수준의 작업이 대부분이었다. 그래도 상관없었다. 그때 우린 진심으로 열심이었고 그거면 된 거였으니까.

지금 생각해보면, 오히려 나를 사로잡은 건 연극이 아니었던 것도 같다. 연극 이전에 연극을 함께 만들어가는, '우리'라는 관념, 뭔가를 함께한다는 즐거움과 안정감, 동료의식, 이런 것들이 나를 매료한 게 아니었을까. 대본을 정하고, 발성 연습을 하고, 리딩을 하고, 움직임을 연습하고, 최종적으로 공연을 올리기까지 세 달은 우습게 들어간다. 그 기간 동안 누군가는 그 안에서 연애를 하고 누군가는 사회과학 서적을 읽고 누군가는 사회를 비판하고 누군가는 다른 누군가의 연기를 비판하고 그러다 싸우고 그러다 화해하고 그리고 다음날 또 아무 일도 없었다는 듯 모여서 연습을 한다. 비록 늘 덜컹거렸지만 신기하게도 늘 공연은 올라갔다.

공연의 막이 내리고 술을 밤새도록 마시고 아쉬움이나 미련에 펑펑 울고, 공연 준비하느라 신경 못 쓴 학점을 걱정하고 다음엔 절대로 안 한다고 소리 지르다가도, 다음 공연 일정이 잡히면 또 슬금슬금 사람들이 모여들었다. 지난번 공연 때 연애를 하다가 깨진 커플들도, NL인지 PD인지 정체를 밝히라며 서로 핏대를 올리던 아이들도, 별일 없었다는 듯 다시 둘러앉아 공연을 준비한다. 이러니저러니해도 우리는 연극을 함께 만드는 '동지'였으니까. 동지들 속에서 나는 비로소 온전히, 아무 고민 없이 즐거울 수 있었다. 동지들 속에서만 아이러니하게도 나는, 나 자신이 될 수 있었다.

그랬다. 그리하여 나에게 94년도는, 따뜻했다. 고만고만한 사람들끼리 모여서 소꿉놀이하듯 커뮤니티를 형성해서 하고 싶은 일을 하는 한, 나는 즐거웠다. 그러나 94년은 지금만큼 조용한 시기는 아니었다.

94년은 아직 최루탄의 매캐한 기운이 사라지지 않던 때다. 나는 시위에 몇 번 나갔지만 열정적인 참여자는 아니었다. 첫번째로 나간

시위에서 스크럼을 짜다가 나도 모르게 맨 앞에 서서 코앞에 떨어진 사과탄 덕분에 눈물 콧물을 쏟아낸 후로는 잘 안 나가게 되었다. 사회를 바꿔보겠다는 그들의 열정에는 동조했지만, 앞으로 나설 만큼 용기가 있지는 않았다. 96년도에 종합관이 불타는 것을 보며 한 시대가 끝나간다는 걸 느꼈지만, 크게 슬픈 기분은 들지 않았다. 연대 정문 앞 철길을 경계로 한쪽에서는 전경과 살벌한 대치가 이어지는 가운데, 신촌에서는 아무 일 없다는 듯 술판이 벌어지곤 했다. 시대는, 무엇이 옳고 그른가에서 무엇이 재미있고 재미없느냐의 패러다임으로 옮겨가고 있는 것처럼 보였다. 그리고 그러한 이동의 정중앙에, 나는 서 있었다.

더 많은 사람에게 말을 걸고 싶어…

그래도 어쨌든, 우리는 대학생이었다. 거리에서 돌을 던지지는 않았지만, 이 사회가 흠결 없이 완벽하다고 생각할 정도로 순진하지는 않았다. 학생들이 무더기로 잡혀가는 걸 보면서 아무 일도 없었다는 듯이 행동할 정도로 마음이 넓지도 않았다.

그래서 당시 연극반에서 올리던 극은, 대부분 사회를 비판하거나 현실을 풍자한 것이었다. 사회과학대학 극회에는 한 가지 원칙이 있

211

었다. 번안극은 올리지 않는다. 대한민국 사람이 쓴, 대한민국의 현실을 주제로 한 작품을 공연한다. 이게 유일한 원칙이었다. 현실에 발을 담그지 않은 연극은, 당시 우리 기준으로 보기에 아무 쓸모가 없는 것이었다. 어쨌든 행복했다. 동료들과 함께 목표를 향해 달려가는 그 과정은 땀 흘린 만큼 아름다웠고, 그 결과물 또한 어디에 내놔도 정치적으로 올바르다는 점에 우린 자부심을 느꼈다. 과정은 재미있고, 결과물은 올바르다. 세상에나, 이만한 일이 또 어디에 있겠는가. 내가 좋아하는 일을 하되, 그 결과가 공동체의 선에 기여한다는 자부심. 그것이 우리의 원동력이었고 자존심이었고 훈장이었다. 우린 즐거웠다. 그리고 그 즐거움이 조금씩 사라지며 의심이 고개를 든 건, 3학년 말쯤으로 기억한다.

문제는 뭐랄까. 효율성이었다. 죽도록 연습하는 그 과정이야 뭐 즐거웠으니까 그걸로 됐다고 치자. 세 달을 연습하면 공연 하나를 올리는데, 보통 사흘간 네 번을 공연했다. 그럴 때마다 찾아오는 관객이 회당 적게는 50명에서 많아봐야 200명 정도. 게다가 대부분은 공연의 의미에 공감하거나 연극을 감상하러 온다기보다는, 출연자들의 친구나 가족 뭐 이런 경우였다(어쨌거나 대학교 동아리일 뿐이니까. 뭐 당연하다면 당연한 얘기). 속이 쓰렸다. 이렇게 힘들게 연습하는데. 그리고 공연을 통해 우리는 하고 싶은 얘기가 있는데. 그 얘기를 듣고 공감해주었으면 하는 것인데. 그저 꽃다발이나 휙 던져주고 할 일 다 했다는 듯이 사라지는 관객들을 보면 기분이 좋지 않았다.

그런 고민을 어느 날 후배에게 털어놓는다. 자, 봐봐. 만약 통일의 당위성에 관한 연극을 올린다 쳐. 세 달 연습하고 공연을 올리면 기껏해야 500명 남짓이 다녀가는 거잖아. 이럴 거면 차라리 그 세 달 동안 학생회관 앞에서 선전전을 하는 게 낫지 않아? 팸플릿도 나눠주고 구호도 외치고 말이야. 남북통일 문제에 관심을 가집시다~ 뭐 이런 식으로. 그게 훨씬 많은 사람에게 어필할 것 같은데? 그러자 후배가 웃는다. 무슨 운동권 같은 소리를 해. 우리가 무슨 카프KAPF도 아니고. 꼭 뭔가 변화를 노리고 우리가 연극을 하는 건 아니잖아. 연극은 연극일 뿐인걸. 음…… 맞는 얘기다. 연극은 연극일 뿐. 그럼에도 이런 고민은 계속되었다. 좀 더 효율적으로, 더 많은 사람들에게 말을 걸고 싶다, 이런 고민.

코미디에 관심을 기울인 것도 그즈음이었다. 심각한 연극을 올리면 아무래도 관객 반응이 덜했다(심각한 연기를 펼치기엔 우리의 연기력에도 문제가 많았고). 반면 코미디는 반응이 즉각적이다. 웃음은 메시지를 무리 없이 전이시키는 힘이 있다. 그래서 우리는, 무거운 주제를 웃음으로 풀어내는 코미디 대본을 주로 쓰고, 그걸로 연극을 올렸다. 얼마나 주제에 공감했는지는 모르지만 어쨌든 관객들은 많이 웃고 돌아갔다. 아쉽지만, 그게 우리가 찾아낸 마지막 타협점이었다.

그러곤 군대에 2년을 다녀왔다. 2년 따위 눈 깜박할 새에 지나갔다. 2년 전과 별로 다를 것이 없으리라 예상되는 일상으로, 학점이 많이 모자란 4학년 1학기로 나는 돌아왔다. 연극반에는 새 후배들이 많이 들어와 있었다. 같이 연극에 미쳐 있던 친구들은 취직을 했거나, 취직을 준비중인 관계로 모두 바빴다. 나도 뭔가를 해야 했다. 곧 졸업이니까. 뭘 해서 먹고 살까. 사실 갈 길은 정해져 있었다. 4년 내내 연극을 하면서 콘텐츠를 만드는 일 외에 관심 있는 건 없다고 생각했다. 그게 제일 재미있고 즐거운 일이었으니까. 그러면서 한편으론, 더 많은 사람들과 접점을 만들고 싶다는 욕망도 생겨났다. 내가 만든 걸 더 많은 사람에게 보여주고 싶다는 욕망. 자, 이제 뭘 할까. 그런 고민과 함께, 21세기가 시작되었다.

어제의 시련은
오늘의 오로라를 위한 전주곡

나도 이제 구경 좀 하자

아침에 일어나니 겨울이 다시 시작된 느낌이다. 비도 조금씩 계속해서 내리고 날씨는 으슬으슬 춥다. 어제 낮의 따뜻했던 공기가 꿈처럼 느껴진다. 숙취로 퉁퉁 부은 얼굴에 후드를 뒤집어쓰고 식당으로 향한다.

이번 호텔의 조식 또한 구성은 이전 호텔과 동일. 즉 맛이 없다. 동양인이 아침으로 토스트를 이틀 연속 욱여넣는 것은 쉬운 일이 아니다. 특히나 오로라도 못 보고 크게 실망한 채 술을 마시다 잠든 동양인에게는. 토스트에 치즈를 얹고 딱딱해서 어디 레인지에 10분은 돌려야 녹을 것만 같은 버터를 꾹꾹 눌러 바르고 따뜻한 된장국을 상상하며 꼭꼭 씹어먹는다. 먹으면서 오늘 갈 호텔에 대해 상상한다.

오늘의 목적지는 헤들라hella라는 곳에 위치한 고급 호텔. 목적지를 생각하니 기분이 좀 나아진다. 사실 이번 여행에서 숙박 예산은 1박에 10만 원 안팎. 레이캬비크의 민박집이나 시골의 호텔들 모두 가능한 한 싼 곳을 골랐다. 다만 오늘 갈 곳만은 예외. 일부러 무리를 해서 비싼 곳으로 예약했다. 1박에 35만 원 정도의 가격. 하루쯤은 이 나라의 가장 고급스런 숙박시설을 체험해보고픈 욕심이 있었던 것이다. 호텔의 위치도 맘에 들었다. 이곳 스카프타페들과 수도 레이캬비크의 딱 중간 지점. 이곳에서 1박을 하며 렌터카 시골투어의 마지막 날 피로를 풀고 다음날 다시 수도로 입성할 예정이다.

그러나 무엇보다 가장 큰 이유는…… 이 호텔 홈페이지에 걸려 있는 숨넘어갈 듯한 오로라 사진 때문이었다! 보통의 오로라 사진은 녹색의 커튼이 기다랗게 이어져 출렁거리는 것이 대부분인데 이 호텔의 오로라 사진은 달랐다. 커튼형이 아닌 일기예보에 나오는 태풍 사진 바로 그 형태의 나선형, 소용돌이 모양! 호텔 지붕 위에 떡하니 녹색 소용돌이를 그리며 떠 있는 오로라는 마치 다른 세계로 이동하는 차원의 문이 열린 것만 같은 포스를 풍겼다. 저 속에서 UFO가 튀어나오거나 아니면 호텔이 저 오로라에 흡수되어 다른 세계로 날아갈지도 모른다, 정도의 상상을 마구마구 하게 되는 사진인 것이다. 『오즈의 마법사』에서 도로시네 집이 허리케인에 끌려갈 때의 모습도 떠오르고. 웹서핑을 하다가 우연히 호텔 홈페이지의 사진을 발견한 순간, 예산이고 뭐고 이곳을 잡아야 한다…… 여기 가면 오로라를 볼 수 있다……라는 확신이 강하게 들었다. 게다가 이 호텔 또한 허허벌판 시골에 위치해 있는 관계로 오로라를 목격할 확률이 꽤나 높을 것으로 짐작된다.

그럼 그렇지. 어제의 시련은 오늘의 오로라를 위한 전주곡 같은 것임이 분명하다. 1박 녹화할 때도 이런 일 많았잖아. 끝까지 실패할 듯 실패할 듯하다가 막판에 성공하는 그런 일들. 오호, 오늘이 결국 그날이군. 시골투어의 마지막 날. 오늘이 지나면 수도로 들어가게 되고 수도의 인공적인 불빛 아래에서 오로라를 보는 것은 거의 불가능하기에 오늘이 거의 마지막 기회일 것. 오늘에야 보겠구나. 녹색의 저 장관을. 밥 먹고 부리나케 짐 싸서 호텔을 나선다.

그러나 역시 문제는 날씨였다. 대체 이런 날씨는 어떻게 설명해야 하는 걸까? 갑자기 이 나라의 일기예보는 어떤 식일까 궁금해지기까지 한다. 날씨를 말씀드리겠습니다. 오늘의 날씨는 비가 오다가 우박으로 바뀐 후 다시 비가 올 듯하며 그러다가 또 눈보라가 치고 돌풍이 불며 돌풍은 곧 태풍으로 변할 예정이오니 웬만하면 나돌아다

니지 말고 집에 계시길 바랍니다. 뭐 이런 식으로 얘기하는 건가? 우리나라도 일기예보가 맞네 틀리네 말들이 많지만 이곳 아이슬란드에서는 일기예보라는 것이 과연 어떤 의미가 있을지 짐작조차 가지 않는다. 어차피 10분에 한 번씩 순식간에 바뀌는 날씨를 어떻게 예상할수 있을까? 이번에 호텔 가는 길이 딱 그랬다. 비가 오다가 또 잦아들다가 우박이 차창을 때리다가 돌풍이 불어 차가 흔들거리고(정말 흔들거림. 굉장히 겁남), 또 눈이 오고…… 두 눈을 부릅뜨고 앞을 응시하며 핸들을 꼭 잡고 천천히 전진하는 수밖에. 게다가 주변에 민가도, 지나가는 차들도 거의 없으니 여기서 뭔가 사고라도 나면 어쩌나 상상하는 순간 오싹해진다. 잔뜩 긴장한 채 운전을 계속하다가 슬쩍 계기판을 보니 기름도 다시 떨어져가고 있다. 이상한 일이지만 이 동네는 기름이 서울보다 훨씬 빨리 없어지는 듯하다. 내가 생각보다 훨씬 넓은 지역을 이동하고 있구나 하는 느낌이었다(나중에 지도를 보니 타원형으로 생긴 아이슬란드의 남부지역을 거의 다 돌아본 셈이었다. 거리로 치면 서울에서 제주도까지 차로 왕복한 정도). 두 시간쯤 지났을까. 마침 시골투어 첫날에 들렀던 비크 근처를 지나다가 주유소 하나를 발견한다. 이젠 물어볼 것도 없이 익숙하게 셀프주유를 하며 여기서 점심이라도먹고 좀 추슬러야겠다고 생각한다.

이제 주유소 햄버거 따위 먹지 않겠다

주유소 안쪽을 슬쩍 보니 여기도 햄버거 가게가 있는 듯. 그러나 오늘은 햄버거 따위 먹고 싶지 않다. 날도 춥고 고생해서 왔으니 뭔가 맛있고 따뜻하고 제대로 된 음식이 먹고 싶어진다. 아침도 부실했는데 말이야. 그리고 이 근처에는 첫날 못 보고 지나친 블랙샌드비치 black sand beach라는 곳이 있다. 말 그대로 모래가 새까만 광활한 해변. 꽤 유명한 관광지란다. 일단 밥을 먹고 여기라도 보고 갈까나. 맛있는 점심을 먹고 관광도 하고 비싼 호텔에 투숙한다. 그야말로 최고의 스케줄인 것이다!

그런데 레스토랑을 어떻게 찾지? 일단 내비게이션에 근처 레스토랑을 찾으라고 입력해본다. 가장 가까운 곳이 2.2킬로미터 근처. 그다음이 30킬로미터. 즉 반경 30킬로 안에 식당이 딱 두 군데인 것이다. 당연히 가까운 식당을 찾아 출발. 이젠 꽤나 배가 고프다. 뭘 파는 곳일까? 뭐든 비싼 걸 시켜야지 생각한다. 오늘은 어차피 호텔도 비싼 곳이니까. 하루쯤은 몰아서 사치를 해도 상관없겠지.

룰루랄라 콧노래를 부르며 내비게이션이 인도하는 곳으로 향한다. 그렇게 5분쯤 달렸을까. 뭔가 분위기가 이상하다. 비크 시내를 벗어나 어느덧 시골길을 달리고 있는 것이다. 식당이 시내 한가운데에 있는 게 아니고 시내 밖에 있다고? 이 나라는 시내에서도 레스토랑 구경하기가 힘든 곳인데? 어떡할까 우물쭈물하는 동안에 차는 이미 인적 없는 비포장도로를 달리고 있다. 왼쪽에는 깎아지른 산에 오른쪽은 낭떠러지다. 식당은커녕 마을이나 민가 비슷한 것도 보이지 않는다. 비는 계속 내리는데. 와이퍼는 삐거덕거리며 빗물을 연신 훔쳐내고 비포장도로 위의 돌멩이들이 튀어오르며 가련한 렌터카를 공격하는 소리가 들린다. 당황스럽다. 돌릴까? 어쩌지. 아까 주유소에서 그냥 먹을걸.

그건 그렇고 분명 2킬로미터만 가면 된다고 했는데. 이미 산속으로 20킬로미터는 들어온 기분이다. 그렇게 계속 전진하다가 이번엔 좌회전. 그리고 점점 좁아지는 길. 아아, 젠장, 이놈의 내비게이션. 대체 나를 어디로 인도하는 거야? 이 멀리 세상의 끝점까지 휴가를 와서 점심 먹을 곳을 찾아 산속을 헤매게 만들다니. 길을 잃었다는 불안감이 내비게이션에 대한 분노로 슬슬 전이될 무렵, 저 멀리 뭔가 보이기 시작한다. 오솔길 끝에 작은 마을이 하나 있다. 그런데 아무리 봐도 관광지는 아니다. 몇 가구 없는 시골마을. 교회 하나에 가정집 대여섯 채 정도. 그리고 그중 한 집 근처에 다가가자 내비게이션에 '목적지 부근 도착'이라는 메시지가 뜬다. 응? 여기라고? 조심스레 주변을 둘러보며 하차했다.

한눈에 봐도 을씨년스러운 가정집의 앞마당이다. 뭐지 여긴? 페인트칠은 벗어지고 울타리 입구 철책은 이미 낡아서 덜렁거리며 떨어지기 직전인 곳. 유리창도 군데군데 금이 가 있고. 그런데 현관에 쓰여 있는(이미 바래서 반쯤은 지워져버린) 글씨는 내비게이션이 가르쳐준 상호와 일치하긴 한다. 가정집이 내비게이션에 나와 있을 리는 없고. 그렇다면 식당이 맞기는 한 건데…… 오래전에 폐업한 식당인 건가. 문을 두드려볼까 잠시 고민하다가 관두기로 한다. 당연히 아무도 없을 거 같기도 하거니와 혹시라도 만에 하나 "영업중입니다. 들어오시죠" 하고 누군가 나타나도 무서울 듯하다. 들어오라는데 안 들어갈 수도 없고. 그렇지만 아무리 배가 고파도 이런 곳에서 밥을 먹고 싶지는 않다고. 우리나라 옛날 첩첩산중 인적 없는 고갯길, 날은 저무는데 길가에 갑자기 주막이 있다더라…… 하는 그런 느낌. (사실은 여우가 사람으로 변신한) 어여쁜 주모는 배고픈 여행객을 유혹하여 맛난 술과 음식을 대접한 후 그 대가로 간을 빼먹는다. 아이슬란드에서는 오크나 트롤이 사람으로 변신하여 뭔가 나쁜 짓을 하는 건가. 여우면 모를까, 왠지 여우는 섹시하기라도 하지. 오크나 트롤에게 잡히고 싶지는 않다. 간 하나로 끝날 일도 아닌 것 같고.

다시 차에 타고 비 오는 비포장도로를 힘겹게 거슬러 눈꼽만한 비크의 다운타운으로 돌아간다. 어쨌든 시내 아닌가. 내비게이션에는 나오지 않지만 분명 식당 비슷한 뭐라도 있겠지. 이젠 슬슬 오기가 생긴다. 시내를 샅샅이 훑는 한이 있더라도 주유소 햄버거 따위 먹지 않겠다. 이렇게나 고생했는데 아무거나 먹고 싶지는 않은 것이다. 도로의 진흙과 빗물에 거지꼴이 된 불쌍한 라세티를 끌고 주린 배를 움켜쥐고 씩씩거리며 시내에 다시 도착한다.

문 닫힌 식당 앞 가난한 성냥팔이 남자

그러나 비 오는 이 시골마을 시내에 식당은커녕 거리에 인기척 하나 느껴지지 않는다. 다들 어딘가의 벙커에 숨어서 민방위훈련이라도 받는 건가? 좁은 시내를 빙빙 돌아보지만 슈퍼마켓 하나와 은행 하나뿐, 식당은 보이지 않는다. 누군가에게 물어보고 싶어도 지나가는 사람이 없으니 이것 참.

결국 은행 앞에 차를 댄다. 은행 안에는 누구라도 있겠지. 들어가 보니 혼자 앉아 있는 북구의 은행원 아주머니. 저기 말이야, 근처에 식당 어디 없나요? 요 앞에 주유소 있잖아, 거기 하나 있어. 그건 알아요. 안다고요, 그놈의 햄버거 가게. 근데 지금 햄버거나 먹자고 이런 고생을 하는 건 아니잖아요? 뭔가 이 아주머니에게 화풀이라도 하고 싶다. 너네 나라엔 왜 식당 하나 제대로 없냐고. 비도 오는데 이게 뭐하는 짓이냐고. 게다가 나는 오로라도 못 봤다고 아직. 아주머니, 내가 얼마나 먼 나라에서 왔는지 알아요? 등등의 문장을 머릿속으로 줄줄줄 외친다.

그러나 사실 이 아주머니는 잘못이 없다. 시골 은행에서 업무를 보던 중 갑자기 방문한 비에 젖은 동양인에게 저주의 말을 들을 이유 따위 없는 것이다. 게다가 내 쪽에서 아무 말이 없자 오히려 이것저것 물어봐주는 아주머니. 여긴 왜 왔어요? 블랙샌드비치 보려고요. 그건 요 앞에서 좌회전해서 마을의 끝까지 쭉 가신 다음에 거기 공터에 차를 세워놓고 걸어가시면 돼요. 차가 모래에 빠지니까 꼭 걸어서 가시구요. 친절하게 설명. 그리고 식당은 말이에요. 비치 가는 길에 작은 호텔이 하나 있거든요? 거기에 레스토랑이 하나 있기는 해요. 근데 문을 열었는지 모르겠네. 거기 아니면 이 동네는 주유소밖에 없어요. 아 네…… 감사의 단어를 찾느라 어물거리는 나에게 "Have a pleasant trip!(즐거운 여행이 됐으면 좋겠네요)" 하고는 싱긋 웃어주는 아주머니. 얼었던 마음이 풀리는 웃음이다. 먼 나라에서 온 여행객을 걱정하는 온기가 느껴진다. 이것 참. 순간 머릿속으로나마 뭐라고 떠들었던 것이 미안하게 느껴진다. 이 나라에는 식당은 없지만 사람들의 따뜻한 마음이 있다.

은행을 나와 가르쳐준 대로 비치를 향해 가다보니 아주머니 말대로 2층짜리 호텔이 하나 있다. 아까도 분명 이 길을 지나왔는데 왜 못봤을까. 벽에는 큼지막하게 'breakfast, lunch, 방 있음' 어쩌구 적혀 있다. 오케이. 여기구나. 차를 세우고 문을 열어보려는데, 웬걸. 꿈쩍도 않는 문. 분명 창 너머에는 레스토랑 테이블들이 보이는데. 휴업이라는 표시도 없는데. 몇 번이고 문을 쾅쾅 두드려봐도 반응이 없다. 뭐야 또. 이젠 지쳤다고. 힘이 빠진다. 진짜 운이 안 따라주는 날인 것이다. 이젠 더이상 물어볼 곳도 찾아갈 곳도 없다. 옷은 아까부터 비에 젖어 몸은 으슬으슬 떨려오는데. 가난한 성냥팔이 소녀같이 안으로 들어가지는 못하고 식당 문 앞에 처량하게 서 있는 나 자신이 서글퍼진다.

그런데 이때. 옆 건물에서 뛰어나오는 또다른 아주머니 한 분. 자그마한 체구에 60대쯤 돼 보이는, 비는 아랑곳 않고 이리로 곧장 달려온다. 하이. 웃으며 인사. 참 희한하다. 웃는 표정만 봐도 기분이 좋아진다. 이 나라의 학교에서 혹시 단체로 배우는 것은 아닐까? 처음 사람을 만날 때는 이렇게 웃으세요 하고. 그런 과목을 좀 배웠더라면 나도 조금은 나은 인간이 될 수 있었을 텐데. 은행 아주머니에 이어 기분 좋아지는 미소 2탄이다.

그러나 그 뒤의 말들은 암울한 내용. 지금은 겨울이라 호텔은 영업을 하지만 식당은 안 해요. 이 마을에 식당이라고는 여기랑 주유소 두 군데뿐이에요. 주유소에 가서 먹는 게 좋을 거 같은데? 또 주유소. 그러나 더이상 화가 나지는 않는다. 꽤나 지치기도 했고, 애초에 아무 준비 없이 시골에서 레스토랑을 찾은 내가 잘못인 것이다. 게다가 말하면서 계속 생글생글 웃는 아주머니. 수도의 사람들은 다소간 표정이 경직되어 있었는데. 확실히 시골은 또 다르다. 네, 고맙습니다. 고개를 숙여 감사인사를 하고 돌아선다. 경험상으로 이젠 포기해야 될 시점이다. 주유소에 가자. 햄버거든 뭐든 먹으면 그만이지. 아이고야. 할 만큼 한 거잖아.

누군가에게는 평생 단 한 번의 경험일 테니

다시 차를 빼서 나오다가 마을의 끝 공터에 다다른다. 분명 여기서 내려서 걸어가면 비치라고 했는데. 이왕 온 거 밥 먹기 전에 구경이나 해볼까. 차를 세우고 내린다. 이놈의 비는 언제쯤 그치려나. 하늘은 구름이 몇 겹으로 둘러싸고 있는지 가늠조차 안 될 정도의 잿빛. 저 앞에 높이 2미터 정도의 둔덕이 보인다. 아마도 저길 넘어가면 바다가 보이는 거겠지. 비를 맞으며 터덜터덜 걸어간다.

블랙샌드비치라는 이름에 걸맞게 벌써부터 모래가 온통 새까만 색. 사실 나라 전체가 화산지형이라 이 나라 땅은 웬만하면 다 까만 색이다. 다만 다른 곳에는 이끼든 뭐든 자라고 있으니깐 까만색이 도드라지지는 않는데 이곳은 해변이니깐. 그야말로 대놓고 온통 까만 것이다. 신기하긴 하다. 이걸로 까만색 모래시계라도 만들어 팔면 좀 팔릴 듯한데. '아이슬란드 방문 기념'이라는 문구를 큼지막하게 박아넣어서 말이지. 그러나 기념품 가게 따위 눈을 씻고 찾아봐도 없다.

'모래시계 사세요~' 하고 좌판을 펼쳐놓거나, '까만 모래 해수 찜질 방 저 앞에 오픈했어요' '관절염에 좋아요' 뭐 이런 식으로 뻥을 섞어 손을 잡아끄는 호객꾼도 없다. 호객꾼은 고사하고 주위를 아무리 둘 러봐도 관광객이 나 혼자뿐인 곳이니까. 아무리 겨울이 비수기라도 이건 너무하잖아. 여름에는 좀 달라지려나? 관광객이야 좀 늘겠지만 그렇다고 좌판이 펼쳐지고 호객꾼이 돌아다니는 들썩들썩한 관광지 특유의 분위기는 없을 듯하다.

아이슬란드는 어딘가 모르게 80평짜리 커다란 아파트에 단둘이 사는 노부부를 떠올리게 한다. 부부는 후회 없는 인생을 살았지만 아 파트에 떠도는 외로운 공기는 어쩔 수 없는 것이다. 솔직히 이 나라 특유의 적막함이랄까, 외로운 분위기가 싫지는 않다. 가는 곳마다 너 무나 고요해서 심신이 정화되는 느낌마저 준다. 그렇다고 여기서 살 고 싶지는 않다. 여행자로서 만족할 뿐. 여행이 끝나면 돌아갈 모국 의 악다구니와 떠들썩함이, 평소엔 그리도 진절머리나던 것들이, 이 상하게도 불쑥불쑥 그리워지는 것이다. 오랜만에 바다 좀 볼까 싶어 큰맘 먹고 밤기차를 탔건만, 새벽 4시에 도착하는 그 기차를 기다려 승객들이 내리자마자 달려드는 정동진의 저 장사하는 아저씨들이 갑 자기 보고 싶어지는 희한한 현상이다. 나라도 여름에 와서 장사를 좀 해볼까 생각하며 낮은 둔덕을 오른다. 모래에 신발이 쑥쑥 파묻히고 그럴 때마다 까만 모래가 한 움큼씩 신발 속으로 들어간다. 둔덕에

다 오르자 드디어 해변의 전경이 눈에 들어온다.

이 나라의 풍광이라는 게 대부분 그렇듯, 비현실적인 풍경. 해운대의 모래와 좌판, 횟집과 펜션, 관광객 한 명까지 모두 걷어내고 대신 까만 모래를 깔아놓은 듯하다. 그리고 그 검은색 해변 너머에, 바다가 있다. 잿빛 하늘과 맞닿은 바다는 그 색깔마저 어둡다. 모래사장에 내려서자 바닷바람이 얼굴을 때린다. 빗방울에도 짠맛이 섞여 있다. 아무도 없는 모래사장에는 발자국 하나 없다. 조심스레 걸어가자 까만색 발자국이 뒤따라온다. 그러곤 서서 한참을 바라본다.

잿빛 하늘과 겹쳐진 잿빛 파도가 새하얀 포말을 새까만 해변 위에 남기고 사라지기를 반복한다. 희한하다. 어디서도 본 적이 없는 바다다. 이마에 굵게 주름이 팬 고집 센 50대 어부를 떠올리게 한다. 바다에도 표정이라는 것이 있는 것이다. 이 바다를 지나 조금 위로 가면 그린란드가 있고 그 위는 북극인 거겠지. 깊이도 온도도 가늠하기 힘든, 사람의 접근을 거부하는 짙은 바다는 끊임없이 파도를 몰고 와 까만 모래사장에 흰색 거품을 뿌린다. 마치 오레오 쿠키에 우유 거품을 흘린 것 같다. 봐도 봐도 질리지 않는 신기한 그림이다.

갑자기 까르끼의 아내가 생각이 난다. '외국인 노동자 특집'에 출연했던 까르끼. 그날 밤, 가족끼리 눈물의 상봉을 하고 다음날 우린 모두 경포해수욕장에 놀러 갔다. 어제까지만 해도 잔뜩 움츠려 있던

까르끼의 젊은 아내는 경포대에서 드디어 본래의 나이에 맞는 웃음을 되찾았다. 처음엔 남편을 만나서 그런가보다 했다. 좋아요, 여기? 물어보니 그녀가 함박웃음을 지으며 의외의 대답을 한다. 네, 사실 처음 봤거든요. 바다라는 걸. 그러곤 아이처럼 파도를 향해 뛰어간다. 네팔의 산골에서 태어난 그녀는 바다를 처음 본 것이다. 누군가에겐 일상의 풍경이 다른 누군가에겐 평생 한 번의 소중한 경험이 되기도 한다.

돈 벌러 멀리 떠난 남편을 그리워하며 네팔의 시골에서 혼자 아이를 기르는 젊은 아내. 남편을 보고 싶다는 일념 하나로 낯선 땅에 날아온 그녀는 몇 년 만에 가족들이 한방에서 자는 감격을 누리고 다음 날 여행을 떠난다. 그리고 태어나 처음으로 바다를 본다. 그녀가 팍팍한 삶의 근심을 잠시나마 잊고 온전히 한 명의 젊은 여인으로 돌아와 바다를 보고 감동할 수 있었던 이유는 그 뒤에 든든히 서 있는 남편의 존재 때문이었으리라. 그 순간만큼은 다른 걱정을 할 필요가 없었을 테니. 가족이 함께 해변을 거니는 모습을 나는 뒤에서 한참을 지켜보았다. 그리고 처음으로 피디가 되길 참 잘했다는 생각을 했다. 이 순간 이 느낌을 언제까지고 잊지 말아야지, 다짐을 했다. 뭐, 가능한 한 그러겠다는 말이지만.

나영석이
나피디가 된 사연

열정의 크기를 증폭시키는 나만의 방법

어릴 때부터 영화 보는 걸 좋아했다. 개인적으로는, '영화는 뭐니 뭐니해도 액션영화'라는 지론을 가지고 있다. DVD를 200여 장 가지고 있는데 그 대부분이 할리우드 액션 장르. 구체적으로는 〈엑스맨〉이나 〈스파이더맨〉이나 〈배트맨〉 등등 초인들이 나오는 영화는 대부분 소유. 〈블레이드 러너〉에서 〈토탈 리콜〉을 거쳐 〈레지던트 이블〉까지 SF와 액션의 결합이라면 가리지 않고 환영한다. 그 외 〈킬빌〉에서 〈씬 시티〉까지 로드리게스나 타란티노의 피 튀기는 B급 무

비들도 빼곡하다. 한마디로 액션이라지만 그냥 액
션은 아니고 '비현실'적인 액션 장르를 좋아하는 것
이다.

　하루종일 녹화를 하고 편집에 시달리다가 새벽에 퇴근해 자리에
누우면 신경이 곤두서 있어 잠이 오질 않는다. 그럴 때마다 거실에
나가 불을 끄고 프로젝터를 켜고 '비현실'적인 액션영화 하나를 플레
이어에 집어넣고 소파에 누워 캔맥주를 마신다. 날아다니는 우주선
이나 총알을 피해다니는 주인공을 보다보면 현실 따위 잠시 잊고 곤
두서 있던 신경이 죽죽 늘어지는 게 느껴진다. 그렇게 두 시간짜리
'비현실'의 주사를 맞고 나서야 비로소 잠에 들고 다음날 다시 현실의
전쟁터에 나설 수 있는 것이다.

　이런 비현실적인 영화들의 장점은, 스토리가 쉽고 간단해서 쓸데
없이 머리 쓸 필요가 없다는 데 있다. '본인의 의지와 상관없이 천재
지변이나 누군가의 음모나 여하튼 어쩔 수 없이' 어떤 안 좋은 상황에
빠진 주인공은 각고의 노력을 거쳐 어려움을 헤쳐나가는데……라는
스토리. 여기서 중요한 게 바로 '본인의 의지와 상관없이'라는 부분.
조용히 살고 싶어도 어찌 된 일인지 악당들은 주인공을 끈질기게 노
리며 공격해온다. (뭐 악당들은 그 나름의 이유들을 가지고 있지만 어쨌든)
주인공은 가만히 있자니 당할 것 같고 어쩔 수 없이 총을 들거나 광선
검을 들거나 박쥐가면을 쓰거나 '타이즈'를 입고 반격을 시도한다. 악

당이 공격만 안 했어도 백만장자로 잘 살거나 특수요원으로 임기를 무사히 마치고 연금을 탈 수 있었을 텐데 안타까운 일이다.

서론이 길어졌지만 어쨌든, 문제는 내가 이런 영화를 너무 어릴 때부터 열광하며 봐왔다는 데 있다. 즉 부작용이 발생한다. 종종 현실의 나를 특수요원으로 착각……까지는 아니지만, 본능적으로 나 자신을 영화 속 주인공이 겪는 '어쩔 수 없는 상황'에 '의도적으로' 몰아넣는 경우가 왕왕 발생한다. 심심한 현실의 상황을 자꾸 간절한 비현실의 세계로 치환해버린다. 예를 들자면.

현실세계

여기에 어떤 학생이 있다. 입신양명을 노리고 연세대학교 행정학과에 입학했다. 학점이 좋아서 대기업에 취직을 해 돈을 벌 수도 있고 아버지가 바라는 대로 공부를 해서 행정고시를 볼 수도 있고 연극반 생활을 열심히 해서 콘텐츠를 만드는 일에도 관심이 있다. 그러다가 어느덧 4학년. 이제 졸업이 코앞이다. 자, 무얼 할까? 돈? 명예? 아니면 좋아하는 일?

이러면 피곤해진다. 선택지가 다양한 건 때론 피곤한 일이다. 끊임없이 대차대조표를 따져보고 결국엔 뭔가 선택을 하겠지만 포기한 옵션에 대한 미련이 끝까지 따라온다(다재다능한 사람의 인생은 꽤나 피곤하지 않을까 가끔 생각한다). 게다가 뭐랄까. 뭔가 극적인 부분이 부족하다. 한마디로 심심하다. 브루스 웨인도 처음엔 그저 정의감이 넘치는 백만장자였을 뿐이다. 백만장자가 악을 소탕하는 방법은 수만 가지가 있다. 치안 시설을 확충하는 데 기부를 해도 되고 민병대를 조직해 악의 무리와 전쟁을 벌일 수도 있고, 아니면 본인이 직접 박쥐가면을 쓰고 나설 수도 있다. 어떤 선택을 할까 고민하던 브루스 웨인은 심심하던 차에 영웅놀이나 해볼까 싶어 배트맨이 되었고, 고담 시는 평화를 되찾았습니다. 디 엔드. 이런 식으로 심심하게 풀 수도 있겠지만 이러면 영화는 재미없어진다.

그래서 영화는 재미를 위해 '어쩔 수 없는 상황'을 하나 슬쩍 끼워 넣는다. 알고 보니 자신의 부모를 살해한 범인이 악의 우두머리 조커였더라…… 하는 식이다. 개인적인 원한이라는 요소가 개입되는 순간, 다른 옵션은 의미를 잃어버린다. 부모가 죽었는데 경찰서에 기부나 하고 나 몰라라 할 수는 없는 것이다. 직접 복수를 하는 방법 외에는 원한을 풀 길이 없음을 알게 된 이 백만장자는 '어쩔 수 없이' 집에서 뚝딱거리며 박쥐가면을 만들고 배트카를 만들고 거리에 뛰어들어 비로소 배트맨이 된다. 그리고 이때부터 영화는 비로소 재미있어지기 시작한다. 게다가 심심해서 된 배트맨과 복수의 화신이 된 배트맨은 그 의지의 밀도 자체가 다르다. "오늘은 좀 피곤해서 말이야. 고담 경찰서에서 전화 오면 나 없다고 해요, 알프레도." 이런 식의 대사는 애초에 성립 불가능. 오히려 이 백만장자는 누가 시키지도 않았는데 밤마다 잠도 안 자고 악당을 찾아 고담 시를 뒤지고 다닌다. 열정의 크기 자체가 다른 것이다.

코너에 몰린 대학졸업반의 헛물켜기

중요한 건 이거다. 열정의 크기. '어쩔 수 없는 어떠한 상황'에 의해 다양한 선택지가 제거되고, 오직 한 가지 길만 남는다면? 답은 쉽고 간단해진다. 즉, 거기에 온 마음을 다 바쳐 올인할 수밖에 없는 것이다. 이 다소 위험천만한 방법을 처음으로 써먹은 것은 고3 때다. 예를 들면 이런 식.

고등학교 때 공부를 해보니 국어나 영어는 재미있는데 수학은 도통 실력이 붙질 않았다. 재미도 없고. 그러면 어중간하게 수학을 공부하느니 아예 접어버린다. 그러곤 고3. 수능에서 수리영역의 비중이 크다는데 어쩌지? 지금부터라도 공부 시작? 그러나 이미 늦었다. 하고 싶어도 기초가 없으니 할 수가 없다. 고민하고 말 것도 없이 나는 이미 선택을 한 것이다. 수학공부라는 옵션은 이미 사라졌다. 대신 국어와 영어에 미친 듯이 올인을 한다. 이거 안 되면 나는 죽는다는 심정으로.

대학에 합격하고 나서도 마찬가지였다. 처음 대학생이 된 나에게는 여러 가지 가능한 미래의 선택지가 있었다. 그러나 나는 의도적으로 나 자신을 어쩔 수 없는 상황에 몰아버린다. 즉 다음과 같다.

영화적 비현실의 세계

연세대학교 행정학과에 입학한 나는 학점을 잘 따서 대기업에 갈 수도 있고 행정고시 공부를 해서 공무원이 될 수도 있다. 그러나 어느날, 우연히 연극반에 들어온 이후 이 즐거운 작업을 평생의 업으로 삼아야겠다는 생각을 한다. 그래서 공부 따위 집어치운다(최종 학점이 2.5 정도였으니 말 다 했다). 고시도 일찌감치 포기한다. 어느덧 4학년, 공부를 하거나 고시를 준비하기엔 이미 늦었다. 연극, 이거 하나 남았다. 여기에 모든 걸 거는 수밖에.

즉, 연극밖에 할 줄 아는 게 없다. 옵션이라고 해봐야 별게 없는 것이다. 그러면? 어떻게든 죽도록 노력해서 이 길로 승부를 봐야만 하는 것이다. 이거 아니면 죽는다는 상황. 대학교 4학년 때의 내가 딱 그랬다. 이 전략의 단점은 이루 열거하기 힘들 정도로 많다. 굳이 본인의 인생을 궁지에 몰아넣을 필요가 어디 있겠는가. 옵션이 많아도 부족한데 한 가지라니, 위험부담이 너무 크다. 반면 장점은 딱 한 가지가 있다. 그런데 그 장점이 실로 매혹적이다. 즉, 죽기살기가 된다.

이 길로 승부를 내는 것 외에는 다른 방법이 없으니 간절할 수밖에. 게다가 위기에 처하는 순간, 알 수 없는 희열과 함께 자신감이 스멀스멀 기어올라온다. 그래서 4학년 때 나의 대차대조표에는 대기업이나 고시 따위는 올라 있지도 않았다. 연극을 통해 쌓아온 것들로 미래를 준비한다. 이거 딱 하나였다.

지금껏 매진해온 연극이란 토양 위에 세울 수 있는 일. 내가 잘할 수 있고 즐거운 일. 처음으로 관심이 간 건 글을 쓰는 일이었다. 연극반 생활을 하면서 연기도 연출도 아닌, 대본 쓰는 일이 적성에 맞다고 생각한 건, 100퍼센트 경험으로 알게 된 사실이었다. 막상 부딪쳐보니 연기는 천부적인 재능이나 천부적인 외모 둘 중 하나는 있어야 가능한 것이었다. 둘 다 있으면 더 좋고. 감사하게도 우리 부모님은 둘 다 물려주질 않으셨고, 그런 부모님의 은혜 덕분에 큰 고민 없이 연기는 깔끔하게 포기. 연출은 리더십이나 전체를 보는 시야가 있어야 하는 건데 그런 것도 내게는 부족했다. 그나마 대본을 쓰는 게 가장 나았다.

그중에서도 관심이 갔던 건 코미디 대본. 그러던 어느 날, 기회가 왔다. 당시 인기를 끌던 〈세 친구〉라는 시트콤을 보고 있는데, 막내 작가를 뽑는다는 공고가 나오는 것이 아닌가. 아싸, 쾌재를 불렀다. 이거야말로 나를 위한 기회라고 생각했다. 응모 방식은 그야말로 간단. 〈세 친구〉의 30분 분량 에피소드 하나를 대본으로 써서 보내기만

하면 끝. 평가를 통해 한 명을 막내작가로 채용한단다. 평가는 무슨. 볼 것도 없이 합격이라고 생각했다. 돌이켜보면 무슨 배짱으로 그때 그렇게 자신감이 넘쳤는지는 모르겠지만, 실제로 그랬다. 무조건 된다고 생각했으니까(아마도 그만큼 간절했기 때문이었으리라. 다른 선택지가 없는, 코너에 몰려 있었으니깐).

바로 대본을 써내려가기 시작했다. 이틀인가 사흘 걸려 에피소드를 완성. 읽어보니 이건 뭐, 세상에 이렇게 웃긴 대본도 없을 것 같았다. 혼자 하숙방에서 데굴데굴 구르며 대본을 읽고 합격을 확신하고 적어두었던 주소로 대본을 보내고 드디어 합격자 발표날. 기다리는데 전화가 안 온다. 뭐지, 착오가 있나. 발표가 늦어지나. 주소를 잘못 썼나. 하루종일 기다리다가 저녁 6시쯤, 더 참지 못하고 결국 내가 전화를 했다. 저기요. 이번에 대본 보낸 사람인데요. 전화가 안 와서 뭔가 착오가 있나 싶어 연락드렸습니다(진짜 이렇게 얘기했다!). 그랬더니 저쪽에서 하는 말. (당연한 거지만) 이미 합격자에겐 통보했고요, 전화 안 갔으면 떨어지신 겁니다.

아…… 전화를 끊고 한동안 움직이질 못했던 것 같다. 창피해서가 아니다. 뭐랄까. 지금까지의 나 자신이 부정당하는 느낌이었다. 와르르 뭔가가 무너지는 소리가 실제로 들리는 것 같았으니까. 내가 대학에 와서 쌓아온 것 중 가장 자신있는 일이라고 생각했는데. 그걸 처음으로 프로들의 세계에 던져본 건데, 결과가 낙방이라니. 그럼 지금까지 헛물을 켰다는 뜻인가. 우물 안 개구리였나. 결국 아마추어일 뿐이었다는 건가. 뭐 이런 자괴감. 글 쓰는 일은 아직 내공이 부족하다는 건가. 그럼 대체 뭘 하지. 난 이미 다른 선택지란 없는, 코너에 몰려 있는 사람인데.

나를 피디의 길로 인도한 건 정재와 민수?

그즈음이었다. 연극반 선배에게 전화가 온 것은. 내용인즉슨, 영화일을 하게 되었는데 같이 해보지 않겠냐는 것. 영화? 영화 좋지. 뭐든 시켜만 준다면야 무조건입니다요 하고는 따라나섰다.

선배를 따라간 곳은 내방역 근처의 어느 작은 사무실. 허름한 4층 건물의 2층, 스무 평 정도의 공간. 으리으리한 사무실을 기대한 건 아니었지만 뭐랄까, 좀 작은데 싶었다. 감독님과 미팅을 했다. 처음 뵙는 분이었다. (혹시나 신종 다단계 사기가 아닐까 싶어) 조용히 인터넷으로 이름을 검색해봤다. 2년 전쯤 추진하다가 제작이 무산된 어떤 영화가 그분의 마지막 기록이었다. 한쪽 구석에선 젊은 남녀 둘이 열심히 대사를 연습하고 있었다. 새로 들어갈 영화의 남녀 주인공이라 했다. 역시나 처음 보는 배우들. 아마도 저예산의 실험적인 작품인가보다 싶었다.

거기서 두 달을 일했다. 로케이션에 따라 촬영 순서를 신scene별로 정리하고 점심을 먹고, 오후에 다시 신 정리를 하고 퇴근. 다음날도, 그다음 날도 똑같은 일이었다. 일단 촬영만 들어가면 바빠질 거라고, 그리고 영화는 무조건 대박일 거라고 감독님은 중얼거리셨다. 그러면서도 늘 전화기를 붙들고, '정재는 요즘 뭐 하니? 민수는?' 등의 정체불명의 통화를 어딘가와 하고 있었다.

그리고 두 달쯤 지난 어느 날, 출근을 했더니 사무실에 아무도 없고 집기가 모두 치워져 있었다. 열심히 리딩중이던 배우들도 감독님도 제작부장님도, 모두 흔적도 없이 사라지고 없었다. 아는 번호 몇 군데에 전화를 해보고 아무도 응답이 없는 걸 확인한 후, 돌아섰다. 끝까지 정재나 민수의 얼굴은 보지 못했다. 내심 기대하고 있었는데. 뭐 어쩔 수 없다. 감독님은 정재나 민수와 인연이 아니었고, 나는 영화와 인연이 아니었던 것뿐.

다시 내방역에서 지하철을 타고 돌아오며 깊은 한숨을 쉬었다. 작가도 영화판도 나와는 안 맞는 거였나. 재능이 없는 건지 인연이 닿지 않는 건지 알 길은 없다. 아마도 둘 다일 테지. 그럼 뭘 하나. 마지막으로 피디 시험이나 봐야지 생각했다. 뭔가 '시험'을 본다는 사실 자체가 맘에 안 들어 미적거리던 결정이긴 했다. 피디가 되기 위해 대체 왜 시사상식이나 글짓기 따위를 공부해야 하는 건지 이해하기가 힘들었다. 그래도 뭐. 이젠 찬밥 더운밥 가릴 처지는 아니니까. 마지막으로 피디 시험 봐서 이것마저 떨어지면 학원에라도 취직을 해야겠다고 마음을 정해놓는다(당시 아르바이트 삼아 학원강사를 하고 있었는데 생각보다 재미도 있고 수입도 괜찮았다).

당장 다음날부터 시험 준비. 일단 인터넷으로 피디 시험 준비 요령을 수집한다. 방송사마다 차이는 있지만 일단 이력서와 자기소개서, 1차는 시사상식, 2차는 논술 및 기획안 작성, 3차는 면접, 뭐 이런 식이었다. 제일 짜증나는 부분은 역시 시사상식. 객관식 사지선다 시사상식 테스트가 모든 방송사의 1차 관문이었다. 문제집 사서 읽고 외우라는 얘기. 운전면허 시험도 아니고 왜 이런 기억력 테스트를 하는 건지 도무지 알 길이 없다. 사실 짚이는 바는 있다. 지원자가 많으니 그 많은 사람 모두에게 논술이나 면접 시험의 기회를 주기에는 예산 문제나 (방송사 입장에선) 귀찮은 부분도 있고 그랬겠지. 일단 기억력 테스트를 통해 대다수의 인원을 걸러내고 나머지 인원에게만 정식 시험의 기회를 주는 그런 꼼수이리라. 아아, 귀찮지만 어쩔 수 없다. 응시자의 입장에서 이래라저래라 불평할 수 있는 일도 아니고. 두꺼운 시사상식 책을 사서 줄을 쳐가며 외우기 시작한다.

그런데 역시나. 능률이 잘 오르지 않는다. 납득이 잘 가지 않는 일을 억지로 하는 건 역시 힘들다. 며칠 머리 싸매고 벼락치기로 공부하다가 이건 아니다 싶은 생각이 든다. 에라 모르겠다. 시사상식은 포기(의도적으로 선택지를 하나하나 지워가기 시작하는 나쁜 버릇이 발동하고 있는 것이다!). 그런데 문제는 거기서 끝이 아니다. 2차 시험의 논술도 골치 아프기는 마찬가지. 기자가 되려는 것도 아닌데 말이야. 예능피디가 되고 싶은 건데 왜 '사물이나 사건을 논리적으로 풀어 해석하고 결과를 도출'해야 하는 건지 알 수가 없다. 오히려 상상력이나 창의성이 더 중요한 것일 텐데 말이야. 게다가 알맹이 없이 사자성어 섞어가며 폼나게 글 쓰는 건 옛날부터 젬병이다. 아, 짜증나. 에라 모르겠다. 논술도 포기.

그럼 남는 건 기획안 시험. 이건 맘에 든다. 주제에 따라 정해진 시간 안에 프로그램 기획안을 하나 써보는 시험. 이건 피디 시험이라 할 만하다. 이리저리 쓸데없는 생각 하는 걸 좋아하는 편이라 준비도 재미있게 할 수 있을 것 같다. 그럼 어떡할까. 다른 건 포기하고 기획안 시험만 준비? 확 올인해봐? 고민 끝에 내린 결론은 '응, 그러자'였다.

결국 합격의 열쇠는 고향집 냉장고?

어차피 잘하는 걸 열심히 하는 게 내 인생의 모토였다. 그래도 안 되면 인연이 아니라 생각하고 포기할 수 있다. 내가 가진 최대한을 보여줬는데 남이 아니라고 하면 뭐 받아들여야지 어쩔 수 없는 거니깐. 게다가 내가 평가자라도, 모든 걸 어중간하게 잘하는 사람보다,

뭐 하나라도 반짝이는 구석이 보이는 사람을 뽑을 것 같다는 계산도 있었다. 기획안만 잘 써도 분명히 승산은 있다는 결론(물론, 엄청 위험한 선택이긴 했지만 뭐, 마땅히 다른 방법이 있는 것도 아니고. 시사상식이나 논술을 뒤늦게 공부하기는 죽을 만큼 싫었으니까).

그래서 그날부터 TV만 봤다. 하루에 하나씩, 프로그램을 찍어 꼼꼼히 모니터를 하고, 그 프로그램의 장단점을 노트에 정리한다. 거기서 떠오르는 아이디어로 새로운 프로그램 기획안을 써보거나 한다. 그러면서 여기저기 원서를 넣어본다. 당시의 신문사나 방송사는 입사시험 단계가 거의 유사했다. 시험 연습도 해볼 겸 방송사뿐 아니라 신문사 시험에도 몽땅 응시한다. 방송 3사와 거의 모든 신문사에 원서를 넣었으니 열몇 군데는 지원했던 것 같다.

결과는 뭐 예상대로. 즉, 쉽지 않았다. 일단 절반 이상은 원서에서 탈락. 아무래도 낮은 학점이 문제였을 것이다. 그리고 시험 기회가 주어진 곳 대부분에서 1차 시사상식 테스트의 벽을 넘지 못했다. 공부를 설렁설렁 했으니 당연한 결과이기도 했고. 그런데 딱 하나. 딱 한 군데 1차 테스트를 통과한 곳이 있었다. 그게 바로 KBS였다. 아이고야. 이게 웬 떡이냐. 찍은 문제가 많이 맞은 건지 운이 좋은 건지 어쨌든 통과했으니 감격했다. 1차 시사상식 테스트가 나에게는 가장 어려운 단계였으니까.

그 뒤로 2차 시험인 논술과 기획안. 논술을 대충 때우고 나니 드디어 기획안 테스트 시간. 한 가지 주제를 내주고 거기에 맞는 프로그램 기획안을 써내는 방식. 시제를 내주고 글짓기를 하는 과거시험과도 같다. 그날의 주제는 '음식'. 아, 다행이다. 수없이 써보았던 기획안 중에 음식을 주제로 한 것도 있었으니까. 아침 교양프로그램용으로 만들어두었던 기획안. 심호흡을 하고 기억을 되짚어 한 자 한 자 써내려간다.

내가 그날 써냈던 기획안의 제목은 '냉장고를 열어라'였다. 요리 전문가가 연예인이나 일반인의 집을 방문, 그 집의 냉장고를 열어 그 안의 재료만으로 요리를 만든다는 내용. 냉장고에 무엇이 들어 있느냐만으로도 훌륭한 토크거리가 될 수 있고, 철 지난 재료로 음식을 만드는 과정을 통해 정보성도 추가할 수 있다는 뭐 그런 기획. 고향 청주의 우리 엄마 냉장고 냉동실에는 종종 설에 넣어둔 고기가 크리스마스 때에 발견되는 충격적인 사태가 일어나곤 했는데, 거기서 떠올린 아이디어였다. 아이고 어머님, 감사합니다요. 이런 식으로 아들의 길을 열어주시는군요. 어머님의 비호 아래 2차 시험도 통과. 어쨌든 지금도 KBS 합격의 이유는 그때의 기획안 덕분이라고 믿고 있다. 실제로 입사 이후, 같은 제목과 내용으로 프로그램이 만들어지기도 했으니까.

마지막 면접을 보고 최종합격 통지를 받고 고향에 전화를 건다. 방송사에 들어가게 되었다고 하니 부모님이 놀라신다. 그도 그럴 것이, 대학생활 내내 아들은 행정고시를 준비하고 있다고 굳게 믿고 계셨으니까. 'KBS도 사실 뭐 공무원 비슷한 거예요'라고 대충 둘러대어 안심시켜드린다. 그러고 보니 우리 부모님은 아들이 뭘 하든 신경 안 쓰는……이라고 말하면 섭섭하실 것 같고, 웬만해선 놔두고 믿어주는 타입이다. 지킬 것만 지키는 한 네가 알아서 하라는 교육관. 아버지로부터는 '항상 겸손해라'라는 말 외에 다른 잔소리는 들어본 기억이 없다. 공부하라는 잔소리도 좀 할 법한데, 그러기는커녕 주말만 되면 산으로 들로 아들을 데리고 돌아다니셨다. 사춘기 때는 그런 여행이 꽤나 귀찮기도 했건만, 덕분에 그런 기억으로 〈1박 2일〉이라는 프로그램까지 만들게 되었으니 세상일이란 참 알 수가 없다. 어쨌든 나의 세기말은 그런 식으로 지나갔다. 나 나름 할 수 있는 일, 하고 싶은 일들은 모두 도전을 해보았고 그 와중에 방송국과 인연의 끈이 닿게 되었다. 방송국이라. 나쁘지 않다. 재미있을 것만 같다. 돈도 벌고 좋아하는 일을 한다. 나쁘지 않다 정도가 아니라, 솔직히 말해서 무척이나 기분이 좋았다. 그리고 2001년 3월. 드디어 첫 출근을 한다.

날씨의 신神
인포메이션센터에 강림하다

오로라 대신 빗소리만 듣는 밤

해변을 나와 호텔로 향한다. 큰맘 먹고 예약한 비싼 호텔. 오로라가 호텔 정문 위에 뜬다는 전설이 있는 호텔. 뭐 결론만 얘기하자면 그날 밤도 오로라를 보지는 못했다. 호텔이 비싸든 어떻든 날씨가 이 모양인 것을.

대신에 오늘 하루종일의 불운을 보상해줄 만한 행운은 한 가지 있었다. 황공하게도 (남루한 차림이 안돼 보였던 것인지 어떤 건지) 스위트룸 업그레이드를 받은 것이다. 1박에 400유로가 넘는 방인데. 이것 참,

남자 혼자 와서 스위트룸이 무슨 필요가 있겠느냐마는 딱히 거부할 이유도 없고 해서 고맙게 묵기로 한다. 게다가 비싼 호텔에서 동양인 대표 자격으로(내 맘대로 그렇게 정했다. 아무리 둘러봐도 동양인은 나뿐이었으니까) 업그레이드까지 받았는데, '먹튀'의 느낌을 주면 안 되겠다 싶어 간만에 옷을 갖춰 입고 레스토랑에 내려간다. 점심도 대충 때웠으니 한 끼 정도야 뭐. 거만한 표정으로 주문을 쭉쭉 날려준다. 셰프의 특선 샐러드를 시키고 서프 앤드 터프Surf & Turf를 양고기로 시키고 와인도 한 병 주문. 과연 식사는 훌륭하다. 고기는 달콤했고, 랍스터에서는 비싼 돈맛이 났고, 접시 위에 뿌려진 드레싱의 각도마저 날이 서 있는 그런 종류의 식사. 그러나 희한하게도 큰 감동이랄까 그런 건 없다. 난 좀 지친 것일까. 아마도 그렇겠지. 내일이면 레이캬비크로 돌아가는데. 그리고 이틀 후면 여행은 끝이 난다. 날씨가 계속 이 모양이라면 오로라를 볼 확률은 제로에 가깝겠지. 도시의 불빛 아래에서는 잘 보이지도 않는다는데.

풀이 죽어 방으로 돌아와 서울의 우리 집 안방보다 넓은 스위트룸의 욕실에서(황동으로 만든 욕조가 떡하니 있었다) 오랜만에 몸을 담그고 발코니에 나가 빗소리를 들으며 담배를 피웠다. 혹시나 해서 하늘을 뚫어져라 바라보았지만 역시나 달빛조차 안 보이는 깜깜한 밤. 아아. 아이슬란드는 멋진 곳이지만 역시 오로라를 못 보니 허무하다. 오로라 대신 밤마다 빗소리만 들은 것이다. 이대로는 안 돼, 역시. 오로라가 힘들다면 남은 이틀간 뭘 해야 기억에 남을까나.

룸서비스로 맥주를 두 병 시키고 다시 가이드북을 꺼내든다. 맥주를 홀짝이며 레이캬비크에서 할 수 있는 투어를 꼼꼼히 체크한다. 음, 이것 봐라. 맞아. 온천이 있었네. 원 데이 트립one day trip. 그 이름도 멋진 '블루라군Blue Lagoon'이라는 이름의 온천. '우윳빛 물 색깔이 황홀한 노천 온천으로 여러분을 안내합니다'라고 쓰여 있다. 왕복 버스비와 입장료 포함 8만 원 정도. 여기라도 다녀올까. 오로라 대신이라고 하긴 뭐하지만.

그나저나 블루라군은 브룩 실즈가 나온 영화 제목이기도 하다. 외딴 섬에 떨어진 어린 남녀가 아담과 이브처럼 사랑에 빠지는 내용. 당시의 미녀 배우 3인방은 역시 피비 케이츠, 소피 마르소, 그리고 브룩 실즈. 나 어릴 적 책받침을 점령하던 추억의 이름들이다. 블루라군에서의 그녀는 눈부시게 아름다웠는데. 어릴 적 이 영화를 보고 사랑하는 여인과 무인도에서 영원히 사는 꿈을 꾸기도 했다. 아무도 없는 곳에서. 단둘이. 영원히. 그러면 더 바랄 것이 없을 텐데. 그러나 영화와 현실은 다르다. 어느덧 나이를 먹어 서른일곱이 된 나는 열대의 무인도가 아니라 비 내리는 아이슬란드의 호텔방에서 혼자 맥주나 마시고 있는 것이다. 아아. 말해 뭣해. 마지막 맥주를 털어넣고 침대에 눕는다. 그리고 열대의 무인도를 꿈꾸며 잠에 든다.

레이캬비크에도 불타는 금요일은 있다

체크아웃을 하고 레이캬비크로 돌아간다. 날씨는 더욱 암울해져 비바람은 어느덧 눈보라로 바뀌어 있다. 눈 맞으며 노천 온천욕을 하는 것도 괜찮지 하며 스스로를 위로한다. 일단 오늘은 렌터카를 반납하고 새로운 민박집에 짐을 풀어야 한다. 그리고 블루라군 투어를 예약하고 내일 투어에 다녀온 후, 모래 아침엔 공항으로 이동하는 스케줄. 서두르자. 돌아갈 날이 가까워오니 시간이 아깝고 마음이 급해진다.

새로운 민박집은 번화가 한가운데에 위치해 있었다. '몬테카를로 카지노 바'라는 정체불명의 가게 앞에 위치. 매니저는 키를 주며 이런저런 주의사항을 일러준다. 그리고 창문 잠그는 시범을 보이며 한마디. 무엇보다 오늘이 금요일이잖아요. 그러니깐 창문을 꼭 닫고 자야 해. 안 그럼 시끄러워서 못 잘 거야. 어쨌든 금요일 밤 이 나라 사람들은 미쳐버리니까 말이야. 그게 무슨 소리냐고 되묻자 웃는 매니저. 이 거리는 미쳐돌아간다구요, 금요일 밤에는. 다들 술 먹고 시끄럽게 소리 지르고 노래하고 돌아다닐 거야. 새벽까지 말이야. 흠. 진짜로? 선뜻 믿기지 않는 얘기다. 이 조용한 거리가 홍대 뒷골목으로 변신한다고? 내가 지금까지 관찰한 바로는 이 나라 사람들은 극히 말수가 적은데다가 예의바른 성격인 것이다.

시험 삼아 매니저에게 물어본다. 그럼 당신도 클럽에 갈 예정이

야? 오늘밤에? 그러자 웃으며 고개를 젓는 매니저. 나는 클럽은 안 가. 보다시피 나이가 들어버렸다고(매니저는 30대 중반 정도로 보인다. 그러곤 늙어서 힘이 없다는 듯이 어깨를 푹 떨구는 제스처). 대신에 어딘가의 바에서 나도 한잔 마시고 있겠지. 어쨌든 금요일 밤이니까. 오호. 이 나라 사람들도 '흥'이라는 것이 있는 거로군. 갑자기 이 나라가 친근하게 느껴진다. 그럼 술 먹고 싸움 같은 것도 하나? 하고 묻자, 싸움은 거의 안 해. 대충 누가 누군지 다들 아는 사람들이니까. '베리 베리 스몰' 커뮤니티라고, 이 동네는. 역시 그렇겠지. 나라 전체 인구가 30만이니까 수도라고 해봐야 20만 조금 넘을 터. 한 다리 건너면 다들 아는 사람인 것이다.

키를 받아들고 2층으로 올라가 짐을 풀고 창을 열어 밖을 내다본다. 지나다니는 사람마저 별로 없는, (우리나라 기준으로 봤을 때) 말뿐인 번화가인데. 이 거리가 아수라장으로 변한다니 아무래도 믿기지가 않는다. 어쨌든 사실이라면 재미있을 것 같은데. 오늘밤에는 술이라도 한잔하러 나가볼까. 어차피 오로라는 물 건너갔으니. 술이나 진탕 마시고 내일은 온천에 가는 것이다. 그렇게 생각하니 갑자기 마음이 편해진다.

시계는 아직 오후 2시. 일단 나가서 블루라군 투어를 예약해볼까나. 거리로 나가 어슬렁거리며 인포메이션센터를 찾는다. 우리나라로 치면 관광안내센터. 거리 곳곳의 안내센터에서는 관광정보를 제

251

공해줄 뿐 아니라 투어를 대신 예약해주기도 한다. 두 블록쯤 걸어가자 안내센터 하나가 눈에 들어온다.

들어가보니 앉아 계신 할아버지 한 분. 이 나라는 어딜 가나 노인들이 일하는 모습을 자주 볼 수 있다. 아마도 적당한 일자리들이 노인분들께 돌아가도록 사회적인 시스템이 정비되어 있는 것이리라. 가볍게 눈인사 후 질문. 저기요. 블루라군 투어 예약하러 왔는데요. 그래요? 저 뒤에 안내책자들 보시고 맘에 드는 걸로 골라오세요. 뒤를 보니 관광 팸플릿들이 가득하다. 두어 개 집어 비교를 해보니 회사가 다를 뿐, 내용이나 가격은 거의 비슷. 대충 하나를 집어들고 가져간다.

이걸로 할게요. 여기 왕복 버스랑 입장료 포함된 걸로요. 네. 호텔은 어디서 묵고 있죠? 호텔 이름을 입력해놓으면 내일 투어회사에서 버스로 픽업을 갈 거예요. 응? 호텔? 민박집인데…… 주소까지는 기억하지 못하는데 큰일이다. 저기요. 호텔 아니고 민박이에요. 저 앞에…… 그 뭐냐…… 몬테카를로 카지노 바 맞은편이요. 그러자 할아버지가 크게 웃는다. 대충 어딘지 알겠어요. 입력해놓지. 그런데 말이야. 거기 절대로 들어가면 안 돼요. 그 카지노 바 말이야. 빈털터리가 돼서 나온다고. 아 예…… 알겠습니다 하고 나도 웃는다. 손자뻘의 관광객이 걱정이 되셨던 듯.

할아버지가 열심히 주소니 뭐니 입력을 하시는 동안 나는 집어온

안내책자를 훌훌 넘겨본다. 블루라군 투어 외에도 각종 투어 상품들이 주욱 설명이 되어 있다. 뭐, 나는 이틀밖에 시간이 없으니 어차피 그림의 떡이지만. 그나저나 종류가 많기도 하다. 빙하체험 여행, 화산트레킹, (내가 이미 다녀온) 가이저 투어, 오프로드 지프투어, 오로라 투어…… 응? 가만, 오로라 투어? 오로라도 투어가 있어? 정신이 번쩍 나서 상품을 읽어본다.

오로라 투어? 이런 게 있었어!!!

자연이 펼쳐내는 신비의 오로라 세계로 여러분을 안내합니다.
매일 밤 9시 출발. 호텔 픽업.
전문 가이드 동행하에 오로라가 나타날 만한(?) 곳으로 이동.
오로라 감상 후, 자정쯤 호텔 복귀. 비용은 4만 원 정도.

오오오…… 거짓말 안 하고 머릿속에서 만화처럼 뭔가가 펑 하고 터지는 소리가 났다. 뭐야 이게! 화도 나고 동시에 웃음도 난다. 이런 게 있는 줄도 모르고 혼자 시골을 그렇게나 돌아다녔다니! 4만 원이면 해결될 문제였단 말인가. 오로라를 찾아 라세티와 함께 방황하던 지난 나흘간의 눈물 없이는 볼 수 없는 여정이 주마등처럼 스쳐간다.

단돈 4만 원이면 끝날 일이었던 것을(기름값만 해도 20만 원은 넘게 썼던 것이다!). 뭐 덕분에 이런저런 구경은 잘 할 수 있었지만. 아름다운 자연에 둘러싸여 오랜만에 혼자 한숨 돌릴 수는 있었지만. 길에서 만난 사람들이 베푸는 친절에 슬쩍슬쩍 감동하기도 하며 가슴 따뜻해지는 추억도 여러 개 간직하게 되었지만. 그래도 역시 오로라를 보지 못한 나의 여정은 끝으로 갈수록 힘이 빠지고 맥이 풀리는 그런 것이었다. 마치 기대를 한가득 품고 거대한 찐빵을 한입 베어물었는데 배가 터지도록 다 먹어가는 중에도 앙꼬가 나오지 않는 그런 기분. 다 포기하고 씹던 빵마저 뱉으려는 찰나 인포메이션의 요정이 나타나 4만 원만 내고 한입만 더 씹어보면 앙꼬가 곧 나올 거야 하고 속삭이는 것이다.

네네. 그런 유혹이라면 언제든지 넘어가드리지요. 달랑 이틀 남겨놓은 나의 여정에 갑자기 파란불이 켜진 것이다. 어, 그런데 가만…… 달랑 이틀. 오늘밤과 내일밤…… 그런데 오늘의 날씨는 여전히 흐린 가운데 빗방울 뚝뚝인 날씨. 이런 날은 (아무리 전문가를 동반한 투어라 할지라도) 오로라를 보는 건 불가능할 텐데. 그럼…… 내일밤을 노려야 하나? 오늘은 술이나 마시고 내일 하루에 모든 걸 걸어볼까? 괜히 오늘부터 나갔다가 허탕치고 돌아오면 그 크레이지하다는 이 나라 금요일 밤의 열기도 경험해보지 못하고 끝나는 건데. 그렇다고 내일 투어를 신청? 그야말로 마지막 밤, 단 하루의 가능성에 모든 걸 걸어봐? 그건 좀 도박이긴 한데…… 음. 어찌해야 하나. 고민이다.

결국 인포메이션 할아버지에게 질문. 할아버지, 이 오로라 투어라는 것 오늘밤 것도 지금 신청 가능해요? 응, 안 늦었어. 지금 신청하면 이따가 저녁때 버스가 픽업 갈 거야. 그렇지만 할아버지…… 오늘 만약에 오로라 못 보면 어떡해요? 그건 걱정 마요. 오늘 운이 없어서 못 보는 경우, 볼 때까지 매일 공짜로 계속 갈 수 있다고. 진짜로요? 오오. 이것 참 대단하다. 그야말로 오로라 책임보장제가 시행중인 것이다. 그런데 잠깐. 대단한 제도이긴 한데, 나는 어차피 모레면 떠나고 없는데? 프리 투어면 뭐하나. 이러나저러나 기회는 오늘과 내일, 이틀뿐인 것이다.

흠. 다시 하늘을 본다. 어둑어둑한 하늘. 맑게 갤 가능성은 여전히 0퍼센트. 서울에서나 아이슬란드에서나 이런 날씨에는 어디 가서 술이나 마셔야 하는데. 어쩌나. 잠시 고민. 에라 모르겠다. 내일 하루에 모든 걸 걸자. 어차피 복불복인데. 모 아니면 도다. 오늘은 어딘가 바에서 술이라도 마시며 사람 구경이나 하는 게 나을 것 같다. 그리고 내일 온천에서 심신을 정화한 다음, 오로라와 마주하는 것이다.

젊은이, 내일은 없네, 오늘이라네

마음을 정하고 할아버지에게 말한다. 내일 것으로 예약해주세요.

왜? 오늘 가는 게 아니고? 아 네, 제가 모레면 여길 떠나거든요. 오늘은 술이나 한잔하고 오로라는 내일 보려구요.

이때였다. 모니터를 들여다보며 키보드 자판을 두드리던 할아버지가 갑자기 고개를 들어 내 얼굴을 쳐다본다. 그리고 바깥을 한 번 보더니 다시 내 얼굴. 잠시 침묵. 그리고 뭔가 결정하신 듯 말을 꺼내는 할아버지. 젊은이, 내일은 오로라를 못 볼 거야. 내일은 비가 올 거거든. 오로라를 보고 싶으면 오늘 투어를 신청해요. 그게 나아. 이건 또 무슨 소리? 비가 오고 있는 건 지금이라구요. 며칠째 쉬지도 않고 계속 내리고 있는걸. 내일 비가 그칠 확률이 더 높을 것 같은데. 이 할아버지 지금 무슨 말씀을 하고 계시는 거지? 바깥을 가리키며 나도 입을 연다. 이런 날씨인데 오로라가 뜬다구요? 오늘? 그러자 단호하게 말씀하시는 할아버지. 응. 내일은 못 봐. 오늘이야, 젊은이. 내가 장담하지.

아아. 이건 대체 무슨 상황인 건가. 어떻게 이렇게 확신에 차서 말을 할 수 있는 거지? 보통 아이슬란드 사람들에게 오로라에 관해 물어보면 '오로라는 자연현상이라 누구도 예측을 못한다……'로 시작하는 게 일반적인 경우였다. 게다가 오늘은 비가 오고 있는데 말이야. 정신 나간 할아버지인 건가? 아니면 무슨 날씨의 신이 잠시 인간으로 변장을 하고 인포메이션센터에 나타나 일종의 신탁을 나에게 내리고 있는 건가? 알 수 없다. 그런데 신기하게도 이 할아버지의 확신에 찬 말투에는 거부하기 힘든 무언가가 담겨 있었다. 내가 이 나라에서 70여 년을 살았다고 이 사람아. 한번 믿어봐. 손해는 안 볼 거야. 뭐 이런 느낌인 것이다.

다시 한번 묻는다. "Tonight? Are you sure?" 웃는 할아버지. 응, 오늘이라니깐. 내일은 없어. 여전히 확신에 찬 말투. 뭐 그렇게까지 확신하신다면야. 이쯤 되면 고민할 것도 없다. 이분이 신은 아니겠지만(신이 굳이 아이슬란드까지 내려와 오로라나 예측해줄 정도로 한가하지는 않겠지. 바쁜 일도 많으실 텐데) 최소한 오래 살아온 만큼의 지혜를 가지고 계신 분이겠지. 특히 이 나라에 관해선 말이다. 마지막 패를 남겨놓고 고민 끝에 다이die를 외치려는 찰나에 결정적인 훈수가 날아온 것이다. 한 장만 더 받아. 최소한 스티플이야. 귀가 번쩍 뜨인다. 오케이. 올인. 오늘 걸로 예약해주세요. 할아버지가 웃는다. 그럼 내일 자 블루라군 투어와 오늘밤 오로라 투어. 맞지? 예약해놓지. 행운을 빌어. 네. 인사를 하고 밖으로 나온다.

가슴이 두근거리기 시작한다. 예상치 못한 오로라의 불씨가 할아버지의 한마디로 되살아난 것이다. 오늘이라고 젊은이. 나만 믿어. 예, 할아버지. 믿습니다요. 흥분된 마음을 가라앉히며 슈퍼에 들른다. 감자와 고추, 양파, 호박, 그리고 소고기 간 것을 좀 산다. 방으로 돌아와 몽땅 냄비에 썰어넣고 휘휘 볶은 후, 물을 좀 넣고 튜브 고추장을 풀어서 끓인다. 고추장찌개와 제육볶음의 중간쯤에 위치한 음

257

식이 만들어진다. 남은 호박은 계란을 묻혀 팬에 부친다. 햇반을 데워서 꼭꼭 씹어먹는다. 그리고 창문을 열고 지나가는 사람들을 구경하며 해가 지기를 기다린다.

엄마, 나…
그냥 고향으로 돌아갈까?

예능피디가 연예인 울렁증이라니

방송국에 처음 들어왔을 때의 느낌은 다음과 같이 표현할 수 있다. 94년도에 대학에 처음 들어갔을 때 느꼈던 감정, 딱 그대로였다. 쉽게 말해 '어라, 내 생각과는 좀 다르네. 이거 큰일인걸' 뭐 이 정도의 느낌.

연극에서 시작해, 방송국까지 흘러온 배경에는 '과정은 재미있고 결과물은 올바른' 그런 작업을 계속하고 싶은 마음이 있었기 때문이다. 그러나 방송국은 '과정은 최대한 효율적이고 결과물은 최대한 시청률이 높게'라는 명제로 움직이는 곳이었다(당시 내가 보기에 그랬다는 것이다). 일단, 연극과는 호흡부터가 다르다. '두세 달을 동고동락하면서 서로를 알아가고 울고 웃으며 작업을 함께 완성해나간다'는 건, 방송국에서는 꿈에나 나올 법한 얘기. 두세 달은커녕 두세 시간 안에 한 시간짜리 방송을 찍어내야 한다. 밀도 자체가 다른 것이다. 그리고 그런 밀도 있는 작업이 가능하기 위해서는 고도로 분업화되고 전문화된 조직과 기능인이 필요하다. 마치 산업혁명을 가능케 한 포드의 공장에 와 있는 기분. 소품팀은 소품만. 코디는 옷만. 조명은 조명만. 연기자는 연기만. 각자 맡은 일을 최대한 효율적으로 수행한다. 모든 게 착착착. 두 시간 후 녹화 종료. 그리고 다들 다음 스케줄로 이동. 그다음 주가 되면 다시 녹화. 정해진 효율성을 채우지 못한 기능인은 사라지고 없다. 재미없는 연기자는 더이상 출연하지 못하고 새로운 얼굴이 카메라 앞에 서 있다. 손이 느린 조명팀 사람도, 불만 많은 코디도 새 얼굴로 바뀐다. 다시 녹화가 착착착. 지난주보다 나아진 시청률. 그럼 그것으로 된 것이다.

그리고 그러한 분업 조직의 정점에 피디가 있다. 시간을 조절하고 인력을 배치하고 스토리를 짜고 동시에 효율성을 끌어올리고 시청률도 끌어올린다. 그러기 위해선 현장을 완벽하게 장악하는 리더십과 처음 보는 연기자를 형이라 부를 수 있는 친화력, 그 형을 다음 녹화 때 자를 수 있는 냉철한 판단력이 필수. 아아…… 어머니, 왜 저한테 아무것도 주지 않으셨나요. 냉장고에 고기만 채워넣지 마시고 웅변학원에라도 보내주시지 그러셨어요. 못난 아들은 리더십은커녕 처음 보는 사람과 대화도 잘 못하는 안면홍조증이 있는 사람인 것이다. 그나마 스태프들은 나았다. 매주 녹화를 진행하면서 얼굴을 익히고 친분을 쌓을 수도 있으니까. 문제는 연예인들. 연예인만 만나면 얼어붙어서 말이 잘 안 나오는 것이다!(예능피디가 연예인을 무서워하다니 이거야말로 재앙이다) 새로 출연하는 연기자들에게 그날의 녹화 내용이라도 알려주려 가면 고개도 제대로 못 들고 말을 웅얼거리다가 돌아서곤 했다. 얼굴이 벌게져가지곤. 결국은 이 연예인 울렁증 때문에 크게 사고를 친 일도 있었다(사고 수준을 뛰어넘어 회사 관둘 뻔했다).

입사하고 반년쯤 지났을 때, 청룡영화상 시상식에 차출되어 지원을 나간 적이 있다. 방송은 생방송. 나에게 주어진 임무는 딱 하나. 바로 MC 스탠바이. 1부와 2부 사이에 광고가 나가고 축하공연을 하는 동안 MC들은 분장실에서 옷을 갈아입고 휴식을 취하는데, 축하공연이 끝나기 전까지 MC들을 다시 불러서 무대의 MC석에 세우는, 그야말로 초간단 임무였다(그래야 네~ 축하공연 잘 봤습니다. 2부의 화려한 막이 올랐네요 어쩌구 하면서 2부를 시작할 수 있으니까). 당시의 MC는 이병헌과 김혜수. 어차피 MC 옆에는 다른 스태프들도 있어서, 당연히 스탠바이 시간에 늦지 않게 준비하고 나오겠지만 그래도 혹시 몰라 이중으로 준비한 안전장치가 바로 나였다. 적당한 시간에 맞춰 분

261

장실 문을 두드리고 '생방송 곧 들어갑니다' 이 한마디면 끝나는 일.

드디어 1부가 끝이 나고 MC들은 옷을 갈아입으러 분장실로 이동. 나는 무대 앞에 서서 그들을 기다린다. 어느덧 광고가 끝나고 축하공연 시작. 축하공연은 노래 세 곡. 이제 슬슬 MC들이 나와야 하는데 그들의 모습이 보이질 않는다. 옷 갈아입는 게 늦어지나? 곧 나오겠지 뭐. 첫번째 가수의 공연이 끝나간다. MC들은 아직 모습을 드러내지 않는다. 이거 어쩌지. 이제 나와야 하는데. 내가 가볼까? 아냐…… 옆에 다른 스태프들도 있는데 뭐. 알아서 하겠지. 속으로 이렇게 생각하면서 가슴을 졸인다.

그렇다. 내가 미적거린 이유는 사실 다른 게 아니었다. 이병헌과 김혜수를 쳐다본다는 상상만 해도 가슴이 울렁거렸던 것이다! 그러는 사이에 두번째 가수의 무대도 끝. 이젠 진짜 나와야 되는데. 지금이라도 얼른 가볼까. 가서 뭐라고 하지. 잘 모르는 사람들인데. 분장실 문 두드려도 되나. 실례가 아닐까. 문을 열고 먼저 가볍게 인사를 해야되나. 만나서 반갑다고 해야 하나. 내가 피디인 걸 모르면 어쩌지. 그냥 얼른 알아서 나와주지 좀…… 이러는 사이에 마지막 노래도 반쯤  지나고 간주 부분. 노래 끝나기까지 딱 30초 남은 상황이 되었다.

저 멀리서 누군가 뛰어온다. 담당 작가다. 얼굴이 하얗게 질려 소리를 지른다. MC들 어디 있어요? 왜 안 나와, 30초 남았는데! 고함 소리를 듣자 정신이 퍼뜩 든다. 낮가림이고 뭐고 신경쓸 때가 아니다. 생방송인 것이다! 그제야 작가와 같이 분장실로 뛰어간다. 분장실은 또 왜 이리 먼 건지. 작가가 앞장서 분장실 문을 벌컥 연다. 10초 남았어요. 뛰어야 돼요! 얼른! 대본을 보고 있던 MC들이 놀라서 뛰쳐나온다. 그리고 이병헌부터 뛰기 시작한다. 맨 앞에 작가. 그 뒤에 이병헌. 그 뒤에 김혜수. 그리고 맨 뒤에 나. 넷이서 일렬로 전력질주.

저 앞에 무대가 보인다. 이미 노래를 마친 가수들이 퇴장하고 있다. 그리고 이때쯤 이어폰으로는 부조정실 메인피디의 고함 소리가 들려온다. 노래 다 끝났는데 MC 어딨어! 왜 아직 안 나와 있어! 아이고 부장님. 지금 뛰고 있어요. 죄송해요. 허겁지겁 달려나가 무대에 도착. 그러나 이미 공연 끝나고 약 7초가 지난 뒤였다. 당시 생방송의 방송 화면을 보면 이런 식이다. 공연이 끝나고 박수. 다음은 카메라가 MC석을 비추고 MC 멘트 시작……이었으나 MC석엔 아무도 없음. 정적. 1초, 2초, 3초…… 약 7초 후 이병헌 MC석으로 달려들어옴. 헐떡거리며 멘트 시작. "헉헉…… 2부의 화려한 막이…… 헉헉…… 올랐습니다. 김혜수씨 어떻게 보셨나요?" 그리고 3초가 더 지난 후, 김혜수 도착. "헉헉…… 네. 정말 화려한 무대였죠. 헉헉……" 그렇게 2부 시작.

아…… 대재앙이다. 최악의 방송사고. 이어폰으로는 부장님의 차마 지면으로 옮기지 못하는, 갖은 정제되지 않은 단어들이 들려온다. 야, 이…… 어쩌구저쩌구. 다들 확…… 어쩌구저쩌구. 그리고 난 무대 뒤에서 조용히 고개를 숙인다. 다 끝났다. 결국 사고를 치고 마는구나…… 당시 나는 입사 1년이 채 지나지 않아 아직 수습기간이었다. 그리고 회사 규칙상, 수습사원은 1년 후 평가를 거쳐 정사원으로 임용이 된다. 이 말인즉슨, 오늘의 실수로 회사를 관두게 될 처지가 될 수도 있다는 뜻. 하늘이 노래진다. 징계라도 받으면 정사원 임용은 물 건너간 건데. 그래도 어쩌랴. 이미 엎질러진 물인걸.

그렇게 생방송이 끝나고 그날 차출된 피디들끼리 뒤풀이 장소에 모인다. 메인피디인 부장님의 모습이 보이지 않는다. 얼굴을 뵙고 죄송하다고 말씀이라도 드려야 될 텐데. 한 선배가 전화를 걸어보더니 부장님의 말씀을 전한다. 오늘은 아무도 보고 싶지 않다. 이 말씀만 남기고 뚝 끊으시던걸. 아아, 끝장이구나. 나라도 보기 싫었을 것이다. 울상이 되어 집으로 돌아간다.

다음날은 당시 맡고 있던 프로그램의 촬영 때문에 지방에 출장 갈 일이 있었다. 출장지는 대전. 촬영은 오후에 끝이 났지만 서울로 돌아갈 엄두가 나지 않았다. 대전 시내를 하염없이 혼자 걷다가 에라 모르겠다 싶은 생각이 든다. 그냥 고향으로 돌아갈까. 청주가 바로 옆 동네. 버스만 타면 집에 간다. 갑자기 엄마 얼굴이 떠오른다. 엄마가 왜 왔냐고 물으면 어쩌지. 엄마, 사실 나 짤리게 생겼어. 농사나 지어요, 우리. 아이고, 아들아. 무슨 일이 있었던 거니. 갑자기 농사라니. 응, 사실…… 어제 청룡영화제 MC 사라진 거, 내가 그랬어. 응…… 당장 짐 싸서 내려와라, 아들아. 감자농사부터 시작하자. 바로 투입이다. 이런 대화가 오고가려나. 많이 놀라실 텐데. 갑자기 농사가 가당키나 한가. 각종 비운의 주인공들이 하는 상상을 혼자 몰아서 하고 있을 찰나, 핸드폰에 문자가 찍힌다. 부장님의 문자. 보는 순간 울컥한다. 지금도 잊지 못하는 그 짧고 간결한 문장.

'모든 걸 용서한다. 서울로 올라와라.'

서울로 올라간다. 부장님께 진심으로 죄송하다고 말씀을 드린다. 그러나 죄송하다고 끝내고 툭툭 털 일은 아니었다. 나도 양심이라는 것이 있는 것이다.

이번 한 번은 어떻게 구제를 받았지만 사실 내가 저지른 실수는 꽤나 큰 것이었다. 덕분에 회사는 이미지가 손상되고 관련된 선배들은 문책을 받았다. 그 책임은 나에게 있다. 그리고 덕분에 많은 걸 깨달게 된다.

사실은 연예인 공포증이 있다구요…… 어쩌구 하는 핑계 따위 프로의 세계에서는 통하지 않는다는 것. 프로는 결과로 얘기해야 하는 것이고, 그 결과에 책임을 져야 한다는 것. 과정은 재미있고 결과물은 올바른 일? 웃기는 소리다. 그런 소리는 MC 스탠바이 잘 시키고 해도 늦지 않다. 여긴 동아리가 아니다. 좋아하는 일을 뚝딱뚝딱 벌이고 결과에 관계없이 서로를 치하해주고…… 이런 건 클럽활동에서나 가능한 일이다. 좋아하느냐 싫어하느냐는 고려 대상이 아니다. 임무를 완수해내는 것이 목적이지 임무에 대한 개인적인 호불호는 관심 대상이 아니다. 한마디로 표현해서, 돈을 받고 하는 일인 것이다. 그렇다면 값을 해야 한다.

내가 꿈꾸는 것들, 날 매료하는 것들, 단지 좋아서 하는 일들, 이런 것들은 잠시 서랍 속에 넣어둔다. 우선은 한 사람 몫의 피디가 되는 것이 중요하다. 최소한 돈값은 하는 제대로 된 기능인이 되자. 꿈이나 이상 같은 건 그다음에 생각하자. 그렇게 다짐한다.

오로라
이번 여행 최고의 복불복

아무도 없는 어둠으로 떠나다

저녁 8시 30분. 드디어 버스가 픽업을 오기로 한 시간이다. 오리털 파카로 완전무장을 하고 장갑을 챙기고 카메라를 꺼내든다. 그리고 밖으로 나선다.

밖으로 나서자 놀랍게도 비가 그쳐 있다. 이거 정말 날이 개는 거 아냐? 기대 게이지가 점점 상승중. 진짜로 오늘 오로라를 보게 되면 그 할아버지에게 남은 소주라도 몇 팩 드리고 와야지 생각한다. 절대로 들어가면 안 된다는 그 '몬테 카를로 카지노 바' 앞에 서 있자 미니

버스 한 대가 나타난다. 이름을 체크하더니 버스에 태운다. 그러곤 대여섯 군데 호텔을 더 돌며 사람들을 태우곤 어딘가의 주차장에 우리를 한꺼번에 내려준다. 이미 우리처럼 어딘가에서 실려온 사람들이 버글버글하다. 주욱 서 있는 대형버스들. 오로라 투어라고 쓰여 있는 버스 하나를 골라 탑승. 빈자리가 거의 없을 정도로 사람들이 많다. 흐음. 다들 손쉽게 오로라를 보러 오는 듯. 나처럼 이리저리 시골을 떠돌다 온 사람은 아마도 없을 듯하다.

가이드가 탑승한다. 뭔가에 화가 나 있는 사람처럼 험상궂은 표정. 수금에 실패한 후배 조직원을 막 야단치고 돌아선 조직의 중간 보스 같은 인상이다. 그리고 드디어 출발하는 버스. 가이드가 마이크를 들고 자기소개를 한다. 험상궂은 표정과 딱 떨어지는 건조한 말투. 오로라 현상에 관한 일반적인 설명이 이어진다. 자연현상이므로 오늘 반드시 볼 수 있다고는 확신하지 못한다는 말도 빠지지 않는다.

그리고 이어지는 말. 오로라는 도시에서는 관찰하기가 어렵습니다. 가로등도 많고 여하튼 밝으니까요. 따라서 지금부터 우리는 오로라를 보기 위해 아무도 없는 곳으로 떠날 예정입니다. (운전사를 가리키며 음산한 목소리로) 이 사람은 여러분을 깊은 어둠 속으로 데려갈 거예요. 마치 뉴욕의 '택시 드라이버'처럼요. 택시 대신 버스를 몰고 말이에요. 이때 여기저기서 터지는 웃음. 절 죽이려는 건가요? 하고 소리치는 사람마저 있다. 뭐야, 이 양반들. 왜 웃는 거지? 한참 생각하

고야 알았다. 영화 〈택시 드라이버〉에 빗댄 서양식 유머인 것이다. 로버트 드니로가 택시를 타고 뉴욕의 어두운 뒷골목에서 인간 쓰레기들을 처단하듯 자기는 버스를 몰고 그러겠다는 얘기. 아이슬란드식 블랙유머인 듯. 그건 그렇고 험상궂은 얼굴로 유머라니. 뜬금없잖아. 웃을 준비라도 시켜놓고 말을 꺼내던가. 그런데 가는 내내 계속 이런 식의 유머. 많은 이들이 물어봅니다. 이 나라에는 스타벅스가 없냐고요(이 나라엔 스타벅스가 진출해 있지 않다. 아마도 인구가 적어서인 듯). 네, 없습니다. 그렇지만…… 오른쪽 창문 너머를 보세요. (때맞춰 나타나는 KFC 광고판) 우리에겐 대신 이게 있습니다. (사람들 웃음, 그리고 이어 보이는 도미노피자 광고판) 게다가 도미노피자도 있다구요. (다시 터져나오는 웃음) 험상궂은 얼굴로 잘도 우스갯소리를 지껄인다. 그러면서 버스는 어느덧 도시를 빠져나와 산길로 들어선다. 그리고 본격적인 가이드 시작.

오로라는 자연현상입니다. 못 볼 수도 있어요. 그렇지만 오늘은 날씨가 좋습니다. 과연 산으로 오니 날이 좋아진 듯. 차창 밖으로 별들이 하나둘 나타나기 시작한다. 희한하게도 인포메이션센터 할아버지의 예언처럼 밤이 될수록 날은 좋아지고 있다. 계속되는 산길. 어느덧 주변은 가로등조차 없는 암흑. 가이드의 설명. 이곳은 레이캬비크 북쪽의 고원지대입니다. 우리는 현재 깊은 산속으로 들어가고 있습니다. 이런 고지대에는 아무도 거주하지 않습니다. 사람은 살지 못

하는 곳입니다. 과연, 아무리 달려도 사방은 눈밭. 밤의 짙은 어둠 속에서도 눈의 흰빛은 사그라지지 않는다. 민가는 고사하고 나무 한 그루 자라지 않는 듯. 검은 하늘과 거대한 눈의 평원 사이를 버스는 질주하고 있는 것이다.

그렇게 30여 분쯤 산길을 달렸을까. 속도를 줄이더니 산 정상 부근의 주차장에 차를 세운다. 자, 여기서 내리세요. 여기서 오로라를 기다려보도록 하겠습니다. 가이드의 지시에 따라 다들 줄줄이 하차. 내려보니 이런 버스 일곱 대가 더 서 있다. 허허벌판 한가운데 달랑 화장실만 하나 설치되어 있는 간이 주차장. 이런 곳에 주차장이 있을 이유는 없다. 아마도 오로라가 잘 관측되는 곳에 투어회사 측에서 지어놓은 것이리라. 버스들은 헤드라이트며 실내등을 모두 꺼놓은 상태. 인공의 불빛은 하나도 없다. 먼저 온 사람들은 이미 삼삼오오 모여서 하늘을 뚫어져라 바라보고 있다. 나도 고개를 들어 하늘을 바라본다. 오로라는 아직 거기에 없었다. 대신 거기에는 어디서도 본 적 없는 별빛이 있었다.

나타나라, 나타나라, 나타나라

처음이었다. 그런 별들을 본 것은. 난 별에 대해서라면 일가견이

271

있다. 청주의 2층 주택에서 살 때, 종종 옥상에 올라가 평상에 누워 별들을 보곤 했다. 별자리나 신화에 관계된 지식은 거의 없다. 단순히 별을 보고 있는 것이 좋았을 뿐.

사람들은 별들이 쏟아져내린다는 표현을 가끔 하는데 내 생각에 그 표현은 틀렸다. 별들은 거기에 그냥 있다. 사람이 그 사이로 빠져드는 것이다. 별들이 촘촘히 떠 있는 날씨 좋은 저녁, 누워서 별들을 바라보고 있으면 나의 몸이 부웅 하고 떠올라 마치 낭떠러지에서 떨어지듯 그 별의 바다 속으로 끝없이 추락하는 느낌이 나는 것이다. 캄캄한 밤의 바다에 점점이 떠 있는 별들 사이를 유영한다. 그것은 공포스럽기도 하고 한편으론 황홀한 경험이었다.

그러나 이곳 아이슬란드의 하늘에 떠 있는 별은 청주에서의 그것과 너무도 달랐다. 이 나라에서 별은 더이상 신화나 환상의 언저리에 위치해 있지 않다. 그도 그럴 것이 별들이 바로 코앞에 있는 것이다! 뻥을 조금 보태면 크리스마스트리의 전구만하게 보인다. 내 이마 위에 북극성이 주먹만하게 빛나고 있다. 고향의 별이 2억만 년 거리쯤으로 보인다면 여기의 별은 한 500미터쯤 위에 떠 있는 느낌이다. 북두칠성의 국자 모양이 너무도 커서 한눈에 알아보기조차 어려웠다면 믿길까. 그리고 그런 별이 하늘에 빼곡하게 박혀 있다. 달도 뜨지 않는 밤이건만 별빛이 눈밭에 반사되어 사방이 다 훤하게 보일 정도다. 아마도 위도가 높아 그런 것 같았다. 내가 진짜로 북극 근처에 와 있구나 하는 걸 별을 보고서야 납득하게 되었다. 신비하고 놀라운 경험이다. 4만 원이 아깝지 않은걸, 하고 속으로 생각한다(그러고 보니 아이슬란드에 와서 별을 본 건 그날이 처음이었다).

한참 별을 바라보다보니 목이 다 아파온다. 산 위의 공기는 차다. 장갑을 끼지 않으면 1분 안에 손이 곱아서 감각이 없어질 지경이다. 별도 볼 만큼 봤고 이제 오로라만 나타나면 되는데. 별이 이렇듯 또렷하게 보이는 걸 보면 기상은 문제없다는 얘기. 그분이 강림하시기만 하면 되는 것이다. 곱은 손을 비비며 주위를 둘러본다. 같이 온 사람들 모두 그야말로 목 빠지게 하늘을 보고 있다. 커다란 DSLR카메라를 가져와 삼각대를 세우고 대기중인 사람들도 여러 명. 다들 같은 생각인 것이다. 나타나라. 나타나라. 각 나라 말로 외우는 주문이 귓가에 들리는 느낌. 오늘의 복불복에 기대는 사람이 여기 수십 명이 있다. 아이슬란드의 이름 모를 고원지대 주차장에 각국에서 온 동지들이 모인 것이다. 그리고 그들은 모두 똑같은 포즈로 하늘을 뚫어져라 쳐다보고 있다.

나는 그저 한 사람 몫의
피디가 되고 싶었다

저 인간 꽤 쓸 만하네, 라는 소리

최근에 읽은 『바텐더』라는 만화 속 구절. '열심히 한다
고 누구나 성공하는 건 아니다. 운과 재능이라는 두 가지
요소가 반드시 따라줘야 한다. 그러나 최소한 성공한 사
람들 중에서, 열심히 하지 않은 사람은 없다.'

요즘은 만화가들이 다들 잠언가이자 경영컨설턴트인 듯하다. 어
쩜 이리 대사들을 잘 쓰시는지. 어쨌든 잠시 만화 이야기를 하자면,
언급한 만화 속의 주인공 바텐더는 단순한 칵테일 제조 기술자에 머

무르려 하지 않는다. 그는 손님들의 성향을 일일이 기억하고 그에 맞는 (게다가 맛까지 황홀한) 칵테일을 만들어내며, 혼자 온 손님이 지루해하지 않을 정도로 말을 걸 줄도 알고, 귀찮아하지 않을 정도로 말을 아낄 줄도 안다. 그저 술 한 잔이 아니라, '영혼을 치유하는 한 잔'을 만들기 위해 부단히 노력한다. 그러한 노력을 통해 그는 '바'의 의미를 단순히 '술을 파는 공간'이 아닌, '지친 영혼들이 잠시 쉬었다 갈 수 있는 곳'으로 확장한다.

내 생각에 직업인과 장인의 경계는 여기서 갈린다. 직업인은 그 직업이 요구하는 기술을 완벽히 습득하는 것에 그치지만, 장인은 습득한 그 기술로 무엇을 할 수 있는가를 고민한다. 기술이라는 노를 평생 저어 과연 어디에 닿을 수 있는가를 고민한다. 그리고 그러한 고민이 시작되는 순간, 하나의 직업은 그 자체로 하나의 우주가 된다. 평생의 노력으로 부족한 점을 끊임없이 채워넣어야 하는 그런 종류의 우주. 어릴 적, 미래의 꿈을 적어내라는 숙제에 가끔 '우주 정복'이라고 써오는 아이들이 있는데, 어쩌면 모든 제대로 된 성인의 목표는 '우주 정복'이 되어야 할지도 모를 일이다.

여하튼 그럼에도 우주고 뭐고 다 떠나서, 그래도 역시 바텐더의 기본은 '맛있는 칵테일을 만드는 것'이다. 모든 건 거기에서 시작된다. 모든 직업에는 기초라는 게 있는 것이다. 그리고 그걸 습득하기 위해서는, 열심히 노력하는 수밖에 다른 방법은 없다, 라고 주인공은 말하고 있다.

10년 전 MC 실종사건 이후로 바뀐 나의 모토도 '무조건 열심히'였다. 다만 그때의 나는 성공까지는 바라지도 않았다. 그저 한 사람 몫의 피디가 되는 것. 더이상 누구에게도 민폐 끼치지 않는 것. 그게 나의 목표였다. 닥치고 열심히. 불평할 시간에 열심히. 남들보다 더 열심히. 연예인 울렁증이야 뭐 고질병이다 치고, 다른 일이라도 열심히 해서 '그래도 저 인간 쓸 만하네' 소리를 듣는 게 당시의 목표였다. 열심히 하다보면 친한 연예인 사단을 거느린 유명한 피디는 못 돼도, 자기 몫은 하는 사람이 되지 않을까 생각한 것이다.

그래서 그때는 주말이나 휴일도 반납하고 회사에 출근하곤 했다. 아무도 없는 텅 빈 편집실, 편집기 앞에 앉아 철 지난 뮤직비디오나 방송 끝난 촬영 테이프를 집어넣고 이리저리 오리고 붙여가며 편집 연습을 한다. 내가 맡은 프로그램이 방송할 시간이 되면 만화방으로 달려가 모니터를 한다. 그리고 만화방 동지들이 언제 보던 만화를 내려놓고 고개를 들고 웃어줄까 가슴 졸이며 기다리곤 했다. 촬영현장에서의 연예인 울렁증은 쉽게 사라지지 않았다. 대신 카메라 뒤에서 누구보다 열심히 뛰어다니고 소품을 챙기고 쓸고 닦았다.

그리고 선배들의 모습을 등뒤에서 유심히 지켜보며 따라 배운다. 나는 이해도가 빠른 편은 아니다. 테크닉 하나를 습득하고 숙련과정을 거치고 내 것으로 만들기까지 남들보다 오랜 시간이 걸린다. 그래도 한 가지 자부하는 장점은 있는데, 바로 '누구에게든 편견 없이 배울 건 배운다'는 점. 물론 살다보면 좋은 사람도 있고 나쁜 사람도 있다. 맘에 드는 사람도, 안 드는 사람도 있다. 그런데 경험으로 미루어보자면, 그들 모두에게 배울 것 한 가지는 반드시 있다. 당시 조연출들이 싫어하던 선배가 한 명 있었는데, 윗사람에게는 아부하고 후배는 무시하고 스태프를 노예처럼 부리고 욕심은 또 많아서 자기 아니면 안 된다는 식으로 일을 끌어안고 다니는 사람이었다. 조연출들 술자리만 가면 그 선배 욕이 한창이었고, 나 또한 두세 시간은 쉬지도 않고 욕에 동참할 정도로 적의를 불태우고 있었지만, 그래도 그 선배 며칠씩 밤새우며 일하는 것은 배울 만하다고 속으로 생각하곤 했다.

누구에게든 뭐 하나 빛나는 부분은 있다. 인간에 가려 그 빛을 무시해버리면 배울 기회를 한 번 놓치는 것과도 같다. 필요하다면 선배뿐 아니라, 후배든 작가든 FD에게든 물어보고 배우고 그것을 창피해하지 않는다. 스스로도 자랑스럽게 생각하는 부분이다. 〈1박 2일〉을 하면서도 나의 조연출들은 나에게 많은 영감을 줬다. 그래도 메인피디인데……라고 생각하며 고집을 부리거나 하지는 않는다. 배울 게 있으면 열심히 배우고 내가 부족한 부분이 있으면 인정하면 그만이다. '만인은 만인의 스승이다'라는 말이 있는데, 참으로 맞는 말이라고 생각한다. 〈1박 2일〉의 메인작가였던 이우정 작가와는 10년 넘게 같이 일을 하고 있지만, 아직도 그녀에게서 많이 배우고 영감을 얻는다. 주위를 둘러보면 온통 스승인 것이다.

이런 게 프로페셔널이 되어가는 걸까?

그리고 드디어 입사 2년차. 이런저런 프로그램을 옮겨다니다가 처음으로 고정 조연출을 맡은 것이 바로 〈산장미팅 장미의 전쟁〉. 이성진, 이지훈, 김빈우, 임성언, 최하나. 추억의 이름들이다.

이명한 피디와 이우정 작가를 처음 만난 것도 이 프로그램에서였다. 우리는 모두 젊었고 열정이 차고 넘칠 만큼 있었다. 밤새워 프로그램 회의를 해도 피곤한 줄 모르던 시절. 장미꽃을 캐비닛에 이렇게 넣을까 저렇게 넣을까 하는 아무것도 아닌 문제를 가지고도 두어 시간씩 피 튀기며 논쟁을 벌이곤 했다. 재미를 주기 위해 기획된 오락 프로그램이었음에도 선택을 받거나 받지 못하거나 연인에게 고백을 하거나 떠날 때, 그들이 간혹 흘리는 눈물을 보며 리얼리티라는 것의 힘을 어렴풋이 배우기도 했다. 그리고 무엇보다, 이명한 피디에게 예능피디란 어떠해야 하는가를 배웠다. 피디는 리더이고 대장이고 최종 결정권자이지만, 그 모든 것에 우선해서 크리에이터여야 한다는 걸 배웠다. 뭔가를 창작해내는 사람, 새로운 걸 보여주는 사람. 그러나 그게 말처럼 쉽지는 않았다.

다음으로 맡은 프로그램은 〈여걸 파이브〉. 이때가 5년차였다. 경실이 누나, 혜련이 누나, 선희 누나, 옥주현, 강수정, 그리고 석진이 형. 간신히 연예인 울렁증이 절반 정도 치료되어 누나나 형이라는 호칭이 조금씩 자연스러워지던 시절. 고정 멤버로 이루어진 프로그램을 진행하면서 캐릭터의 힘이 무엇인지 알게 되었다. 하루하루 스토리가 축적되어 어떻게 웃음으로 치환되는지를 배웠다.

그렇게 하나둘 프로그램을 거치고 경력을 쌓고 일을 배우며 나도 한 사람 몫을 하는 기능인으로 성장하기 시작했다. 결국 어느 영역에서나 숙련된 기능인의 역할은 똑같다. 한정된 자원으로 최고의 효율을 내는 일. 그것이 기능인의 숙명이다. 그러기 위해선 끊임없이 다그쳐야 한다. 스태프를 다그치고 후배 조연출을 다그치고 작가들을 다그친다. 누군가 않는 소리를 하면 프로답지 못하다고 화를 냈다. 때로는 한솥밥을 먹던 연예인을 개편 때 잘라내기도 한다.

맨 처음은 〈여걸 파이브〉를 하다가 〈여걸 식스〉로 옮겨갈 때였다. 회사는 조금 더 젊은 느낌의 프로그램을 원했고, 회의 결과 경실이 누나를 프로그램에서 하차시키기로 결정했다. 문제는 통보. 대체 누님께 뭐라고 말씀드려야 하는 건지 도통 알 수가 없었다. 매주 만나서 프로그램을 같이 만들다보면 당연한 얘기겠지만 정이 쌓인다. 그런 사람에게 그만두라는 소리를 하라는 건 정말이지 고역이었다. 그래도 해야 한다. 피디라면 그런 결정도 내릴 줄 알아야 한다고 스스

279

로를 다그친다.

사흘인가를 고민하며 미적미적거리다가 결국 휴대폰을 들었다. 도저히 얼굴을 보고는 말 못하겠어서 전화를 건다. 힘들게 말을 꺼낸다. 누님, 죄송한데요…… 이번 개편 때 프로그램 콘셉트가 많이 바뀌어서요. 인력 조정이 좀 있어요…… 주절주절 말을 시작하는데 도저히 다음 말이 입이 안 떨어진다. 대체 뭐라고 해야 하지? 누나, 그만 나오셔요, 그래야 되나? 누님은 빼고 가기로 했어요, 그래야 되나. 고민하는데 눈치 빠른 경실이 누나가 먼저 말을 꺼낸다. 어찌나 긴장을 하고 있었던지 지금도 한마디 한마디가 다 기억이 난다.

"나 그만두라는 얘기지? 뭘 그렇게 어렵게 얘길 해. 난 괜찮아. 정말 괜찮으니까 걱정 마요. 나피디, 나피디는 아직 잘 모르겠지만 우리 같은 사람은 일을 하다보면 이런 경우 수없이 겪어. 내가 이 바닥 20년이야. 개편 때마다 관두고 다시 하면서 이런 전화를 얼마나 많이 받았겠어. 이런 걸 일일이 속상해하면 이 일 못해. 나피디도 이런 거에 익숙해져야 해. 그러니깐 내 걱정은 마시고, 다음에 또 좋은 프로 만들어서 같이 일하면 되는 거잖아? 그렇지?"

아 네…… 알겠습니다. 그래도 죄송하다는 얘기를 수없이 중얼거리다가 전화를 끊는다. 이유도 모르게 눈물이 울컥 났다. 내가 잘리는 것도 아닌데 왜 내가 눈물이 나는 걸까. 전화를 끊고 담배를 피우며 멍하니 생각한다. 나는 조금씩 프로페셔널이 되어가고 있는 걸까. 프로라면 이런 것에도 익숙해지는 게 맞는 거겠지? 이런 생각을 하며 죄책감이나 미안한 감정은 조용히 덜어버린다. 이제 와서 어쩌랴. 이미 기능인이 되기 위한 기차에 몸을 실었는데. 기차는 아직도 한창 달리고 있는데. 다만 그때 처음으로 불안해졌다. 내가 도착할 역이 과연 어디인지. 난 제대로 향해 가고 있는지. 그리고 불안함이 커질수록 서랍 속에 묻어두었던 꿈이 자꾸 발목을 잡는다. 과정은 재미있고 결과물은 올바른 그런 작업을 하고 싶다는 꿈. 그리고 그런 꿈마저 조금씩 바래지고 희미해질 때쯤, 〈1박 2일〉이 시작되었다.

이제 우리 같은 식구 아닙니까?

〈1박 2일〉의 첫 1년은 정신없이 돌아갔다. 〈준비됐어요〉의 실패를 딛고 막다른 골목에서 시작한 이 프로그램은 처음부터 성공의 기미가 보였다. 그리고 그런 기운을 행여 놓칠세라 제작진은 악착같이 몰아붙였다.

목표는 무조건 높은 시청률. 시청률이 올라갈수록 더 독한 복불복을 개발하고 더 가혹한 벌칙을 만들어냈다. 프로답게 뒤돌아보지 않고 달렸다. 누군가 "왜 여행을 가서 만날 복불복만 해?" 하고 물으면, "당연한 거 아냐? 그래야 시청률이 잘 나오니까" 하고 대답한다. 여행은 그저 밥을 굶기고 밖에서 재우기 위한 핑계일 뿐. 그걸 알아채지 못하는 누군가는 아마추어임이 틀림없었다. 최소한 그 당시에는 그렇게 생각했다. 그러나 그러는 와중에도 이 프로그램은, 나도 모르는 어떤 미지의 영역으로 들어서고 있었다.

일은 일일 뿐이라고 생각했다. 예능은 예능일 뿐. 목표는 시청률. 그게 이루어지면 그걸로 끝. 그러나 출연자들의 생각은 달랐다. 회가 거듭될수록, 그들은 어느덧 여행을 진심으로 즐기고 있었다. 그리고 그걸 가능케 한 것은 '리얼'이라는 형식. 어차피 정해진 틀이라는 게 없으니 출연진은 카메라 안에서 마음껏 뛰어놀았다. 기존의 예능이 객관식 문제와도 같다면 리얼버라이어티는 주관식 문제와도 같은 것이다. 문제는 제작진이 내주지만 거기에 정답은 없다. 출연자들은 자기 마음대로 답을 써내려갔고, 그것은 종종 제작진의 예상을 훨씬 뛰어넘는 것이었다. 밥 먹고 쉬라고 준 시간에 굳이 악착같이 게임을 만들어 설거지 당번을 정하거나, 자라고 불을 꺼도 밤새도록 눈싸움을 하고, 그러다 감정이 격해져서 진짜 얼굴을 붉히기도 하고, 아침에 일어나서 또 아무 일도 없었던 듯, 킬킬거리며 밥을 짓는다.

어디까지가 일이고 어디까지가 진짜 놀러 온 모습인지 구분이 잘 안 된다. 그런데 그걸 구분하려는 건 사실 제작진뿐이었다. 그들 사이에선 어느 순간 그런 경계가 사라진 듯 보였다. 고등학교 동창들이 단체로 여행 온 모습 딱 그대로. 연예인 누구누구라는 신분은 잠시 내려놓는다. 어느덧 여섯 남자 사이에선, 따뜻한 유대감과 동료애가 넘쳐흘렀다.

그리고 그런 바이러스는 제작진에게도 전염이 된다. 일단 보고만 있어도 입가에 미소가 돈다. 찍고 있는 사람마저 같이 여행 온 기분에 빠지게 만든다. 그리고 여행이 선사하는 갖가지 돌발변수들은 제작진과 출연자의 경계마저 무너뜨리기 시작한다. 갑자기 비가 내려서 촬영이 불가능해지면? 제작진과 출연자는 같이 머리를 맞대고 회의를 했고, 비를 피할 곳을 찾아 함께 헤매고 다녔고, 너 나 할 것 없이 장비를 챙기고 짐을 들어준다. 비 때문에 취소된 촬영 대신, 제작진과 팀을 나눠 족구를 한다. 카메라 뒤와 앞의 경계가 점점 흐릿해지는 것이다. 그리고 그러한 경계가 사라졌음을 알리는 사건이 하나 발생한다. 바로 '막내 피디 몰래카메라 사건'.

목적지를 찾아 지루하게 운전을 하던 여섯 남자는 심심하던 차에 그날 새로 들어온 막내 피디를 골탕먹일 계획을 세우고 식당을 하나 찾아 계획을 실행에 옮긴다. (사실 연예인도 아니고, 어찌 보면 그저 평범한 일반인에 불과한) 막내 피디를 궁지에 몰아넣기 위해 자기들끼리 대본을 급조하고 치밀한 작전을 세우고 리허설까지 마친다. 드디어 실행. 흥분해서 날뛰는 호동이 형과 놀라서 당황한 막내 피디의 얼굴이 극단적인 대조를 이루며 큰 웃음을 만들어냈다. 카메라 뒤에 서 있어야 할 신참 스태프 한 명이, 순식간에 국민 예능의 주인공으로 등극하는 순간이다. 떠들썩한 몰카가 끝나고 나서야 호동이 형에게 물어본다. 연예인도 아닌 피디를 뭐하러 몰카까지 하고 그래? 그러자 돌아오는 대답. "이제 우리 식구 아닙니까. 신고식 해야지예."

오랜만에 심장이 쿵쾅거리기 시작했다

그가 말하는 '우리'는 이미 연예인 여섯 명을 지칭하는 말이 아니었다. 우리 〈1박 2일〉 전체. 출연진과 제작진 모두를 아우른 말이었다. 카메라 앞이냐 뒤냐도 없고, 출연자와 스태프의 경계도 없고, 니일 내 일의 구분도 사라진다. 각자 필요할 때 자기가 할 수 있는 일을 기꺼이 한다. 출연자가 거문도 정상까지 장비를 들어 옮기기도 하고, 밥차 아주머니가 카메라 앞으로 나서 그들이 지은 밥을 심사하기도 한다. 어느덧, 우리에게 그러한 일들은 매우 자연스러운 일이 되어갔다.

내가 처음 방송국에 들어와 받은 느낌은 이랬다. 고도로 분업화된 전문가들이 각자의 일을 최대한 효율적으로 처리하는 곳. 정해진 시간 안에, 연기자들은 최선을 다해 웃기고 스태프는 묵묵히 그것을 찍는 곳. 사람 사이의 웃음과 눈물보다는, 효율성과 시청률의 잣대가 지배하는 곳. 따뜻하기보단 차가운 곳. 그때의 난 그러한 기준에 맞는 사람이 프로페셔널이라 믿었다. 그런데 거기에 내 몸을 끼워맞추고 단련하고 열심히 노를 저어 흘러왔더니 우연히 난 엉뚱한 곳에 도착해 있었다. 〈1박 2일〉이라는 섬은 뭔가 달랐다. 분업보다는 다 함께. 효율보다는 마음 가는 대로. 마음 맞는 사람들끼리 울고 웃으며 오랜 시간 정을 쌓으며 뭔가를 만들어내는 곳. 사람들은 국민 예능이다, 시청률 1등이다 떠들어댔지만, 정작 우리들은 그저 여행을 즐기고 있었던 것뿐이다. 한마디로, 결과와 관계없이 그 과정이 즐거운 곳. 거기에서는 뭔가 그리운 냄새가 났다. 한동안 잊고 있던 냄새. 그렇다. 대학시절, 연극반에서 나를 매료했던 그때의 그 추억이 〈1박 2일〉에서 고스란히 되살아나고 있었던 것이다. 슬그머니 서랍을 열어본다. 거기엔 오래된 꿈이 담겨 있다. '과정은 재미있고 결과물은 올바른 작업'. 이제 과정은 충분히 재미있어졌다. 결과물이 올바를 수 있으면 된다. 꿈을 이룰 시간이 된 것이다. 아주 오랜만에, 심장이 쿵쾅거리며 뛰기 시작한다.

그분이 오셨다
이번엔 틀림없이

내 눈에만 안 보이나?

그렇게 30분이 지나고 한 시간이 지난다. 그러나 오로라는 나타나지 않는다. 녹색의 서광이 어디선가 비쳐야 할 타이밍인데. 검은 하늘은 요지부동. 별빛만 여전하다. 버스에서 내릴 때 기대에 가득 찼던 마음이 점점 식어가는 것이 느껴진다. 이러면 안 되는데.

오늘 하루의 우연을 마음속으로 복기해본다. 스토리는 정확했다. 심신이 지친 여행자―모든 걸 포기하고 온천이나 갈까―나타난 예언자 할아버지의 말씀―오늘이야, 젊은이―아이쿠, 알겠습니다―산 정

상에 도착―나타나는 오로라―감동의 눈물―해피엔딩. 뭐 이런 식으로 전개되리라 철석같이 믿었건만. 거의 마지막 단계에서 스토리는 삐딱선을 타기 시작한다. 그리고 맘과는 다르게 서서히 지치기 시작한다. 주변을 둘러보니 몇몇 사람들은 이미 포기하고 버스에 들어가 버린 듯. 나도 들어갈까. 결국 아이슬란드 오로라 여행은 이런 식으로 '새드엔딩'이 되는 건가. 낙담하고 있을 무렵 어디선가 웅성거리는 소리가 들린다. 뭐지? 뭔가 나타난 건가? 저쪽에서 험상궂은 우리 가이드가 달려온다. 저기예요, 저기. 나타났어요. 사람들이 우~ 하고 한쪽으로 달려가기 시작한다. 오케이. 그럼 그렇지. 나도 따라서 뛴다.

내가 보던 쪽과는 반대 방향. 주차장의 북쪽 끄트머리에 사람들이 몰려 있다. 얼른 뛰어가 자리를 잡고 하늘을 본다. 저기 보이시죠? 저 끝에? 가이드가 가리키는 곳을 바라본다. 저 녹색빛이 보이시나요? 안 보이는데? 내 눈만 잘못된 건가? 다시 바라보니 뭔가가 일렁이는 듯도 하다. 검은 하늘 저편에 구름 비슷한 것이 떠 있다. 녹색이야, 저게? 집중해서 보니 그렇게도 보인다. 뭐 녹색이라고 누군가 우긴다면 수긍하지 않을 이유는 없다. 그런데 솔직히 말해서 내가 보기에는 밤하늘에 구름이 한 줄로 떠 있는 것 이상으로는 보이지 않는다. 녹색과 회색의 중간 정도의 칙칙하게 생긴 구름. 저건가. 저걸 보겠다고 이 멀리까지 온 건가. 솔직히 실망이다. 이건 뭐 우리 동네에도 저 정도 구름은 뜨는데. 오로라라고 하니까 그런 줄 알겠다만서도 이건 좀 너무한걸. 인터넷으로 수없이 찾아본 그림과는 너무도 거리가 먼 것이다. 내 눈에만 그렇게 보이나. 주변을 둘러봐도 다들 실망한 표정이 역력하다. 그나마도 5분쯤 지나자 사라지는 구름. 사람들은 하나둘 자리를 뜬다. 나도 버스로 돌아온다.

버스로 돌아오니 자정이 거의 다 되어간다. 저 녹색 비스무리한 구름을 보겠다고 한 시간을 넘게 추위에 떨고 있었던 거네. 아니지. 이미 일주일을 이 나라에서 있었던 거잖아. 시골을 빙빙 돌고 햇반으로 끼니를 때워가며 말이지. 아이고야. 여행경비로 따지면 몇백만 원짜리 구름인 것이다. 서울에 돌아가서 누군가 오로라는 어떻게 생겼어? 하고 물어보면 어쩌지. 희끄무레한 구름의 모습이야. (하늘을 가리키며) 뭐 저거랑 거의 비슷해. 이런 식으로 얘기해야 하나. 웃음거리가 될 것이 뻔하다. 그래도 덕분에 아이슬란드의 자연을 만끽했잖아. 오랜만에 혼자 하는 여행. 나쁘진 않았다고. 이런 식으로 자위를 해보지만 역시 한계가 있다. 아쉬운 것은 어쩔 수 없는 것이다.

가이드도 잔뜩 미안한 얼굴. 버스에 타자마자 무거운 목소리로 입을 연다. 여러분은 방금 오로라를 보셨습니다. 그렇지만 뭐랄까······오늘 것은 굉장히 약했어요. 저렇게 희미하게 보이는 경우는 거의 없는데 오늘은 운이 없네요. 대신에 내일밤 똑같은 시간에 다시 투어를 하겠습니다. 여러분은 공짜로 다시 모시겠습니다. 내일을 기대해보자구요. 뭐 이런 얘기. 그러나 딱히 위로가 되지는 않는다. 이미 김이 빠진 것이다. 같은 버스에 탄 외국인들도 다들 시큰둥한 반응. 그리고 버스는 다시 레이캬비크로 출발한다. 역시나 그 할아버지의 말을 듣는 게 아니었는데. 아니, 할아버지의 잘못은 없다. 할아버지의 판단에 기대어 얼마 안 되는 운을 쏟아부은 나의 잘못인 거겠지. 이럴 줄 알았으면 오늘은 그냥 술이나 마시고 놀걸. 그러나 후회해봐야 이미 늦은 것이다. 내일은 제대로 볼 수 있으려나. 낮에는 온천에 다녀온 후 짐을 먼저 싸놓고 밤에 다시 투어에 와보자. 내일은 뜨겠지. 뭐 이런 생각을 하는 도중에 졸음이 쏟아진다. 추운 곳에 있다가 히터가 있는 곳으로 들어오니 몸이 축축 늘어지는 것이다. 밤도 늦었고 게다가 지쳤다. 몸도 마음도. 결국 차창에 기대어 꾸벅꾸벅 졸기 시작한다.

뭔가 나타났다

그렇게 얼마나 갔을까. 히터에 취해 헤롱거리며 잠에 빠져 있는데 갑자기 웅성웅성. 꿈속에서 누군가 외치는 소리가 들린다. "Get out!(내려요 얼른)" 뭐지, 꿈인가. 버스에 불이라도 났나. 눈을 떠보니 사람들이 서둘러 버스에서 내리고 있다. 꿈이 아니잖아. 그렇지만 무슨 상황인지 얼른 파악이 안 된다. 설마 버스 강도? LA 근처 사막을 달리던 중도 아닌데, 아이슬란드에도 그런 게 있나?

밖을 내다보니 사방은 온통 눈밭. 밤의 검은색과 눈의 흰색만이 보이는 전부. 말을 타고 총을 쏘며 우리의 짐가방을 노리는 무리는 다행히도 보이지 않는다. 총소리는커녕 고요한 적막 속의 무주공산. 수도로 돌아가던 중, 산길 한가운데에 갑자기 차를 세운 것이다. 가이드는 아직도 앞에서 손짓 발짓까지 동원해 얼른 내리라고 소리치고 있다. 그의 표정이 들떠 있다. 직감적으로 느껴진다.

뭔가 나타났구나. 이러고 있을 때가 아니다. 흥분한 그의 표정이 많은 걸 말해주고 있는 것이다. 얼른 장갑을 들고 카메라를 챙겨 버스 엑소더스의 틈바구니에 끼어든다. 운전석 창문으로 흘끔 쳐다보니 투어 승객의 절반쯤은 이미 내려서 길가 한쪽에 주욱 늘어서 있다. 가슴이 쿵쾅거리기 시작한다. 틀림없다. 그분이 오신 것이다. 아무 예고도 없이. 산길 한가운데서 말이다. 서둘러 내린다. 그리고 사람들 틈으로 달려간다. 고개를 들어 사람들이 바라보는 곳을 바라본다. 하마터면 숨이 멎을 뻔했다. 내가 자고 있는 동안에 성질 고약한 이분은 슬금슬금 출근 준비를 하신 것일까. 어느덧 별빛조차 사라진 밤하늘 한가득 거대한 녹색빛의 커튼이 일렁이며 춤을 추고 있었다. 마른침을 꿀꺽 삼킨다. 드디어, 오로라가 나타났다.

내 인생의 오로라

'번쩍'하고 빛이 나는 우리의 순간들

예고도 없이 오로라가 나타나는 것과도 같다. 〈1박 2일〉은 나에게 그랬다. 늘 그랬던 것처럼 헉헉거리며 산모퉁이를 돌았을 뿐인데, 그곳 하늘엔 지금까지와는 다른 징조가 어른거리고 있었다.

일단 팀워크가 좋았다. 아니, 단순히 팀워크라는 말로는 설명하기 힘든 분위기가 촬영장에는 넘쳐났다. 갖은 고비를 함께 넘은 사람들이 공유하는 유대감이라고 불러도 좋고, 어쩌면 동지의식이라는 말이 더 어울릴 수도 있다. 그런 걸 확인시켜주는 순간이 있다. '번쩍'하고 빛이 나는 그런 순간이. 연기자와 스태프가 내기를 해서 스태프가 졌다는 이유로 빗속에서 얼기설기 천막을 치던 그 순간. 80여 명의 스태프가 한자리에 누워 복수에 이를 갈고, 연기자들은 또 그걸 보며 놀려대는 순간. 카메라감독은 카메라를 내팽개친 채, 빗물이 조금이라도 덜 떨어지는 자리를 찾아 기어들어가고, 그 장면을 오히려 연기자들이 찍고 있는 순간. 그 순간 〈1박 2일〉은 강호동의 프로그램도, 나영석의 프로그램도 아니었다. 빗소리와 웃음소리에 섞여 거기에 있는 모든 이의 마음의 소리가 순간 들리는 듯하다.

'우리는 모두 함께 이 프로그램을 만들고 있다.'

그들은 그렇게 외치고 있었다. 갑자기 내린 비는 차갑지만 유대감이라는 따뜻한 공기가 촬영장 전체를 감싸고 있다. 그렇게 번쩍 빛이 나는 순간이, 나는 매번 눈물이 날 정도로 황홀했다. 게다가 분위기가 좋으니 시청률도 덩달아 올라갔다. 모두 마치 당연하다는 듯, 프로그램에 몸을 던졌고, 시청자들은 거기에 열광적으로 반응했다. 그리하여 팀워크와 시청률이라는 떡을 양손에 쥔 나는, 두리번거리며 다음 단계를 바라보기 시작했다. 내실을 다졌으니 이제 외연을 넓힐 차례. 즐거운 동료들을 얻었으니 이제 올바른 결과물을 내놓을 차례였다. 백두산행을 기획한 것이 그때쯤으로 기억된다. 이후, '집으로' 특집과 '시청자 투어'를 거쳐 '외국인 노동자 특집'까지 기획 의도는 단 하나. '과정은 즐겁고 결과물은 올바른 작업'을 하고 싶다는 욕심 때문이었다. 더 많은 사람들에게 더 좋은 이야기를 들려주고 싶다는 연극반 시절의 꿈이 15년 만에 열매를 맺으려 하고 있었다. 최소한, 그때는 그렇게 생각했다. 오랜 꿈이 드디어 현실로, 코앞에 도착해 있다고.

백두산은, 오르는 길보다 거기까지의 여정이 더 감동적이었다. 일부러 배를 타고 단둥丹東에 도착해서 40여 시간이 걸리는 육로를 선택한 이유는 두 가지. 첫째는 예능적인 재미를 위해서. 둘째는 압록강을 끼고 달리는 길 바로 옆이 북한이었기 때문이다. 군부대가 감시하고 철조망으로 가로막힌 우리나라에서 북을 바라보기란 쉽지 않다. 그러나 단둥에선 저 너머 북한의 모습이 손에 잡힐 듯이 보인다. 끊어진 압록강 철교에서 북쪽을 바라보는 장면 하나만으로도, 우리는 많은 이야기를 할 수 있다고 생각했다.

연길 시내에서는 또다른 감동이 기다리고 있었다. 바로 동포들의 환호. 우리를 태운 버스가 연길 시내에 들어서는 순간부터 따라붙기 시작한 팬들은 어느새 몇백 명 단위로 불어나 있었다. 이대로 그냥 지나쳐가는 건 예의가 아닐 듯싶어 마련한 즉석 콘서트. 입소문만으로 몇 시간 만에 학교 운동장이 가득 차도록 사람들이 모여들었고, 그러는 사이 음향감독은 연길 시내를 백방으로 뛰어 CD 플레이어며 음향장비를 수소문해 긁어모았다. 급조된 콘서트의 열기는 그 어느 공연보다 뜨거웠고 마지막으로 다 함께 부른 아리랑은 그 어느 공연보다 감동적이었다. 우리와 똑같은 피가 저들 속에도 흐르고 있다는 사실을 그날 확실히 알 수 있었다.

그리고 마지막으로 백두산 등반. 운좋게도 날씨는 맑아 천지가 한눈에 들어왔고, 그 앞에 서는 순간 우리는 모두 할 말을 잃었다. 그런 장소가 있다. 서 있는 것만으로도 가슴이 뭉클해지고 눈시울이 뜨거워지는 곳. 독도가 그랬고 백두산이 그랬다. 굳이 설명하지 않아도 대한민국 사람이라면 누구나 느끼는 감정이리라. 천지에 오른 순간, 백두산까지 온 이유는 이미 설명하고도 남음이 있는 것이다. 그렇다면 그 감정 그대로, 지금까지의 여정을 복기하고 백두산의 감동을 전하며 방송을 마무리하면 된다. 그걸로도 아마 충분했을 것이다.

'백두산' 편이 남긴 교훈

그러나 아쉽게도 당시의 방송은 그렇게 끝나지 않았다. 애초에 백두산으로 떠나기 전부터, 제작진의 가장 큰 고민은 '대체 천지에서 뭘 할까'였으니 말이다(생각해보면 아무것도 안 하는 게 정답인데!). 힘들게 천지까지 갔는데 그냥 내려오긴 아쉬울 것 같다는 생각에 우리는 회의를 거듭했다. 한마디로 '뭔가 보여주고' 싶었던 것이다. 그러다가 나온 (당시 생각하기에) 기막힌 아이디어가 바로 '대한민국 각 지역의 물을 천지에서 합수시키자'라는 것. 가거도와 백령도, 독도에서 물을 떠와서 말이지. 그걸 천지에 쫙~ 하고 붓는 거지. 그러면 그게 흘러흘러 또 바다로 가는 거야. 생각만 해도 멋지지 않아? 우리 민족의 영산에서 우리의 바닷물이 하나가 되고 또 그게 흘러 서해로 동해로 가고. 뭔가 되게 상징적이잖아. 민족의 하나됨을 기원하는 것 같기도 하고. 여하튼 되게 감동적일 거 같은데? 말하면서 소름이 쫙 돈는다, 야…… 뭐 대충 이런 대화가 오고간 후, 우리는 그걸 백두산에서 실행에 옮겼다. 제작진의 깜짝 기획에 출연자들은 적잖이 놀랐고, 또 적잖이 감동하며 세리머니를 수행했다. 한마디로, 그럴듯한 그림이 만들어졌다. 감동의 쓰나미까지는 아니지만 그래도 백두산 특집을 마무리하는 훌륭한 장치가 되어준다고 생각했다. 그러나 그 부분이 방송에 나간 후 시청자들의 반응은, 제작진의 예상과는 조금 다른 것이었다.

물론 감동적이라는 의견도 있었다. 뭉클했다는 댓글도 상당수. 그러나 '오버다' '억지 감동이다' 등의 감상평 또한 상당했고, 그러한 반응에 우리는 적잖이 당황했다. 힘들게 기획한 제작진의 진심이 무시당하는 것 같아 속상하기까지 했다. '올바른 결과물'을 내놓으려 노력한 것뿐인데, 대체 어디가 잘못된 것일까. 테이프를 몇 번이나 다시 돌려본 후에야 그러한 반응의 이유를 알게 되었다. 한마디로 우리는 '욕심이 과했던' 것이다. 더 치장하려는 욕심. 더 많이 보여주고 싶은 욕심. 더 감동적이었으면 하는 욕심. 욕심이 과해서 좋은 재료에 이런저런 양념을 털어넣는 순간, 재료 자체의 맛은 사라진다. 그렇게 실패한 요리의 책임은 전적으로 요리사에게 있다. 손님의 입맛이 촌스러워 내 작품을 몰라준다고 불평한다면, 그 요리사는 자격이 없는 것이다. 프로그램도 마찬가지. '백두산 천지에 도착했습니다.' 이 한마디로도 충분한 것을. 나머지는 여백으로 그냥 두어도 시청자들은 알아서 그 여운을 즐겼을 것인데 우리는 그러지 못했다. '올바른 결과물'을 만든다는 핑계로 시청자를 가르치려 하고 있었다. 자꾸 양념을 뿌리며 시청자들에게 말을 걸고 있었다. '어때요? 정말 감동적이지 않습니까?' 이런 식으로.

백두산에 다녀온 후, 우리가 배운 교훈은 다음과 같다. '때로는 더하는 것보다 빼는 것이 중요하다'는 것. 그런데 이게 말처럼 쉬운 건 아니다. 뭔가를 더하는 작업은 시간과 노력을 들이면 할 수 있지만, 빼는 작업은 '용기'가 필요하다. 많은 걱정이 발목을 잡기 때문이다. 천지까지 올라갔다가 그냥 내려오겠다니 혹시나 성의 없어 보이지는 않을까? 너무 밋밋하지는 않을까? 아이디어가 그렇게 없냐고 누군가

297

욕하지는 않을까? 등등. 우리는 매번 그런 걱정과 싸우며 〈1박 2일〉을 만들어왔다. 〈1박 2일〉의 5년은 '기름기를 빼고 더 담백하게 만들기 위한' 고민의 역사와도 같다. 있는 그대로 포장하지 않고 보여주는 것. 본질에 충실히 하는 순간, 재미와 감동은 그 안에서 자연스럽게 흘러나온다는 단순한 사실을, 우리는 조금씩 배워가기 시작했다.

시행착오를 겪으며 5년간 터득한 것

'집으로' 편을 찍을 때도 그랬다. 시골의 할머니 집에서 이틀을 보내는 여행. 이 단순한 스토리 속에서 어떻게 재미와 감동을 뽑아낼 수 있을까. 처음 우리의 기획안은 논밭에서 뒹구는 각종 게임과 복불복, 야외취침이 복잡하게 뒤엉킨 그런 것이었다. 어쨌든 예능 프로그램이니 웃음을 생각하지 않을 수 없었던 것이다. 그러다가 누군가의 질문. '집으로'라는 기획은 영화에서도 그렇듯 할머니 집에서 하루를 자는 게 중요한데, 야외취침을 하는 건 좀 이상하지 않아? 음…… 그렇다면 야외취침은 삭제. 할머니랑 한밥상에서 도란도란 이 얘기 저 얘기 하면서 밥 먹는 것도 중요하다고. 음, 그러면 저녁 복불복도 삭제. 결국 시골 어르신들과 함께 시간을 보내며 교감을 나누는 게 중요하지 우리끼리 게임하고 뒹구는 게 뭐 꼭 필요할까? 음…… 그러면

게임도 몽땅 삭제. 삭제. 삭제. 그러고 나니 남은
게 별로 없었다. 아니, 분명히 남은 건 있다. '본
질'이 남아 있다. '시골집에 내려가 할머니 할아버지
와 정을 나눈다'는 이 기획의 본질. 빼다보면 결국 핵심이 남게 되고,
우리는 그것만 들고 시골로 향했다.

각자의 시골집으로 헤어져 어르신들의 말벗이 되어드리고 생활을
함께한다. 함께 시간을 보내고 대화를 나누다보면 상대방을 이해하
게 된다. 알게 된다. 호동이 형네 할아버지는 손짓 발짓을 섞어가며
말씀하시는 모습이 아이처럼 귀여운 분이셨다. 지원이가 따라간 이
장님 댁 사모님은 이장님이 매일 읍내 노래방에 가서 노래만 부르는
게 불만이라고 하셨다. 그러면? 이걸 가지고 상품 걸고 게임이나 할
까. 다들 저녁 먹고 마을회관에 모여 한바탕 퀴즈도 하고 노래도 부
르며 논다. 그리고 함께 잠을 자고 다음날.

함께한 시간만큼 정은 쌓이고 아쉬움이 생기고 누가 먼저랄 것도
없이 눈물을 훔친다. 우린 그걸 그저 카메라에 담고 방송에 낸다. '시
청자 투어'도 마찬가지였다. 시청자 투어에 신청을 하는 시민들의 욕
망은 단순하다. 좋아하는 프로그램에 직접 출연해서 좋아하는 연예
인을 가까이서 보고 함께 여행을 즐기는 것이다. 그래서 우리는 녹화
전에 출연자들에게 딱 한 가지만을 당부했다. '이틀 동안 절대로 자
기 조원들 곁에서 떨어지지 말 것.' 그게 핵심이기 때문이다. 24시간

함께 붙어 있다보면 정이 쌓이고 유대감이 생긴다. 연예인은 한 명의 시민이 되고 아들이 되고 형이 되고 오빠가 된다. 그러면 그 안에서 재미있는 스토리도 나오고 감동적인 이야기도 만들어진다.

그런 식으로 우리는 '올바른 결과물'을 내놓는 방법을 터득해나갔다. 절대 제작진이 먼저 결론을 예측하지 말 것. 결론을 정해놓고 이야기를 끼워맞추지 말 것. 문제의 핵심을 파악하고 그 안에 묵직한 직구를 던져넣고 나머지는 그저 기다리는 것. 그것이 우리가 시행착오를 겪으며 5년간 터득한 노하우였다. 그리고 그러한 노하우의 정점에 서 있는 작품, 가장 준비가 힘들었고 가장 많이 고민했으며 가장 보람을 느꼈던 작품이 바로 '외국인 노동자 특집'이었다.

'외국인 노동자 특집'의 감동은 어디서 왔을까

시작은 〈방가? 방가!〉라는 영화였다. 어느 날 영화를 보고 온 작가가 외국인 노동자들과 함께 여행을 떠나보자고 제안한 것이 발단. 코리안 드림을 실현하러 먼 이국땅에서 찾아온 사람들에게 대한민국을 소개해주는 것 또한 의미 있는 기획이다 싶었다. 노동부에 공문을 보내고 여기저기 수소문을 해 다섯 명의 외국인 출연자를 소개받았다. 까르끼, 예양, 칸, 쏘완, 그리고 아낄. 이제 날을 잡아 촬영만 하면 된다. 그런데 여기서 문제가 하나 생긴다. 촬영 예정일이 하필 크리스마스이브였던 것. 그래도 크리스마스인데 그냥 넘어가기도 그렇고 작은 선물이라도 하나 해야 되지 않을까 싶어 시작한 회의는, 어느덧 엉뚱한 방향으로 흘러가기 시작했다.

처음엔 뭘 사줄까를 고민했다. 내복이나 파카 등등. 그러다가 누군가 이런 얘기를 꺼낸다. 〈크리스마스의 기적〉이라는 영화도 있는데 말이야. 만약 그들이 크리스마스에 뭔가 기적을 바라며 기도를 한다면 어떤 소원을 얘기할까? 기적, 기적 같은 일. 다른 날이 아닌, 크리스마스니까 감히 바랄 수 있는 일. 현실에선 절대 일어날 수 없는 일. 잠시 생각해보니 답은 하나였다. 바로 가족을 만나는 것. 이국땅에서 홀로 일하는 사람에게 가족만큼 그리운 존재가 어디 있을까. 오케이, 결정. 녹화 당일, 깜짝 선물로 고향 가는 비행기 표를 하나씩 끊어서 주자. 제작비 좀 아껴쓰면 그 정도는 해줄 수 있지 않을까.

그렇게 결정하고 출연자들을 한 명씩 불러서 신상명세를 받는다. 부른 김에 한국에서의 생활은 어떤지, 가고 싶은 여행지가 있는지, 상세한 인터뷰를 진행한다. 그러다가 쉬는 시간, 한 출연자와 잡담을 하다가 슬쩍 물어본다. 가족들 보고 싶지 않아요? 그는 웃으며 고개를 끄덕인다. 역시, 예상대로의 반응이다. 그런데 고개를 끄덕인 후, 그가 이어간 말은 내 예상을 훨씬 뛰어넘는 것이었다.

"한국은 정말 좋은 나라예요. 깨끗하고 살기 좋은 나라. 제가 여기에 온 건 행운입니다. 물론 돈도 벌 수 있지만, 이 나라에서 살고 있다는 사실 자체가 커다란 행운입니다. 기회만 된다면 가족들에게도 이 나라를 보여주고 싶습니다. 제가 일하는 공장과 제가 먹고 자는 숙소를 보여주고 싶습니다. 그리고 나는 이렇게 좋은 나라에서 잘 지내고 있으니 아무 걱정 말라고 말해주고 싶습니다."

빨리 돈 벌어서 가족들 곁으로 돌아가고 싶다…… 정도의 대답을 예상했던 나에게 이 말은 충격이었다. 나에겐 30몇 년을 살아 이제는 지겨워질 대로 지겨워진 이 나라가 그들에게는 사랑하는 나라였고 기회의 땅이었다. 이 나라에 오기 위해 그들은 한국어를 공부하고 시험을 통과하고 힘들게 비자를 받았다. 내가 당연하게 받아들였던 모든 것들이 그들에겐 힘들게 쟁취한 꿈의 일부였다. 보잘것없을 것이 분명한 그들의 거리와 공장, 숙소는 그들에겐 꿈의 터전이다. 그리고 그들은 이렇게 말한다. 이 좋은 나라를 가족들에게도 보여주고 싶다고. 이 나라와 함께 커가는 자신의 꿈을 보여주고 싶다고.

어쩌면 60, 70년대 미국으로 떠났던 모든 우리의 먼 친척들도 똑같은 생각을 하지 않았을까. 그래서 그들은 그렇게도 돈을 버는 족족 미국으로 친척들을 초대한 걸까. 무리를 해서 비행기 표를 보내고, 없는 돈을 털어 자유의 여신상이나 센트럴 파크를 구경시켜주고, 조카들 신기라고 나이키 운동화를 잔뜩 사서 손에 들려보내며, 그들은 말하고 싶었던 것 아닐까. 난 여기서 이렇게 잘 살고 있다고. 성공해서 돌아갈 테니 아무 걱정 말라고. 모국의 가족들에게 그보다 더 큰 위안이 어디 있을까.

여기까지 생각이 미치자 우리는 주저하지 않았다. 비행기 표 정도로는 부족하다. 아예 가족들을 불러오자고 결정한다. 그래도 대한민국이, 그들에게 꿈이 되어준 나라가, 그 나라의 공영방송이, 이 정도는 해줄 수 있지 않을까 생각했다. 그들뿐 아니라 시청자들에게도 좋은 메시지를 전달할 수 있다는 확신 또한 있었다. 그런데 그 작업이, 말처럼 쉬운 것만은 아니었다.

가장 큰 문제는 제작비. 가족을 모두 데려오고 싶어도, 예산이 빤하니 그럴 수는 없고 결국 출연자들의 어머니만 모셔오기로 결정. 현지로 사람을 보내 일단 각자의 집을 찾아가보기로 한다(주소 한 장 달랑 들고 집 찾는 것도 일이었다. 어쩌면 그렇게 하나같이 수도에서 멀리 떨어진 시골에 살고 있는지!). 그런데 여기서부터 줄줄이 문제가 터지기 시작한다. 스타트를 끊은 건 네팔의 까르끼네 어머님. 모셔오려면 여권이나 비자가 필요한데 이분은 출생신고조차 되어 있지 않았던 것!(쉽게 말해 주민등록증조차 없는 것이다) 결국 어머님 대신 까르끼의 아내를 데려오기로 했는데, 아내만 데려가자니 이번엔 아이들이 눈에 밟힌다(게다가 아이가 둘이나 된다!). 예산 오버할 텐데…… 에라 모르겠다. 혼날 때 혼나더라도 다 데려오자. 아이까지 모두 데려오기로 결정. 그렇게 결정하고 보니 이번엔 아이들이 출생신고가 안 되어 있단다. 아이고야. 아이 손을 잡고 그 동네 동사무소 같은 뭐 그런 기관에 가서 출생신고를 하고, 그 증명서를 발급받아 이번엔 그 나라 외교부에 가서 여권을 신청하고 간신히 여권을 받아 네팔의 한국 영사관에 비자를 받으러 갔더니 여기서 또 제동. 촬영 일자는 **빡빡한데** 그 안에 비자가 나오기가 요원한 것이다. 결국 외교부를 찾아가 읍소를 하고 문제가 생길 시 책임진다는 서약을 하고 협조를 받아 영사관에 공문을 보내고 간신히 해결했다.

이러고 나니 이번엔 형평성의 문제가 발생했다. 쏘완의 경우도 젊은 아내와 자식이 있는데, 까르끼네만 아이들이 나타나면 분명 슬퍼할 터. 에라 모르겠다. 거기도 아내하고 아이하고 다 데려오자. 그러자 이번엔 방글라데시 칸의 가족. 어머님이 연로하셔서 절대 혼자서는 못 가고 동생이 부축을 해야 한단다. 그런데 문제는 칸의 동생. 한창인 나이라 불법체류의 위험이 있으니 비자 발급이 쉽지 않다는 것 (참 슬픈 얘기다). 네네, 그것도 우리가 책임지겠습니요. 입국해서 출국할 때까지 경호 겸 감시 팀을 붙이는 조건으로 간신히 승낙. 다음은 예양네 가족. 분명히 어머님이 계신다고 들었는데 가서 보니 작년에 돌아가셨단다. 그러고 하는 말. 예양이 걱정할까봐 알리지는 못했어요. 아버님이 대신 갈게요. 대신 예양에게 어머님이 돌아가셨다는 말은 끝까지 비밀로 해달라는 부탁이다. 자식 생각하는 마음은 어디나 똑같은 것이다! 당연히 그렇게 하겠다고 약속을 한다. 그리고 아버님을 모셔오기로 결정.

아아, 대충 글로 옮겨도 이 정도인데 그 안에 나조차도 모르는 문제나 숨은 사연 들은 또 얼마나 많았을까. 한 달, 기획에서 촬영까지 딱 한 달의 기간 동안 우리 제작진은 이 일에만 매달려 있었다. 현지 코디네이터와 아침부터 밤까지 전화통을 붙잡고 그 나라 행정부서를 뚫고 영사관을 뚫고 외교부를 뚫고 수십 장의 공문을 보내고 협박 아닌 협박을 하고 사정을 하고 결국엔 읍소를 했다.

가장 심플한 직구가 가장 큰 울림을 만든다

이 모든 우여곡절 끝에 드디어 촬영 하루 전날, 가족들이 하나둘 인천공항을 통해 입국하기 시작한다. 작가들은 아침부터 공항에 나가 이제나저제나 기다리고 있다. 한 가족이 들어올 때마다 현장에 나가 있던 작가가 흥분해서 전화를 한다. 지금은 누가 들어왔구요, 컨디션은 어떻구요 등등. 그리고 오후 5시쯤 전화. '드디어 마지막 가족 들어왔습니다……' 하고 보고를 하는데 말꼬리가 눈물로 흐릿해져 있다. 수화기 너머로 울음을 꾹꾹 눌러담고 있는 게 느껴진다. 왜 우느냐고 했더니 그냥 눈물이 난단다. 그냥요. 이상하게 눈물이 막 나요. 아이고야. 이제야 고백하는데, 나도 눈물이 났다.

바로 만나게 해주지 못하는 것이 그저 미안했다. 하루를 호텔에서 재우고 다음날 촬영장소인 강릉으로 데려온다. 드디어 만남의 시간. 만나는 장면이 하이라이트인데 어떻게 갈까 고민이 많았다. 그러나 역시 결론은, 잔재주는 필요 없다는 것. 복불복도, 짠 하는 쇼도 없이 그저 방 안에서 자연스럽게 만나게 한다. 그리고 예상대로, 그걸로도 충분했다. 한바탕 울고 만남을 기뻐한 후, 우린 조용히 카메라를 치웠다. 그것이 그들에게 할 수 있는 유일한 배려였다.

다음날, 촬영을 마치고 서울로 올라온다. 제작진의 마지막 선물은 2박 3일간의 짧은 휴가. 무리를 해서 좋다는 호텔을 예약해 숙소를 정하고 전문 여행사를 섭외해 마음껏 서울 구경을 하게 했다. 원컨대 2박 3일의 기간 동안 그들이 일하고 있는 이 나라가 얼마나 좋은 나라이고, 그러므로 아무 걱정 없이 고향에서 맘 놓고 자신을 기다려달라는 그들의 마음이 충분히 전달되었기를 빈다. 떠나는 날은 역시 눈물바다였다. 특히 아버지와 헤어지는 예양이 많이 울었다. 아버지는 어머님의 죽음에 대해 끝까지 입을 열지 않으셨다. 우리 제작진도 끝까지 약속을 지켰다. 그러나 어쩌면, 예양은 이미 알고 있었을지도 모른다. 그도 어쩌면 아버지를 위해 입을 다물고 내내 울음을 참고 있었던 것은 아닐까. 어린 아내와 자식이 그저 쑥스럽던 쏘완도 공항에서는 아이를 부둥켜안고 얼마나 울었는지 모른다. 재밌는 건, 불법 체류 방지(?)를 위해 붙여놓았던 경호팀들마저 나중엔 그들과 정이

들어 공항에서 펑펑 울었다는 것. 가족을 생각하는 마음이라는 건, 어느 순간 언어와 국적을 뛰어넘어, 검은 정장을 차려입은 경호원들을 울리고 브라운관 너머의 시청자들을 울린다.

'외국인 노동자 특집'에서 제작진이 새롭게 시도한 형식이나 장치는 아무것도 없었다. 강백호가 말하듯, 왼손은 거들 뿐이다. 우린 그저 그리워하는 사람들을 만나게 해준 것뿐이다. 그러나 이처럼, 가장 심플한 방식으로 던진 직구가 가장 큰 울림을 만들어낼 때, 제작진은 뿌듯하고 감격한다. 방송이 나간 그날, 방송을 보고 누군가 고향의 어머니에게 오랜만에 안부 전화를 했다면, 그것만으로도 우리의 고생은 충분히 보상을 받은 것이다. 그리고 그 작은 희열 하나를 바라보고 기꺼이 고생을 감수하며 달려와주는 스태프와 출연자들이 고마웠다. 마지막 가족이 입국했을 때 눈물을 흘리던 작가와 까르끼가 울 때 어깨를 들썩이던 호동이 형을 보고 알 수 있었다. 우리는 분명 같은 곳을 바라보고 있음을. 같은 생각을 하며 방송을 만들어가고 있음을. 그런 느낌이 저릿저릿 심장을 관통할 때 비로소 알 수 있었다. 그 누가 뭐라 하든 이것이 내가 생각하는 최고로 '올바른 결과물'임을. 나의 피디 인생 어딘가에 오로라가 빛나고 있다면, 그 빛은 의심의 여지 없이 이 작품을 비추고 있을 것이 분명하다.

빛나고 있다
늘 그래왔다는 듯이

자연이 빚어내는 이 마법의 순간

그것은 지금까지 살면서 보아온 무엇과도 달랐다. 아니. 인터넷으로 수없이 사진을 찾아보기는 했지. 그러나 사진 속의 오로라는 왠지 뭐랄까, 비현실적인 구석이 있었다. 포토샵의 냄새도 좀 풍기고. 실제로도 정말 이럴까 하는 의구심이 든다. 예쁜 옷을 입히고 화장까지 말끔하게 마친 인형의 모습을 보는 듯한 느낌을 지울 수가 없었던 것이다.

그러나 내 눈앞에 일렁이는 이 빛의 무리는 사진과는 전혀 달랐다.

일단 굉장히 크다! 하늘 한구석에서 일어나는 작은 빛의 일렁임 따위가 아니다. 북쪽 하늘 전체를 온통 녹색으로 뒤덮고 있는 것이다. 게다가 그것은 살아 있었다! 조용히, 그러나 끊임없이 모습을 바꾼다. 마치 살아 있는 생명체처럼. 오전 햇살이 비치는 창가에 걸어놓은 녹색 커튼이 미풍에 흔들리는 것처럼 빛이 일렁인다. 마치 지구가 숨을 쉬는 듯한 느낌이다. 들숨과 날숨을 천천히 내뱉는다. 그에 맞추어 이리저리 흔들리는 녹색의 빛. 빛의 세기 또한 강해졌다 약해졌다를 반복한다. 그리고 서쪽으로 천천히 이동한다. 그것은 뭘까. 굉장히 비현실적인 풍경이었다. 이런 게 실제로 있었어? 거짓말이 아니었던 거야? 이런 느낌. 일단 처음 마주하게 되면 헛웃음이 나온다. 그러곤 곧바로 혼란스러워진다. 이런 것이 현실에 존재한다는 것을 선뜻 받아들이기가 어려운 것이다.

산길을 한참 걷고 있는데 수풀 속에서 갑자기 유니콘이 뛰어나오면 이런 느낌일까. 유니콘은 조용히 나를 바라보고 나도 유니콘을 바라본다. 그렇게 1분 정도 대치상태가 지나고 나서야 비로소 꿈에서 깨어나듯 정신을 퍼뜩 차리게 된다. 어어, 뭐야. 진짜 있는 거야? 그냥 환상 속의 동물이 아니었던 거네? 하고. 눈앞의 대상을 눈으로 바라보는 것과 그것이 실제로 벌어지는 현상이라고 인식하는 데 1분 정도의 간극이 생기는 것이다. 오로라를 처음 마주할 때도 같은 느낌이다. 길 이쪽에는 45인승 버스와 디카로 무장한 현실의 사람들이 버티

고 있는데 바로 저쪽에는 신화에서나 나올 법한 그림이 펼쳐지고 있다. 그 신화와 현실의 경계에 내가 서 있는 것이다. 비현실적인 동시에 그것은 또한 압도적인 풍경이었다. 가만히 바라보고 있으면 나의 감정 전체가 저 빛에 휩싸여 녹아내리는 기분이 든다. 홀로 우주를 유영하는 느낌. 칠흑 같은 어둠 속에서 오로라에 휩싸여 나 홀로 둥둥 떠다니는 느낌. 희한하게도 문득 외로워지기까지 한다. 대자연의 신비 앞에서 나라는 인간은 얼마나 왜소한가 하는 사실을 새삼스레 뼈저리게 느끼게 된다. 한마디로 표현하면 진심으로 감동했다. 아이슬란드까지 오는 비행기 표 값이 이 순간만큼은 하나도 아깝지가 않았다.

주변을 둘러보니 감동받은 것은 나뿐만이 아닌 듯. 같은 버스를 타고 있던 사람들 모두 다 넋을 잃고 하늘을 올려다보고 있다. 말소리조차 들리지 않는다. 그들도 알고 있는 것이다. 이 행운은 쉽게 오는 것이 아님을. 다 포기하고 집으로 돌아가려던 순간 우리는 길가에서 오로라를 만났다. 차들이 빼곡한 주차장도 아니고 눈 덮인 산속 길 한가운데에서. 이런 행운을 만나리라고 누구 하나 상상을 할 수 있었을까. 주변에 우리 말고는 아무도 없다. 버스 한 대와 스무 명 남짓의 사람들. 그리고 하늘에는 오로라가 축복처럼 빛나고 있다. 마치 늘 그래왔다는 듯이. 그리고 자연이 빚어내는 이 마법의 순간에 우리는 모두 할 말을 잃고 만 것이다.

오늘은 '베리 베리' 운이 좋은 날

문득 정신을 차리고 카메라를 꺼내든다. 그러나 면세점에서 산 나의 싸구려 디카는 이 순간 전혀 쓸모가 없었다. 아무리 찍어봐도 암흑. 깜깜한 밤하늘만 액정화면에 가득 담긴다. 포기하고 그저 쳐다보는 것으로 만족한다. 뭐 어때. 바라보는 것만으로도 충분하다. 다행히 오로라는 사라질 기색이 없다. 끝없이 춤을 추며 조금씩 위치를 바꿀 뿐이다. 가이드가 옆에서 설명을 해준다. 일단 나타나기만 하면 사라졌다 나타났다를 반복하기 때문에 밤새도록 관찰할 수가 있어요. 새벽 6시에도 관찰되곤 하니까요.

과연. 그래서 새벽의 여신인가. 별과 바람을 관장하는 새벽의 신. 별을 품으로 감싸고 바람을 꺼내어 어둠의 장막을 걷어내면 아침이 오는 것이다. 참 옛날 사람들은 상상력이 풍부하기도 하지. 하늘을 보며 이런저런 생각들을 많이 한 것이다. 그리스나 로마 이후에 신화가 사라져버린 것은 인간의 상상력이 그만큼 메말라갔다는 증거일 테지. 그것이 종교의 탓인지 과학의 탓인지 알 길은 없지만 슬픈 일임에는 틀림없다. 두려움과 경외의 대상이 사라지는 순간 사람들은 오만해진다. 지식이 늘어가는 만큼 상상력은 빈곤해진다. 무엇이든지 다 알 것만 같아서 인생이 심심해지는 이가 있다면 아이슬란드에 와서 오로라를 보기를 권한다. 태양의 무슨 플라스마가 대기와 부딪쳐 어쩌구 하는 설명 따위 거짓임을 알게 될 것이다. 몇 마디 과학의 단어로 설명할 수 없는 자연의 경이가 그곳에 있다.

30분 정도가 지나자 가이드가 이젠 돌아갈 시간이라고 속삭인다. 다들 아쉬움을 뒤로하고 버스에 탑승. 이미 시간은 새벽 1시를 훌쩍 넘겼다. 가이드가 다시 마이크를 잡는다. 여러분 어떠셨나요? 오늘은 운이 좋은 날이네요. 여러분은 방금 '매우 강한'(이 부분에 뭔가 자부심이 묻어나 있었다. 베리 스트롱~이라고 힘주어 얘기하는 가이드) 오로라를 보셨습니다. 말이 끝나자마자 승객들은 너 나 할 것 없이 박수로 화답한다. 환호성을 지르거나 휘파람을 부는 이들도 있다. 나도 진심을 다해 아낌없이 박수를 쳐준다. 아까의 오로라 같지도 않은 오로라를 보고 돌아가던 때의 축 처진 분위기와는 180도 딴판이다. 계속 말을 잇는 가이드. 그러나 일단 사과의 말씀을 드려야겠네요. 이 투어는 원래 자정쯤 끝날 예정이었는데 지금은 보시다시피 새벽 1시가 넘었어요. 늦게 모시게 된 점, 사과의 말씀을 드립니다. 이번에도 말이 끝나자마자 나오는 함성. 미안해할 필요 전혀 없어요. 잘했어 아저씨, 땡큐 등등의 찬사가 버스 안에 가득 울려퍼진다. 이 순간만큼은 인종과 국적을 초월해 모두 한마음. 나도 조용히 땡큐라고 얘기해준다. 창밖에는 여전히 오로라가 버스를 뒤따라오며 우리를 배웅하고 있었다.

성공이란 놈의 그림자
참 길고도 어둡구나

권태기 커플의 짜증이 늘어가는 것처럼

이제 긴 이야기의 끝이 보인다. 오로라도 봤고, 〈1박 2일〉도 끝이 났다. 그래도 질문은 남는다. 그래서 나는 누구인가? 나는 지금 행복한가? 여전히 대답하기란 쉽지 않다. 그럼 질문을 살짝 바꿔보자. 나는 성공한 사람인가? 뭐, 그런 것 같다. 국민프로그램을 5년이나 이끌었고, 온 국민이 다 아는 유명한 사람이 되었다. 고작 나이 서른일곱에. 성공치고는 꽤나 화려한 성공이다. 그러나 사회에 나와 일을 해본 사람은 다 안다. 성공이라는 건 화려할수록 그 그림자는 짙고 어둡다는 걸. 시상식 무대의 화려한 막을 올리기 위해 누군가는 무대 뒤에서 손이 찢어져라 줄을 당기고 있다. 세상이란, 그런 것이다.

사실 처음엔 안 그랬다. 〈1박 2일〉을 처음 만들 때, 우린 힘든 줄도 모르고 일을 했다. 뭐가 빛이고 뭐가 그림자인지도 몰랐다. 이명한 피디, 나, 신효정 피디, 이우정 작가. 우린 같이 밤을 새우고 같이 촬영을 하고 같이 프로그램을 키워나갔다. 〈1박 2일〉은 갓 태어난 아기처럼 싱싱했고 하루가 다르게 무럭무럭 자랐다. 내 새끼가 한창 클 때는 똥 기저귀 가는 것조차 즐거운 법이다. 일이 아무리 고단하고 힘들어도 하루가 다르게 자라는 프로그램을 보면 다 잊을 수 있었다.

그리고 2년, 3년이 지난다. 아이는 커서 어른이 되고 프로그램은 정체기에 접어든다. 시청률은 여전히 1등이고 시청자의 반응 또한 더할 나위 없이 뜨거웠지만, 갓 태어난 아이를 키워갈 때의 그 짜릿한 보람은 없어진다. 권태기에 빠진 커플 같다. 널 사랑하지 않는 건 아닌데 말이야. 솔직히 옛날만큼 뜨겁게 사랑하는 건 아닌 것 같다는 생각이 어렴풋이 드는 와중에 그래도 너 아니면 안 된다는 생각이 드는 걸로 봐서 결론적으로 말하자면 널 사랑해, 정도 되시겠다. 여자는 미친놈, 무슨 소리야, 하고 화를 낼지도 모르지만, 솔직히 그런 것이다. 권태기 커플의 짜증이 늘어가는 것처럼, 일의 보람이 줄어드니 잊고 있었던 피로감이 몰려온다. 메인피디인 나도 그런데, 다른 사람들이야 오죽했으랴. 화려한 무대 뒤에서 그동안 묵묵히 줄을 잡고 있던 사람들 사이에서도 슬슬 앓는 소리가 들려온다. 시작은 조연출들이었다.

당시 조연출들의 일주일 스케줄은 그야말로 인간이 버텨낼 수 있는 수준이 아니었다. 월요일 새벽부터 밤늦게까지 답사하고, 화요일은 회의를 하다 저녁부터 프리뷰를 하고 수요일부터는 밤샘이 시작된다. 수요일부터 목요일까지 밤을 새워 편집을 하고 나면 목요일 자정쯤 시사를 하고 이것저것 고치라고 명령을 한다. 그리고 수정을 하다보면 어느덧 금요일 아침, 촬영을 떠날 시간이 된다. 그러면 또 다같이 촬영을 갔다가 거지꼴이 되어 돌아오면 토요일 오후, 다음날 방송을 위해 마무리 작업이 시작되고 모든 작업이 끝나 테이프를 넘기고 나면 일요일 점심이 되어 있었다. 쉽게 말해 수요일에 출근하면 일요일 날 퇴근하는 시스템. 잠은 편집실에서의 쪽잠이나 촬영날 이동할 때 버스에서 자는 걸로 때운다. 인간의 삶이 아니다. 여기저기서 비명이 들려온다. 너무 힘들어요, 선배. 죽을 거 같아요, 선배. 살려주세요, 선배.

아아, 너무 미안하다. 그렇지만 뭐 어쩌겠니. 내가 사장이면 너희들 보너스라도 두둑이 줬을 텐데. 일의 보람이 줄어든 자리를 돈으로라도 메꿀 수 있었을 텐데. 나도 사원이고 너희들도 사원이니 방법이 없다. 아니, 사실 방법은 있었다. 봄 개편이나 가을 개편 때, 조금 더 편한 프로그램으로 보내주면 그만이다. 그리고 새 조연출을 받으면 된다. 그런데 그렇게는 하지 못했다. 지옥 같은 업무량 덕분인지 그들의 스킬도 빠르게 향상되었고, 그들을 내보내는 순간 프로그램의 완성도도 같이 떨어지지 않을까 두려웠다. 게다가 몇몇 후배들은 눈이 부실 정도의 재능을 가지고 있었다. 저 재능을 남을 주기란 실로 아까웠다. 혼자 쓰고 싶다는 욕심이 눈을 가린다. 결국 개편 때마다 후배들을 붙들고 사정을 한다. 너희가 한 번 더 희생해라. 회사가 원하는 일이다. 시청자가 원하는 일이다. 너희들 경력에도 도움이 된다. 힘들어도 참고 견뎌라. 그래봐야 안 죽는다 등등. 다행히 아무도 죽지는 않았다.

그러나 그중 한 명은 편집실에 오래 앉아 있다가 디스크가 왔고 다른 한 명은 스트레스성 장애로 병원에 실려가게 되었다. 그리고 병원에서 돌아온 그들에게 나는 또 개편을 앞두고 사탕발림을 하고 있었다. 이번 한 번만 더 하자. 이젠 진짜 마지막이다. 다음 개편 때는 꼭 빼줄게. 그렇게 설득을 하고 돌아서 담배를 한 대 피우는데 누군가 날 툭툭 치며 말을 건다. 내 안의 '진짜 나'가 말을 건다. 웬 회사 핑계며 시청자 핑계며 경력 핑계야. 사실은 널 위한 거잖아. 네가 지금 굴러들어온 성공을 놓치고 싶지 않은 것뿐이잖아. 심장이 쿡쿡 찔린다. 그래, 결국 내 욕심 때문이었다. 성공하고 싶다는 욕심으로 후배를 짓누르고 덕분에 프로그램은 또 1등 자리를 유지한다.

물론 후배들에게는 너무 미안했다. 그깟 시청률 1등이 뭐라고, 아픈 애들을 데리고 뭐하는 짓인가 싶었다. 그러나 그런 생각이 들 때마다 매번 방어기제가 작동한다. 아니 이게 뭐, 나 혼자 덕 보겠다고 하는 일이야? 이 프로그램에 딸린 식솔들이 몇 명인데. 작가들도 있고, 촬영 스태프들도 있고 출연자들도 있다. 내가 쓰러지면 다 쓰러지는 거다……라고 스스로를 정당화한다. 약해지면 안 된다고 생각한다. 에라 모르겠다. 어차피 이렇게 된 거 갈 때까지 가보자 싶어진다. 조연출들이 편집실에서 죽어나는 동안 나는 회의실에서 작가들을 쪼아댄다. 더 좋은 아이디어를 내놓으라고 다그치고 매번 밤이 새도록 회의는 이어진다. 그렇게 또 프로그램은 1등 자리를 이어간다. 그러나 프로그램의 성공이 계속될수록, 주변 사람들은 하나같이 피폐해져갔다. 아니, 주변 사람뿐이 아니다. 나 또한 피폐해지긴 마찬가지였다.

대체 무슨 부귀영화를 보겠다고

〈1박 2일〉이 시작될 즈음, 첫 딸아이가 태어났고, 올해 그녀는 다섯 살이 되었다. 그러나 나에게는 그녀의 한 살부터 네 살까지의 기억이 별로 없다. 새벽에 집에 들어가면 아이는 자고 있었고, 딱 하루

쉬는 일요일엔 내가 잠을 잤다. 그러니 아이와 놀아준 기억도 없고, 어떻게 놀아주는지도 모른다. 오줌 기저귀는 몇 번 갈아주었지만, 똥 기저귀 가는 법은 모른다. 엄마와 있으면 아이는 잘 놀았지만, 나와 있으면 금세 울음을 터뜨렸다. 그리고 그 울음을 달래는 법을 나는 모른다. 아이에게 아빠는 그저 잠깐씩 스쳐지나가는 사람이었다. 가장 슬플 때는 출근할 때. 신발을 신으며 짐짓 쾌활한 척, "아빠 회사 갔다올게요~" 하고 외쳐도 아이는 그저 멍하니 바라볼 뿐이었다. 그러면 출근하는 내내 그 눈빛이 계속 떠오른다. 감정이 담겨 있지 않은 투명한 눈빛. 그게 마음을 후벼판다.

내가 뭐한다고 이러나. 대체 무슨 부귀영화를 보겠다고. 아니, 부귀영화는 몇 번 본 적이 있다. 한번은 회사에서 인센티브로 거금 천만 원이 나왔다. 세금 떼고 뭐 떼고 뭐 떼고 했더니 600만 원 정도가 남았다. 다 함께 고생한 대가를 혼자 쓸 수는 없었다. 그 돈으로 스태프들과 엠티를 다녀오고 남은 돈을 똑같이 나눠 가졌다. 막내 작가부터 FD까지 다 함께 나눴더니 정확하게 39만 원씩 돌아갔다. 39만 원을 들고 집에 들어갔더니 와이프가 한숨을 쉬며 말한다. 차라리 인센티브가 안 나왔으면, 엠티도 안 갔을 테고, 그럼 딸하고 하루 놀아줄 수 있었을 텐데. 아아, 그 말이 맞다. 그렇다고 주는 돈을 안 받을 수도 없고 나보고 어쩌란 말이냐.

그즈음이었다. 갑자기 종편이 생기고, 케이블이 커지고 여기저기서 스카우트 전쟁이 시작된다. 모르는 번호로 전화가 걸려오고, '저는 사실 누군데요……' 하고 조심스런 목소리로 소개가 이어지고, 그중 몇몇 사람을 어둑한 지하 다방에서 만난다. 그들은 조용히 지갑을 연다. 직장인이 죽어도 꿈도 못 꿀 금액을 척척 제시한다. 내 이름에 가격표가 붙는다. 그때 처음으로 알았다. 내 능력이 돈으로도 환산될 수 있음을. 그것도 아주 큰돈으로.

집에 돌아와 자리에 눕는다. 놀랍기도 하고 당황스럽기도 하다. 아니. 솔직히 말해 기뻤다. 벌써 돈 받은 것 같은 기분이었다. 나도 모르게 머릿속으로 그 돈으로 할 수 있는 일들을 주욱 나열하고 있다. 일단 빚을 갚아야지. 집 살 때 은행에서 빌린 돈. 25년간 갚아야 할 그 돈을 한 번에 갚아버리자. 그러고도 아직 한참 남는다. 시골에 계신 부모님께 한몫 떼어드려야겠다. 처가에도 용돈 쓰시라고 한몫. 그래도 남는다. 고생한 스태프들 데리고 해외여행이라도 다녀올까. 그래도 남는다. 남는 돈을 은행에만 넣어놔도 평생 먹고살 수 있을 것만 같다.

살면서 단 한 번도 생각해보지 못한 액수. 금액도 금액이지만 무엇보다 능력을 인정받은 것 같아 기쁘기도 했다. 프로그램이 종종 시청률로 평가받는 것처럼, 프로 운동선수들이 연봉으로 가치를 평가받는 것처럼, 누군가가 나에게 수치로 환산된 가격표를 들이밀었다는 사실 자체가 기분 나쁘지 않다. 그동안의 노력이 보상받는 기분이었다. 골방에서 편집기와 씨름하고 현장에서 연예인과 씨름하고 그러다 서서히 골병이 들어가면서도 이게 운명이겠거니 체념하고 있는 수많은 예능피디 동지들에게 진심으로 이렇게 외치고 싶다. "하하하 이거 보세요. 우리도 잘만 하면 한몫 잡을 수 있는 새로운 세상이 열렸어요. 세상에나, 우리 능력이 알고 보니 돈으로도 환산이 된대요." 이런 식으로. 이런저런 거 다 떠나서 시골에서 고생하시는 부모님을 편히 모실 수 있고, 당분간 와이프가 돈 걱정은 안 하게 할 수 있다. 직장인으로서, 누군가의 아들로서, 한 집안의 가장으로서, 그만한 행복이 어디 있겠는가.

그래도, 그럼에도 불구하고, 마냥 행복해할 수는 없었다. 모든 돈에는 대가가 따르기 마련이니까. 그리고 이번 경우 그 대가는 너무도 명확하다. 바로 〈1박 2일〉을 그만둬야 한다는 것. 그들이 원하는 것은 소위 〈1박 2일〉의 잘나가는 연출자로서 '한창 물이 좋은 나'라는 존재일 터. 내 몸값의 50퍼센트 이상은 〈1박 2일〉에 빚지고 있음이 분명하다. 즉, 지금이 아니면 이런 후한 조건은 없다. 그렇다면 어떻게 해야 하나. 다 버리고 떠나야 하나. 내가 그만둔다고 〈1박 2일〉이 끝나는 것도 아닌데. 다른 피디가 와서 또 잘해나갈 것이 분명한데. 속으로 수없이 그런 핑계를 만들어나가면서도 결정을 쉽게 내리지는 못한다.

　게다가 〈1박 2일〉은 누군가 한 사람의 프로그램이 아니다. 나 혼자서 만들어온 것이 아니다. 수많은 연기자와 스태프의 피와 땀이 이 프로그램 하나에 녹아 있다. 사정은 다르지만 상렬이 형이나 홍철이가 떠날 때, 종민이가 군대에 갈 때, 김C가 사라질 때, 우린 얼마나 가슴이 아팠던가. 연기자도 아니고 메인피디라는 내가 중간에 사라진다는 건 역시나 말이 안 된다. 이 프로그램은 전체가 하나고 하나가 또 전체일 수 있다. 다른 사람은 몰라도 나는 이 프로그램의 끝을 봐야 할 의무가 있다. 모든 사람이 기차에서 내려도 나는 끝까지 기관실을 지키고 있어야 하는 것이다. 아니, 그런 의무감 따위 다 떠나서 당장 이 프로그램을 계속하지 못하는 나를 떠올려보니 기분이 아득해진다. 이 멤버들과 이 스태프들을 촬영장으로 다 떠나보내고 나 혼자 덩그러니 있는 모습이라니. 도저히 상상이 안 되는 것이다. 권태기의 커플이 이별을 떠올리는 순간 비로소 사랑의 크기를 새삼 깨닫게 되는 것처럼, 그날 비로소 나는 알게 되었다. 내가 이 프로그램을 얼마나 사랑하고 있는지.

　생각이 거기까지 미치자 역시 안 되겠다는 생각을 한다. 아이고야. 저 큰돈이 허공으로 날아가는구나. 그놈의 사랑이 뭐길래. 정이 뭐길래. 게다가 지금은 옛날만큼 사랑하는 것도 아닌데! 그래도 별수 있나. 사랑이라는 게 다 그런 건데. 결국 다시 어둑한 지하 다방에서 전화했던 사람들을 역순으로 불러내어 힘들게 입을 연다. "죄송합니다. 못 갈 것 같습니다."

사랑이 꽤 아프긴 아팠나보다

그 이후는 다들 아는 스토리. 여러 가지 복잡한 사정으로 인해 〈1박 2일〉은 시한부 선고를 받게 되고, 우리는 묵묵히 마지막까지 최선을 다했다. 마지막 녹화 때, 극장에서 지난 영상을 보다가 펑펑 울어버렸다. 그때 왜 울었느냐는 질문을 많이 받았다. 아직도 정확하게는 설명할 수 없다. 그저 눈물이 나더라. 그리고 그때 눈물로 보내준 그 여자친구는 지금 다른 남자 만나서 잘 살고 있다(〈1박 2일〉 다음 타자가 왜 나냐고 툴툴거리던 재형이 형 얼굴이 눈에 선하다). 뭐, 어쩔 수 있나. 사랑이란 게 다 그런 거니까.

다만 그 사랑은 꽤나 아프긴 했나보다. 마음도 몸도 지칠 대로 지쳐버렸다. 이게 끝나면 또 뭘 하지. 또다른 프로그램을 할 텐데. 그럼 또 욕심에 겨워 다른 사람을 쥐어짜고 내 자신을 쥐어짤 게 뻔하다. 그런 생각을 하자 진절머리가 났다. 결국 스트레스가 극에 다다른 어느 날, 결심을 했다. 회사를 관두자고. 더이상 나나 다른 사람을 학대하며 살기가 싫었다. 민폐 끼치며 살고 싶지 않다. 그래, 떠나자. 미련 없이 털고 가자.

종영 날짜가 정해지고 나서는 그 생각뿐이었다. 회사를 관두고 뭘 할까 하는 생각. 아무에게도 피해주지 않고 살 만한 게 뭐가 있을까. 혼자 고민을 한 결과 네 가지 정도의 안이 나왔다. 제주도에 내려가서 펜션을 하는 게 1번 안(촬영 갈 때마다 제주도가 정말 좋았던 까닭이다). 콧수염을 기르고 술집을 여는 게 2번(대학시절부터의 꿈. 마흔이 되면 콧수염을 기르고 술집을 열 거라고 늘 입버릇처럼 말해왔다). 요리학원을 다니고 식당을 여는 게 3번(다큐국의 이욱정 선배는 회사를 1년 휴직하고 영국의 르 코르동 블뢰에서 요리를 배워왔다. 아아, 르 코르동 블뢰라니! 내 롤모델이다). 지인들과 프로덕션을 차려서 구멍가게처럼 지지고 볶으며 사는 게 4번 안(돈을 아주 많이 벌어서 스태프들 듬뿍듬뿍 챙겨주면 착취의 죄의식이 좀 덜하지 않을까 해서 나온 생각). 뭘 할까. 그 생각만 하며 마지막 반년을 버틴다. 그리고 프로그램이 끝나자마자 나는 아이슬란드로 날아왔다. 오로라의 신이 뭔가 점지를 해주지 않을까 내심 기대하면서.

오로라는 가슴속에
두 발은 다시 땅 위에

이제 산에서 내려올 시간

방에 돌아오자 새벽 2시가 넘었다. 그리고 오로라만큼은 아니지만 대단한 구경거리가 날 기다리고 있었다. 창밖을 내다보니 민박집 매니저 말대로 'crazy'한 상황들이 연출되고 있는 것이다.

길가는 온통 술 취한 청춘들! 술병을 들고 삼삼오오 신나게 떠들며 거리를 활보하고 있다. 골목골목에는 남자아이들이 작업 멘트(무슨 말인지 사실 들리지는 않는다. 들린다 해도 알아듣지도 못하고. 그치만 뻔한 거니깐)를 날리고 있고, 여자아이들은 상기된 표정으로 그걸 듣고 있다.

짝 없는 청춘들은 화풀이하듯 꽥꽥 소리를 지르며 길가를 점령. 힘겹게 몸을 가누며 우리 민박집 담벼락에다가 오줌을 누는 녀석까지 있다. 차들은 끊임없이 경적을 울려대며 지나가고 거리의 청춘들은 질세라 그 차에다 대고 또 소리를 지른다. 이것 참 대단한 구경거리다.

원래 정돈되고 깔끔한 것보다는 이런 마구잡이 개판 5분 전 분위기를 좋아한다. 뭔가 싸움이라도 일어나면 더욱 흥미진진할 텐데. 맥주를 한 캔 따서 창밖의 무정부 상태를 안주 삼아 마신다. 아무리 쳐다봐도 질리지 않는 그림이다. 절대로 안 그럴 것 같은 나라였는데 말이야. 말만 번화가지 밤 10시만 넘어도 조용해지던 골목인데. 금요일 밤은 역시 달랐다. 역시, 이 나라 사람들에게도 하루쯤은 이런 날이 있어야겠지. 안 그러면 답답해서 살 수가 없는 것이다.

창 너머에서 펼쳐지는 아비규환의 소동극을 눈으로나마 즐기며 맥주를 두 캔째 오픈. 트림이 꺼억 하고 나온다. 트림 소리에 놀라 혼자서 키득대며 웃는다. 아아, 귀한 구경 하고 와서 좀 뜬금없는 얘기긴 하지만, 이제야 좀 사람 사는 것 같다. 오로라는 멋지지만 역시 한 번으로 족한 것이다. 조금 전 산 정상에서는 잠시나마 신화의 영역에 발을 걸치고 있었는데, 다시 인간계로 내려온 기분이다. 다소 긴장했던 몸과 마음이 스르륵 풀어진다. 역시 나에게는 이런 게 맞아. 살 부대끼고 소리 지르고 울고 웃고 상처를 주고 상처를 받고 길바닥에 오줌도 누고 그러다 걸려서 혼나기도 하고 그러면서 다들 사는 거지 뭐.

사실 나도 그러고 살았다. 그리고 그렇게 허겁지겁 걸어왔더니 어느덧 서른하고도 일곱이 되었다. 돌이켜보면 많은 일들이 있었다. 기쁘고 행복한 일도, 더럽고 짜증나는 일도 많았다. 그러다가 운좋게 좋은 사람들을 만나 좋은 프로그램을 만들고 남들이 다 알아보는 사람이 되기도 했다. 분에 넘치는 영광도 누렸고 그 기쁨에 도취되어 오만하게 굴기도 했다. 남들보다 조금 일찍 오로라를 본 것이다. 오로라는 과연 멋진 것이었지만 그렇다고 산 정상에 오두막을 짓고 평생 오로라나 보며 살고 싶은 생각은 없다. 산 아래의 저 떠들썩한 일상이 하루도 안 되어 그리워질 것이 뻔한걸.

산속보다는 역시 사람들 속이 좋다. 좋은 사람들이라면 더할 나위 없고. 싸우고 화해하고 부대끼며 인생을 같이 걸어가는 것이다. 좋은 하루도 있고 나쁜 하루도 있다. 중요한 건 내일은 또 무슨 일이 벌어질까 가슴 두근거릴 수 있느냐는 것. 두근거림이 없는 인생은 죽은 인생이다. 좋은 하루도 나쁜 하루도 상관없지만 죽어 있는 하루는 싫다. 그리고 인생을 조금 살아보니 알게 되었다. 두근거림을 지속하는 데에도 용기가 필요하다는 것을.

그렇다면 용기를 조금 내어볼까나. 창밖을 내다보며 비로소 이 먼 나라까지 내가 왜 왔는지 그 의미를 알게 되었다. 이제 산에서 내려올 시간이 된 것이다. 그러나 아쉬울 건 전혀 없다. 오로라는 가슴속에, 두 발은 다시 땅 위에. 다시 걸어갈 시간이다.

다음 행선지는 결국
내가 정해야 하는 것

다음날 서둘러 아침을 먹고 블루라군으로 향한다. 딱 제주도 해변 같은 현무암 골짜기 사이에 우윳빛 온천이 호수처럼 펼쳐져 있다. 환상적인 광경. 다만, 날씨는 엄청 춥다. 온천 속은 따뜻하지만. 라커룸에서 나와 노천 온천까지 열 걸음 정도를 걸어야 하는데, 잘못하면 걷다가 얼어죽는 게 아닐까 싶을 정도다. 후다닥 뛰어 온천 속에 몸을 담근다. 조금만 천천히 뛰었어도 귀가 떨어져나갔을 것이다. 라커룸 주변에 여기저기 떨어져나간 귀들이 굴러다니고 있다(는 농담이고). 하루종일 목욕을 하고 거리로 돌아온다.

슈퍼에서 저녁거리로 냉동 라자냐를 하나 산다. 인포메이션센터에 다시 들른다. 내일 공항 가는 버스를 예약하고 할아버지에게 인사를 건넨다. 내일 떠나요. 그리고 덕분에 오로라 잘 봤어요, 할아버지. 진심으로 감사합니다. 인사를 건네자 할아버지도 기뻐하신다. 그러곤 취침. 아침에 일어나 짐을 챙기고 버스를 타고 공항에 내려 비행기에 몸을 싣는다. 안녕, 레이캬비크.

돌아오는 길은 더욱 복잡하다. 비행기가 없어 여러 번 갈아탄다. 이름도 생소한 스칸디나비아 항공. 스웨덴에 잠시 내려 기념품으로 순록이 그려진 병따개를 하나 산다. 그리고 히드로 공항에 도착. 저녁으로 공항에서 피시 앤드 칩스를 시키고 맥주를 마시고 드디어 국적기에 탑승. 하이고, 긴 여정이다.

비행기에서 영화 두 편 감상. 〈최종병기 활〉을 처음으로 보고 〈엑스맨 퍼스트 클래스〉를 약 다섯번째로 본다. 외울 지경이다. 잠시 눈을 붙였다가 깬다. 할 일이 없으니 또 비디오. 이번엔 〈교토의 음식 기행〉이라는 일본 다큐멘터리. 맛나 보이는 것들이 잔뜩 나오기에 재미있게 본다. 교토의 어느 절에서 만드는 '녹차빙수' 부분을 몰입해서 보고 있을 무렵, 기내방송이 나온다. 곧 인천공항에 도착합니다. 그러곤 착륙. 짐을 찾고 공항을 나선다. 공항을 나서며 숨을 깊게 들이쉰다. 익숙한 모국의 냄새가 폐부 깊숙이 퍼져나간다. 이제 여행은 끝이 났다. 리무진에 몸을 실으며 스스로에게 물어본다. 나는 조금은 달라져 있는 걸까? 대답은 뭐 예상대로. 전혀.

어쨌든 다시 원래의 질문. 그래서 이 긴 이야기 끝에 결론적으로 나는 어떤 사람인가. 아이슬란드의 눈을 보며 끝없이 운전을 하며 오로라를 보며 물었던 질문. 나는 어떤 사람인가. 이제부터 대답해보려 한다. 나는 선하기도 하고 악하기도 하다. 선한 프로그램을 만들려 노력하지만, 그걸 위해서 악한 수법도 자주 쓴다. 순수하게 스태프들에게 다가가지만 음흉하게 그들의 등골을 파먹는다. 성공하고 싶은 욕심은 많은데 정작 중요한 순간에 강단은 없다. 한마디로 나는, 그냥 약한 사람이다. 내 욕심을 못 이겨 그걸 남에게 쏟아붓기도 하고 그러다 스스로 무너지기도 하는 그런 사람이다(〈1박 2일〉 한창 할 때는 내가 대단한 사람이라고 착각한 적도 많다). 하품이 나올 정도로 평범한 대답. 참 한심하다. 아이슬란드까지 가서 고작 이런 결론이라니. 그러면 또 질문. 그런 약해빠진 나라는 사람은, 앞으로 뭘 하는 게 좋을까. 펜션을 할지, 술집을 할지, 식당을 할지, 프로덕션을 할지? 아니 뭘 하든 사표 먼저 내야 하는 건가.

이런저런 고민을 하는데 갑자기 예상치 못한 일이 터진다. 회사가 파업에 들어간 것이다. 이것 참, 파업중에 사표를 내기도 그렇고 그럼 천천히 생각해볼까 하고 빈둥거린다. 한 달이 가고 두 달이 가고 세 달이 간다. 파업은 휴가가 아니지만 일을 하지 않는다는 점에 있어서는 같다. 그리하여 2주로 예정되었던 나의 휴가는, 무작정 길어지기 시작한다. 5년 동안 밤낮 없이 일만 했는데 갑자기 거의 100일 간을 아무 일 없이 노는 사람이 된 것이다. 파업기간 틈틈이 글을 쓴다. 아이와 놀아준다. 부모님을 모시고 여행을 다녀온다. 그래도 파업은 끝나지 않는다. 흠, 그렇다면 사표 낸 이후를 좀 준비해볼까. 단골로 가는 홍대 술집 주인에게 술집 운영의 비용과 노하우를 물어본다. 보증금은 얼마구요, 권리금은 얼마구요, 인테리어 비용은 얼마구요 등등. 혹시나 프로덕션 사무실을 차릴 수도 있으니 이런저런 사무실 자리를 알아보기도 한다. 여의도는 일단 비싸다. 20평 남짓한 사무실 월세가 300~400만 원씩 한다. "그러면 서강대교 넘어나 파천교 건너의 사무실들은 어때요? 여의도만 벗어나면 좀 싼데 말이야. 근데 유명하신 피디님이 왜 회사를 그만두려고 하시나?" 부동산 아저씨의 질문에 나는 제대로 답을 하지 못한다. "그냥요…… 좀 힘들어서요." 대충 얼버무리고 만다. 그러다가 그것도 지겨워져 또 빈둥빈둥.

갑자기 베를린의 어느 골방에 누워 있겠다던 김C가 생각난다. 언젠가 손이 까딱하고 움직일 때까지 기다려보겠다던 김C. 이것 참. 원했든 원치 않았든 딱 그 짝이다. 내 손가락은 언제쯤 움직이려나. 그러던 어느 날, 승기한테서 전화가 온다. "감독님 요즘 뭐 하세요. 심심한데 밥이나 한번 먹어요." 그럴까. 심심하던 차에 잘됐다 싶어 약속 장소로 나간다.

그러고 보니 승기도 오랜만에 본다. 〈1박 2일〉 마무리하고 승기는 바로 드라마에 들어가느라 정신이 없었다. 오랜만에 보니 더 어른스러워진 느낌. 아니, 사실 어른 맞지. 승기가 〈1박 2일〉 시작할 때만 해도 스무 살 초반의 꼬맹이라고 생각했는데 이제는 이 녀석도 20대 후반. 〈더 킹 투하츠〉에서 제법 남자다운 연기를 선보이기에 집에서 보며 '어라. 이 녀석 언제 이렇게 컸지' 하고 놀라기도 했다. 한창 프로그램 할 때는 오히려 밥 한 끼 맘 편히 먹을 시간도 없었는데, 이 녀석이나 나나 요즘은 쉬고 있으니 마음은 참 편하다.

덕분에 남자 둘이서 수다 삼매경. 요즘 사는 얘기, 여행 다녀온 얘기, 다른 멤버들 얘기를 시간 가는 줄 모르고 떠든다. 그러다가 주제는 자연스럽게 프로그램 얘기로 넘어갔다. "감독님 요즘 뭐 생각하시는 프로그램은 없으세요?" "프로그램? 프로그램이라……" 있지. 있기야 있다. 요즘은 남는 게 시간이니 나도 모르게 이런저런 프로그램 생각을 꽤나 했던 터였다. 길을 걷거나 집에서 TV를 보다가도 문득문득 아이디어가 떠오르곤 했으니. 나도 모르게 신나서 떠들기 시작한다. 그야말로 순전히 아이디어 차원의 잡스런 생각들. 이날 저날 문득문득 떠오른 것들을 신나게 풀어낸다. 승기는 뭐가 재밌네 뭐는 별로네 감상평을 섞어가며 맞장구를 쳐준다. 몇 달을 빈둥거리며 넋 나간 사람처럼 살았는데 이날만큼은 나도 신이 났다. 결국 그렇게 승기와 점심을 핑계로 세 시간을 떠들다가 헤어진다.

강남 길바닥에서 승기를 보내고 나니 갑자기 외로워진다. 또다시 혼자다. 어디로 갈까. 집에 들어가서 또 빈둥빈둥 영화나 볼까. 아니, 오늘은 그럴 기분이 아니다. 아까부터 느끼던 거지만 오늘 나는 조금 흥분해 있다. 오랜만에 승기를 만나고 오랜만에 프로그램 얘기를 하다보니 뭔가 근질근질한 것이다. 결국 이번엔 이우정 작가를 불러낸다. 바쁘다는 친구를 억지로 불러 커피숍에서 만난다.

옛날부터 뭔가 아이디어가 떠오르면 이 친구와 가장 먼저 상의를 하곤 했다. 커피를 사이에 두고 또다시 아까의 프로그램 이야기 재탕. 한 시간 넘게 열변을 토한다. 이런 기획이 있는데 말이야. 이건 누구를 섭외하는 게 좋고, 이건 예산이 얼마가 들 것 같고, 이건 좀 약하지? 이렇게 바꿀까…… 등등. 한참을 쏟아낸 이야기를 다 듣고 나더니 이우정 작가가 웃으며 입을 연다. "니가 요즘 심심하기는 하구나? 뭘 이렇게 많이 싸들고 왔어. 파업이라며. 파업중에 프로그램 생각해도 되는 거야?"

글쎄, 파업이라. 듣고 보니 그렇다. 지금은 파업중이지. 그 전엔 휴가중이었고. 계속 놀고 있다고 생각했는데. 그 몇 달 동안 나는 뭐 이리 쓸데없는 생각들을 많이 한 걸까. 당장 프로그램 들어가는 것도 아닌데. 프로그램은커녕 일 때려치울 생각에 골몰하던 중이었는데. 마치 당장이라도 낼모레 촬영 시작할 것처럼 흥분해 있는 꼴이라니. 우습기도 하고 허탈하기도 하다. 그러고 보니 이우정 작가를 만난 것도 오랜만이다. 〈1박 2일〉한창 할 때는 매일 회의다 뭐다 붙어 다녔는데. "그러는 너는? 요즘은 뭐 하고 사는데?" "드라마 준비하잖아. 〈응답하라 1997〉이라고. 예능작가가 갑자기 드라마 쓰려니 힘들어 죽겠다, 야."

이제는 이우정 작가의 차례. 준비하는 드라마의 내용을 가지고 신이 나서 열변을 토하기 시작. "이게 말이야. '빠순이들'의 사랑 얘기인데, 주인공이 H.O.T. 팬클럽인 거야. 예전 학교 다닐 때 아련한 그런 거 있잖아. 첫사랑, 성장통, 어쩌구저쩌구…… 잘될까 이거?" 글쎄, 솔직히 잘 안 될 거 같다. 내용은 그렇다 치고 뜬금없이 드라마라니. 잘하던 예능을 계속해도 성공할 확률이 높지 않은 마당에 갑자기 드라마라니. 말리고 싶어진다(내가 극구 말리고 싶었던 이 드라마는 다들 알다시피 몇 달 후 초대박이 난다. 어쨌든 뭐, 그때는 몰랐으니깐). 나는 사뭇 진지한 어조로 다음과 같은 조언을 한다(진심으로. 정말 진심을 다해 얘기했다).

너도 예능작가로 이 바닥에서 유명한 사람인데 뭐하러 위험한 선택을 하느냐. 괜히 다른 장르에 손댔다가 망하면 어쩌려고 그러냐. 원호 걔도 그렇지(신원호 피디는 내 동기다), 예능하던 피디가 갑자기 웹드라마를 한다고 그러는 거냐. 송충이는 솔잎을 먹어야 하는 거다. 그러다 실패하면 원호나 너나 큰일 난다. 화려한 경력에 오점을 남긴다. 대체 언제 철이 들려고 이러는 거냐. 굳이 해야 되는 거면 대충 짧게 하고 얼른 끝내라. 가능하면 안 하는 게 가장 좋고…… 등등. 정말이지 걱정돼서 한 얘기였다. 10년을 넘게 같이 일한 작가가 걱정되고 동기가 걱정돼서 한 말이었다. 그러나 그녀의 대답은, 실로 쿨했다.

"우리가 언제부터 성공, 실패 따져가며 일했어. 재미있을 거 같고 꽂히면 하는 거지. 〈1박 2일〉 시작할 때는 성공할 줄 알았나 뭐. 그냥 우리끼리 즐거워서 한 거잖아. 이번 것도 똑같아. 나도 드라마는 처음 써보는 건데 의외로 재밌더라고 이게. 망하면 망하는 거지 뭐."

이 대답을 듣고, 순간 뭔가로 얻어맞은 듯 멍해지고 말았다. 이게 뭐지 싶다. 그뒤로 나눈 이야기들은 사실 하나도 기억이 나지 않는다. 잡담을 하고 커피를 한 잔 더 마시고 헤어져 집으로 오는 내내 그친구의 대답이 머릿속을 떠나지 않았다. 오래된 친구가 무심코 내뱉은 이 대답에는 뭐 하나 틀린 말이 없다. 나도 후배들에게 입버릇처럼 하던 얘기다. 일은 머리가 시키는 것이 아니고 가슴이 명령하는 것이다. 성공을 좇아서 하는 것이 아니라 두근거림을 좇아서 하는 것이다. 이 단순한 진리를, 나는 그동안 왜 잊고 살았을까. 그리고 그녀의 저 실로 쿨한 대답에 비해, 나의 조언은 얼마나 비루한 것들인지. 나는 그녀에게 지금까지의 경력이 아까우니 모험은 하지 말라고 말하고 있었다. 그리고 그러한 조언은, 나도 모르게 지금까지 나 자신에게 들이대던 잣대는 아니었을까. 그래도 〈1박 2일〉 피디인데, 유명한 사람인데, 대단한 성공을 거두었던 인물인데. 그러한 무게에 그동안 짓눌려 있었던 것은 아닐까. 사람들이 날 어떻게 볼까, 다음 작품을 실패하면 어쩌나 하는 고민들로 머릿속만 채운 채, 술집이니 펜션이니 하는 핑계로 그저 도망치려고 했던 것은 아닐까. 가슴으로 두근거리기 전에 머릿속으로 재단하려 들고 있었던 것은 아닐까. 이런 생각이 들자 낯이 뜨거워지고 창피해진다. 그러나 더불어 속이 시원해진다. 지금껏 날 둘러싸던 고민의 실체가 무엇인지 알게 된다. 그리고 내가 진정 원하는 것이 무엇인지도.

낮에 승기 앞에서 이런저런 프로그램 얘기로 열을 올릴 때. 그때가 사실 요 몇 달 동안 가장 즐거운 시간이었다. 말하는 내내 가슴속의 무엇인가가 요동치는 걸 느꼈던 것이다. 그리고 이우정 작가를 만나 이야기를 하고 나서야 요동치던 것들의 실체를 알게 되었다. 두근거림. 내가 좋아서 하는 일들에 대한 맹목적인 애정. 대학교 때 연극을 할 때부터 〈1박 2일〉을 마무리하던 그날까지 이어져온 그 두근거림을 나는 왜 잊고 있었던 것일까. 〈1박 2일〉을 시작하던 5년 전. 앞날이 어떻게 될지도 모른 채, 불안하면서도 한편으로는 두근거리던 기억. 이명한 피디, 신효정 피디, 이우정 작가 그리고 나. 이렇게 넷이서 웃고 울고 싸우고 화해하고 또 일하러 가던 그 시절. 그때로 돌아가고 싶다, 진심으로. 그 무엇과 바꿔서라도, 타임머신이든 뭐든 써서라도 그때로 돌아가고 싶은 것이다. 아아…… 이거였구나. 이제야 알 것 같다. 나는 그때의 그 두근거림을 다시 느껴보고 싶은 거구나. 나의 머리가 여러 현실적인 고민과 그에 대한 핑곗거리를 찾느라 발버둥치는 와중에도 나의 몸, 나의 가슴은 계속 이걸 찾아 헤매고 있었구나.

앞날에 대한 불안감마저 동료들이 있어서 참아낼 수 있었고, 싸우고 화해하면서도 프로그램에 대한 애정의 끈을 놓지 않았고, 한 발 한 발 조심스레 앞으로 걸어가던 시절. 성공이나 실패보다는 우리가 진정 원하는 작업을 하고 있는가가 훨씬 중요했던 시절. 그래서 즐거웠던 그 시절. 바로 그때의 그 기분을 다시 느끼고 싶다. 다시 만끽하고 싶다. 그리고 비로소, 나는 알게 된다. 내가 진짜로 원하는 것이 무언지 드디어 답을 알게 된다. 그때처럼 다시 일하고 싶다. 술집도 펜션도 아닌, 그것이 지금 내가 가장 원하는 것이다. 100일간의 긴 휴식을 거쳐 얻어낸 대답은 바로 그것이었다.

가끔 그런 상상을 한다. 인생이라는 건 혹시 신이나 누군가 초월적인 존재가 미리 구성해놓은 패키지 투어 같은 건 아닐까 하고. 우리는 묵묵히 깃발을 따라 여기에서 저기로, 또 다음 장소로 이동하는 건 아닐까 하는 그런 상상. 30분간 오로라를 보고 났더니 가이드가 옆구리를 툭툭 치며 이제 돌아갈 시간이라고 말해주는 것처럼, 5년간의

〈1박 2일〉을 끝낸 나에게도 누군가 다가와 자, 다음은 여기야 하고 안내를 해주었으면 좋겠다는 상상을 한다. 그러나 아쉽게도 그런 일은 일어나지 않는다. 다음 행선지는 결국, 내가 정해야 하는 것이다. 아아, 차라리 학교 다닐 때가 좋았다. 그저 시키는 대로만 하던 그 시절이 그리워질 지경이지만 어쩌랴. 어른인데, 이젠.

물론 개인적으로는 어른 맞나 하는 생각을 수시로 하고 있지만 이 나이에 어디 가서 아이처럼 굴 수도 없는 노릇이다. 어른이란 모름지기 '뭐든 다 아는 척'을 해야만 하는 것이다. '〈1박 2일〉 다음은 당연히 이거 아냐?' 또는 '바보야, 사회라는 건 원래 그런 거라고' 또는 '성공하려면 물어볼 것도 없이 무조건 이렇게 해야 돼' 등등의 말을 뱉으며 세상의 밑바닥에 흐르는 진리나 원리나 원칙이나 뭐 그런 것들을 훤히 꿰뚫고 있는 척을 해야 한다. 좋아서 하는 게 아니라 해야 하니까 하는 거고, 싫어서 안 하는 게 아니라 하면 안 될 거 같아서 안 하는 게 어른이다. '나'가 원해서가 아니라, KBS 직원이니까, 〈1박 2일〉 피디니까, 한 가족의 가장이니까, 팀의 리더니까, 무시당하면 안 되니까, 잘 보여야 되니까, 한마디로 어른이니까 등등의 핑계가 모든 결정을 내릴 때마다 줄줄이 따라붙는다.

그러나 시간이 남아도는 어느 날, 혼자 앉아 이런저런 생각을 하다 그런 핑계의 껍질을 하나둘 벗겨가다보면, 그 안에는 이러지도 저러지도 못하는 진짜 '나'가 숨어 있다. 그제야 깨닫는다. 아아, 어른은

개뿔. 나는 지금까지 '어른 코스프레'를 하고 있었구나, 하고.

그래도 그 힘겨운 코스프레의 와중에도 한 가지 깨달은 점은 있다. 파업이네 뭐네 하고 빈둥빈둥 시간을 보내고 있다고 생각했는데 알고 보니 나의 뇌는 끊임없이 프로그램을 생각하고 있더라는 것. 한마디로 몸이 근질근질한 것이다. 이러지도 저러지도 못하는 게 특기인 '진짜 나'는 오랜만에 힘주어 이렇게 말하고 있었다. 심심하지? 프로그램이나 하나 만들지 그래? 5년 전처럼 말이야. 지지고 볶고 울고 웃고 하는 그 지긋지긋한 일. 다시 한번 해보는 게 어떠냐고 나한테 말하는 것이다.

아이고 그래, 놀면 뭐하나. 일이나 해야지. 군대 제대하자마자 다시 군대에 들어가고 싶어서 근질거리는 이 미친 도돌이표를 나의 진짜 '나'는 명령하고 있다. 이 일이 좋은가보다. 아마도, 그렇게 생각해야지 뭐, 별수 있나. 싫어해봐야 나만 피곤해지는걸. 일하다 짜증나면 또다시 사표를 품에 안고 어딘가로 휴가나 가야지 생각한다. 다음은 어디로 갈까.

나영석 피디의 어차피 레이스는 길다

ⓒ나영석 2012

1판 1쇄   2012년 12월 3일
1판 7쇄   2016년 2월 22일
2판 1쇄   2018년 4월 13일
2판 7쇄   2022년 4월 4일

지은이 나영석

기획 김소영 서영희 형소진 | 책임편집 구민정 | 편집 형소진 오경철
독자모니터 임윤정 이희연 | 사진 나영석 | 본문일러스트 이효진 | 디자인 김마리 이효진
마케팅 정민호 이숙재 한민아 김혜연 이가을 안남영 김수현 정경주 이소정
브랜딩 함유지 함근아 김희숙 정승민
제작 강신은 김동욱 임현식 | 제작처 영신사

펴낸곳 (주)문학동네 | 펴낸이 김소영
출판등록 1993년 10월 22일 제2003-000045호
주소 10881 경기도 파주시 회동길 210
전자우편 editor@munhak.com | 대표전화 031)955-8888 | 팩스 031)955-8855
문의전화 031)955-3579(마케팅) 031)955-2671(편집)
문학동네카페 http://cafe.naver.com/mhdn | 트위터 @munhakdongne
북클럽문학동네 http://bookclubmunhak.com

ISBN 978-89-546-5088-5 03810

www.munhak.com